Christiane Wolff

Rot ist die Farbe der Sehnsucht

Kurze Geschichten

H. W. Fichter Kunsthandel und Edition, Frankfurt/M.
Photographie: Achim Küst
Gestaltung und Druck: Graspo, Zlín
ISBN 978-3-9814023-8-4

Inhalt

Der Fremde im Bett

Tilda schloss leise die Türe des Krankenzimmers hinter sich. Auf dem Krankenhausflur war niemand zu sehen. Fernes Läuten drang vom Schwesternzimmer her auf den Gang. Auf ihrem Weg zum Lift kam Tilda an einer halb offenen Zimmertüre vorbei. Im Vorbeigehen warf sie einen Blick in das Krankenzimmer. Schwester Karin zog gerade die Gardine zur Seite, während sie sagte: „So ein strahlender Tag heute, den wollen wir nicht draußen lassen." Die Schwester erhielt keine Antwort.

Am nächsten Morgen betrat Tilda erneut die Klinik. Mit ihrem Korb am Arm, über dessen Inhalt sie ein Geschirrtuch gebreitet hatte, klopfte sie an die Tür, hinter der ihre kranke Mutter lag.
„Da bist Du ja endlich. Ich habe Dich schon früher erwartet."
Tildas Mutter saß aufrecht im Bett. Die Badezimmertüre stand auf. Wasser tropfte vom Hahn in das Waschbecken. Tilda stellte den Korb auf einen Stuhl, der neben einem Tischchen vorm Fenster stand.
„Ich habe das Gefühl, Du kommst jeden Tag später." Ihre Mutter griff nach dem Kamm auf ihrem Nachttisch.
„Das kann eigentlich nicht sein. Um 8Uhr muss ich mit meinem Unterricht beginnen. 10 Minuten vorher bin ich an der Schule. Später als Viertel nach sieben bin ich noch nie bei Dir gewesen."
„Und jetzt, jetzt ist es schon zwanzig nach sieben."
„Ich bin ja auch schon fünf Minuten hier, Mutti."
Tilda zog das Geschirrtuch vom Korb und breitete auf dem

kleinen Tisch am Fenster die mitgebrachte Tischdecke aus. Darauf ordnete sie das häusliche Frühstücksgeschirr: Zwei kleine Teller, zwei Untertassen, zwei Tassen. Daneben legte sie zwei Stoffservietten. Die Servietten steckten gerollt in silbernen Serviettenringen.
Aus einem Stück weichen Wolltuchs, das früher in Gänze eine Decke gewesen war, wickelte sie das Silberbesteck. Auf den einen Teller legte sie ein frisch gekauftes Croissant und ein Rosinenbrötchen. Für sich selbst hatte sie ein Vollkornbrötchen mitgebracht. Als Letztes stellte sie die Thermoskanne mit Kaffee auf das Tischchen. Anschließend holte sie aus dem kleinen Eisschrank des Zimmers Milch, Butter und ein angefangenes Glas selbstgemachter Marmelade.
Sie trat ans Bett ihrer Mutter, die bereits auf der Bettkante saß, und half ihr aufzustehen. Gestützt auf ihre Tochter wankte die Mutter zum Frühstückstisch. Sie ließ sich seufzend auf den Stuhl fallen.
Das kurze Nachthemd war nach oben gerutscht. Ihr welkes Fleisch tropfte vom Stuhl, wie Teig von einem Holzlöffel.
Tilda sah angewidert fort.
„Meine Nachtjacke. Hol mir meine Nachtjacke!"
Ihre Tochter eilte zum Schrank. Legte die gewünschte Jacke um die Schultern ihrer Mutter.
„Ich hoffe der Kaffee ist noch heiß."
„So heiß wie jeden Morgen, Mutti. Gestern hast Du Dich sogar darüber beschwert, wie heiß er aus der Thermoskanne kommt."
Tilda würgte an ihrem Roggenbrötchen.
„Es sind kaum Rosinen in diesem Brötchen." Die Mutter besah sich missbilligend ihr Rosinenbrötchen.
„Ich habe keine Einzige herausgepopelt, Mutti."

Beide aßen schweigend weiter.
In all den Jahren hatte sich Tilda nicht abgewöhnen können, sich zu rechtfertigen.
Mit Blick auf ihre Armbanduhr sagte Tilda:
„Ich muss gleich los. Soll ich Dich zurück ins Bett bringen oder möchtest Du noch eine Weile hier am Fenster sitzen?"
„Mach mit mir, was Du willst. Ich will Dich nicht aufhalten."
In ihrem nörgeligen Ton schwang Vorwurf mit.
Auf dem Krankenhausflur bemerkte Tilda, dass vor dem Zimmer 328, dessen Türe gestern halb offen gestanden hatte, ein Putzwagen stand. Bei weit offener Türe wischte ein gebeugter Rücken den Boden vor der Balkontür.
Es war keine Neugierde, mehr ein Hineingezogenwerden, was Tilda dazu veranlasste, das Zimmer zu betreten. In dem einzigen Bett lag ein bärtiger Mann, der schlief.
„Sind Sie Besuch?" Die Putzfrau hatte sich umgedreht.
„Nein", sagte Tilda und verließ den Raum.
Als sie auf den Lift wartete, war sie erstaunt über sich selbst und die Widersprüchlichkeit ihrer Gefühle. Ihre Indiskretion empfand sie als falsch. Das Betreten des Zimmers jedoch als richtig.
Dieser schlafende Mann im Bett hatte sie auf unerklärliche Weise gerufen.
Während ihres Unterrichts an diesem Morgen und auch, als sie zu Hause war, erschien ihr für kurze Augenblicke das Gesicht dieses Fremden mit dem grau melierten Bart, dessen kurz geschnittene Haare weich um Kinn und Oberlippe lagen.

In den nächsten Tagen widerstand sie dem Bedürfnis, die geschlossene Türe zu Zimmer 328 zu öffnen. Ihr Verlan-

gen, den Fremden zu betrachten, ihm nahe zu sein, blieb. Einmal, als Tilda Schwester Karin aus seinem Zimmer kommen sah, fasste sie sich ein Herz und fragte die Krankenschwester:
„Dieser Patient, aus dessen Zimmer Sie gerade kamen“, Tilda stockte, „ich habe ihn nur kurz gesehen, als neulich seine Zimmertüre offen stand“, sie schwieg erneut für einen Moment, bevor sie weiter sprach. „Ich kann das nicht erklären, er ist mir so vertraut. Und doch kenne ich ihn nicht. Er ist für mich kein Fremder, ohne dass ich ihn je zuvor gesehen habe.“ Sie schwieg. Sah auf ihre Schuhspitzen. Schwester Karin seufzte hörbar.
„Er ist unser Sorgenfall. Man hat ihn im Park gefunden. Sein Hund stand bellend neben ihm. Der Mann war ohne Bewusstsein und ohne sichtbare Verletzungen. Der Notarzt brachte ihn zu uns. Zuerst lag er auf der neurologischen Station. Aber da er selbstständig atmen konnte, verlegten sie ihn zu uns. Wir haben hier zwei Zimmer speziell für Komapatienten.“
„War er denn irgendwie innerlich verletzt?“
„Außer ein paar Schürfwunden, die wohl durch den Sturz verursacht worden sind, hat man nichts bei ihm gefunden. Er stand weder unter Alkohol noch unter Drogen. Er hatte auch keinen Ausweis, keine Papiere bei sich, aus denen hervorgegangen wäre, wer er ist. Dies ist insofern erklärlich, da er einen Jogginganzug anhatte. Die Polizei hat eine Suchmeldung herausgegeben. Gemeldet hat sich bisher niemand, was schon erstaunlich ist.“
„Würden Sie mir erlauben, ihn kurz zu besuchen, wenn ich ohnehin im Hause bin, um nach meiner Mutter zu sehen? Er liegt dort so alleine.“
„Da hat wohl niemand etwas dagegen.“ Schwester Karin

machte eine Pause und fügte hinzu: „Manchmal erscheint es mir, als merke er, wenn jemand im Raume ist. Aber dies ist nur so ein Gefühl.“

Vor dem Einschlafen dachte Tilda an die Ereignisse des Tages. Versuchte ihren Sinn und Gewinn zu erkennen. Eine verhaltene Spannung hatte sich ihrer bemächtigt. Sie war nicht erstaunt, als sie sich darüber klar wurde, dass diese Erwartungshaltung mit dem Fremden im Bett zu tun hatte. Noch vor dem Frühstück mit ihrer Mutter stand Tilda am nächsten Morgen vor Zimmer 328. Einen Moment lang schloss sie die Augen. Sie spürte, dass diese Türe eine Art Grenze darstellte. Sie zu öffnen und einzutreten in das Zimmer dieses namenlosen Fremden, war wie das Aufschlagen eines neuen, unbekannten Buches, von dem man nicht weiß, wohin es einen entführt.
Sie drückte die Türklinke herunter und trat in diese unbekannte Welt ein.
Vom Fußende des Bettes aus sah sie ihn an. Es war ein gutes, ein sympathisches Gesicht, in das sie blickte. Sie widerstand ihrem Bedürfnis, ihn zu berühren. Seinen Bart zu fühlen, seine kräftigen, männlichen Hände in die ihren zu nehmen. Dieser stille Unbekannte hatte nichts Unheimliches, nichts Bedrohliches an sich. Im Gegenteil. Es ging eine Sanftheit von ihm aus, ein geduldiges Verstehen und Akzeptieren.
„Ich heiße Matilda Fuchs“, sprach sie ihn vom Fußende seines Bettes aus an. „Meine Mutter liegt hier ein paar Zimmer weiter. Ich komme jeden Tag zu ihr. Ich hoffe, dass es Ihnen recht ist, wenn ich auch zu Ihnen komme.“ Tilda neigte ein wenig ihren Kopf, schaute aber weiterhin auf den Fremden vor ihr. „Ich bin Lehrerin. Es ist nicht

mehr der Beruf, so wie er früher war. Manchmal fürchte ich mich vor den Schülern. Das darf man aber nicht zeigen. Schüler können gnadenlos sein." Sie schwieg.
„Ich muss jetzt gehen", sagte sie nach einer Weile, während der sie auf den weißen Bettbezug sah, unter dem sich die Beine des Mannes abzeichneten.

Am nächsten Morgen, früher als je zuvor, betrat Tilda das Hospital. Unter ihrem Arm klemmte die Tageszeitung, die sie aus ihrem Postkasten gezogen hatte. In der Linken trug sie den Frühstückskorb. Als sie aus dem Lift trat, sah sie ihre Mutter, die wie ein Scherenschnitt vor dem Fenster am Ende des Ganges stand. Unwillkürlich duckte sich Tilda hinter den hohen Metallwagen, in dem sich das Frühstück der Patienten auf vorbereiteten Tabletts befand. Tilda wollte ihre Mutter nicht wissen lassen, dass sie bereits im Krankenhaus war. Die Besuche bei dem Fremden brauchte die Mutter nicht zu erfahren. Ärgerlich über sich selbst, registrierte Tilda, dass es ihrer Mutter immer wieder gelang, ihr ein schlechtes Gewissen zu machen; ohne dass überhaupt ein Wort gesprochen wurde.
-Kann ich mich niemals davon frei machen? Bin ich immer noch das kleine Mädchen, das vergebens versucht, es ihr recht zu machen?- Tilda streckte ihren Rücken und trat hinter dem Essenswagen hervor. Entschlossen ging sie zu Zimmer 328.
Schon beim Betreten des Zimmers fiel die Anspannung von ihr ab. Dieser Raum bot ihr Geborgenheit und Frieden.
„Guten Morgen", sagte sie und trat an das Bett des Fremden. Tilda war nicht in der Lage abzuschätzen, ob er schlief oder ob sein Geist, der in seinem Körper eingeschlossen war, registriert hatte, dass jemand den Raum betreten hatte.

„Ich komme heute früher, damit ich noch Zeit habe, Ihnen aus der Zeitung vorzulesen." Sie sah ihn an. Tilda hatte sich vorgenommen, den Fremden genau zu beobachten, damit ihr auch nicht die kleinste Regung, der leiseste Ton, die geringste Veränderung seines Atems entging. Wie gerne hätte sie eine Veränderung wahrgenommen. Er aber lag gelassen und ruhig wie bisher in seinem Bett.
Tilda stellte den Frühstückskorb neben den Stuhl, den sie an das Bett geschoben hatte. Einer plötzlichen Eingebung folgend schüttete sie etwas Kaffee aus der Thermoskanne in eine Tasse. Sie trat näher an ihn heran, hielt ihm den zu Hause frisch gebrühten Kaffee vor das Gesicht, ließ dessen duftendes Aroma ihm in die Nase steigen. Bildete sie es sich ein oder atmete er tatsächlich tiefer ein? Mit ihrer freien Hand wedelte sie ihm den Kaffeedampf zu. Sein Ein- und Ausatmen erschien ihr jetzt so ruhig und gleichmäßig wie sonst auch.
Tilda goss den Kaffee zurück in die Thermoskanne. Sie nahm die Zeitung, setzte sich zurück auf den Stuhl und begann laut zu lesen. Vom Bett her kam keine Reaktion. Nachdem sie zwei kurze Artikel vorgelesen hatte, faltete sie die Zeitung wieder zusammen.
„Ich muss jetzt gehen", sagte sie. „Meine Mutter wundert sich sonst, wo ich bleibe." Während Tilda dies sagte, wurde ihr klar, dass sie nicht vorhatte, das Wissen um den Fremden im Bett mit ihrer Mutter zu teilen.
Von nun an kam Tilda jeden Morgen. Manchmal sogar am frühen Abend. Dann saß sie auf dem Stuhl neben seinem Bett, las ihm vor oder sie hörten gemeinsam Musik, von mitgebrachten CDs. Tilda erzählte von dem, was sie am Tage erlebt hatte. Dabei wurde ihr schmerzlich bewusst, wie banal ihr Leben doch war und wie weit es sich von den

Hoffnungen, die sie einst für sich gehabt hatte, entfernte. Sie hatte keinen Partner. Jeder, den sie ihrer Mutter vorgestellt hatte, war als nicht akzeptabel abgelehnt worden.
„Was willst Du denn von dem? Der taugt doch keinen Schuss Pulver." Tildas Einwand: „Aber Mutti, Du kennst ihn ja gar nicht", wurde ignoriert. Einen anderen, in ihren Augen, hoffnungslosen Kandidaten tat die Mutter mit den Worten ab: „Schau Dir mal seine krummen Beine an. Wie werden dann eure Kinder aussehen?" Ein Anderer war ‚zu dumm, um einen Eimer Wasser umzustoßen'. Der letzte Bekannte, den Tilda ihrer Mutter vorstellte, hatte einen ‚verschlagenen Blick'.

Eines Abends, als Tilda dem Fremden im Bett von einer CD Brahms 1. Sinfonie in c-Moll vorspielte, fing Tilda an zu weinen. Tränen liefen ihr als kalte Rinnsale über die Wangen. Gar nicht aufhören wollten sie. Ihr wurde bewusst, dass auch jene heimliche Freundschaft mit ihrem Studienkollegen ihrer Mutter nicht verborgen geblieben war. Die hatte ihm einen Brief geschrieben, in dem sie ihn wissen ließ, dass er kein Umgang für ihre Tochter sei.
Ganz von allein kamen die Worte aus Tildas Mund. Sie sprach von ihren Demütigungen, von der Last des Versprechens, das sie ihrem Vater an dessen Totenbett hatte geben müssen, sich um die aus seiner Sicht hilflose Mutter zu kümmern. Tilda jedoch hatte mit den Jahren die Erfahrung machen müssen, dass nicht die Mutter, sondern sie selbst die Hilflose war. Ihr fehlte nicht nur der Mut, sich von dieser dominanten Person zu befreien, ihr fehlte auch der Glaube an sich selbst.

Tage später erstand Tilda in einem Haushaltswarengeschäft eine Taschenlampe. Diese Lampe konnte in verschiedenen Farben leuchten und war in ihrer Leuchtkraft regulierbar. In sanftem Rot richtete Tilda den Lichtstrahl auf die geschlossenen Augenlider des Fremden. Sie wechselte die Farben, hoffte damit seine Sinne zu reizen. Aber es gab kein für sie sichtbares Zeichen, das sie bei dem Fremden im Bett bemerken konnte.
Tilda gab nicht auf.
Sie massierte seine Hände und war erstaunt, wie warm sie sich anfühlten. Sie kämmte ihm die Haare, schob ein weiteres Kissen unter seinen Kopf und die Schultern, sodass er mehr aufrecht lag.
Sie öffnete die Fenster, erzählte ihm, was sie da draußen sah, und las dem stillen Mann aus dem Natur- und Wissenschaftsteil einer Zeitung vor. Einmal fragte Tilda Schwester Karin, was eigentlich aus dem Hund geworden sei, den sie bellend neben seinem Herrn gefunden hatten.
„Den hat die Polizei ins Tierheim gebracht", war die Antwort.
Tilda überlegte nicht lange. Sie fuhr ins Tierheim und besuchte den Hund des Fremden. Traurig lag er unter dem überdachten Teil des Außenauslaufs seines Zwingers. Eine Helferin des Tierheims versuchte, ihn hervorzulocken. Vergebens. Tilda sah nur ein grau meliertes Bündel. Die Fellfarbe glich aufs Haar dem Bart seines Herrn.
Bei ihrem zweiten Besuch im Tierheim hatte Tilda den gebrauchten Kopfkissenbezug des Fremden mitgebracht. Kaum hatte sie den Bezug aus der Plastiktüte gewickelt, die den Geruch des Fremden konservieren sollte, sprang das grau melierte Fellbündel aus dem Unterschlupf und entpuppte sich als Rauhaardackel. Der flitzte bellend zum

Zaun, hinter dem Tilda mit dem Kissenbezug stand. Der Dackel drehte sich blaffend im Kreis, um immer wieder zum Zaun und dem tröstlichen Duft seines Herrn zurückzukehren.
Tilda war berührt von der Freude des Tieres. Spontan beschloss sie, ihn mit zu sich nach Hause zu nehmen.
„Das Tier ist noch nicht zur Adoption freigegeben", dämpfte der Heimleiter ihre Hochstimmung.
„Ich will den Hund ja auch nicht für immer behalten. Nur so lange, bis der Besitzer wieder gesund ist." Ohne ein schlechtes Gewissen log sie: „Ich bin die Pflegerin des Kranken." Der Leiter zögerte. Schließlich gab er seine Bedenken auf und den Hund ab.
Mit dem Kissenbezug als Lockmittel folgte der angeleinte Dackel ihr zum Auto.
In ihrer Wohnung legte Tilda eine alte Decke in den Flur und den Kissenbezug darauf. Für eine kurze Weile legte das Tier sich dort ab. Aber bald wurde es unruhig, kratzte an der Etagentür. Tilda nahm die Leine, die sie vom Tierheim geschenkt bekommen hatte, und machte mit ihm einen langen Spaziergang auf der Promenade. Sie wagte nicht, ihn abzuleinen, weil sie sich nicht sicher war, ob er zu ihr zurückkehren würde. Sie konnte den Hund nicht einmal rufen, da sie seinen Namen nicht kannte. Also beschloss Tilda ihm einen Namen zu geben. Sie entschied sich für ‚Bart'. Das klingt kurz und prägnant und erinnert an sein Fell, nicht zuletzt auch an den Bart seines Herrn.
Nach Hause zurückgekehrt schellte sie bei der Nachbarin auf dem gleichen Flur.
„Ich wollte Ihnen unseren neuen Hausbewohner vorstellen", sagte sie. Frau Tromke war eine liebenswürdige, ältere Dame. Stets hilfsbereit, ohne aufdringlich zu sein.

„Welch freudige Überraschung, da werde ich wohl in der Zukunft ein paar Leckerli bereithalten müssen. Was machen sie denn mit ihm, wenn Sie in der Schule sind?“
„Ehrlich gesagt hoffe ich, dass ‚Bart‘ in meiner Wohnung bleibt, ohne dass er das ganze Haus zusammenbellt.“
„Meine Liebe, für dies Problem gibt es eine einfache Lösung: Er kommt zu mir. Dann sind wir beide nicht allein.“

Tage vergingen. Obwohl Tildas Mutter bereits entlassen und in ihre Wohnung in einer Seniorenresidenz zurückgekehrt war, frühstückte Tilda weiterhin im Krankenhaus. Nur saß sie nicht mehr ihrer Mutter gegenüber, sondern dem Fremden im Bett. Ein stiller Partner. Um seine Sinne zu reizen, fächelte sie ihm jedes Mal den aromatischen Kaffeeduft zu, bevor sie selber einen Schluck trank.
Morgens las sie ihm aus der Tageszeitung den Leitartikel vor. Kam Tilda auch noch am Abend, nahm sie ein Buch mit. Da sie nicht abschätzen konnte, was er gerne hören würde, las sie ihm ihre Lieblingsgedichte von Goethe vor. Oder Geschichten, die so kurz waren, dass sie sie an einem Abend zu Ende lesen konnte. Die Taschenlampe reizte auch weiterhin seine geschlossenen Augenlider mit farbigen Lichtreflexen.
Wenn sie beide Musik hörten, erschien es Tilda, als würde der Fremde ruhiger, gleichmäßiger atmen. Aber dies konnte auch Täuschung sein.
Schwester Karin verfolgte Tildas vergebliche Versuche, dem Fremden irgendwelche Anzeichen bewusster Regung zu entlocken.
„Glauben Sie mir, ich bin froh, dass er keine Bezugsperson hat. Für die Angehörigen ist es oft schlimmer als für den Patienten, wenn sich so gar kein Erfolg einstellt. Aber na-

türlich darf man immer hoffen.“ Schwester Karin strich Tilda freundlich über die Hand.
Ein kleiner, spitzer Stich durchfuhr für einen Augenblick Tildas Herz. ‚Keine Bezugsperson’? Ich, ich bin doch seine Bezugsperson, dachte sie.

Eines Abends, als Tilda sich von dem Fremden verabschieden wollte und wie sonst auch seine Hand hielt, beugte sie sich plötzlich vor und küsste ihn spontan auf den Mundwinkel. Dorthin, wo sein gestutzter Bart den Schwung von der Oberlippe zum Kinn nahm. Die Barthaare waren seltsam weich. Fühlten sich wie zarte Federn an.

Etwas hatte sich verändert.
Sie war glücklich, ohne es zu wissen.
Sie befand sich in einem Zustand des Glücks, der ihr eine gewisse Schwerelosigkeit verlieh.
Ihre Schritte bekamen Leichtigkeit, Eleganz. Ihre Augen erhielten die Fähigkeit selbst kleinste Dinge aus ihrer Normalität herauszuheben und als schön zu empfinden. Ihr Mittagsgeschirr auf dem Tisch war nicht mehr Suppenteller, Teller und Glas auf einem alten, gebrauchten Küchentisch, sondern Porzellan von höchster Qualität und zartem Schimmer. Das Glas wurde zum Prisma der Dinge, die dahinter lagen. Aufregende, verzerrte Bilder voller Symbolkraft. Tilda nahm die Lichtreflexe auf dem Silberbesteck war. Sie freute sich über deren milden Glanz. Die Holzmaserungen des Tisches fügten sich in ihren Augen zu bizarren Fabelwesen, zu Ornamenten und Arabesken.
Dieser Zustand unbewussten Glücks ließ sie lebendiger, aufmerksamer und den täglichen Anfechtungen gegenüber gelassener werden.

Tildas Spaziergänge mit ‚Bart', dem Hund, taten beiden gut. Niemals wäre sie auf die Idee gekommen, alleine in den Wald und an den Feldern entlangzugehen. Sie hatte sich bisher eingebildet, dafür keine Zeit zu haben. Jetzt gab der Hund ihr die Möglichkeit, nicht mehr jede freie Minute für ihre Mutter bereitzustehen. Das Tier brauchte sie. Mehr als ihre Mutter. Diese hatte für 'die unnötige Anschaffung' keinerlei Verständnis.
„Wie kannst Du Dir in Deiner Lage als berufstätige Frau ein Tier zulegen?" fragte die Mutter vorwurfsvoll. „Tiere fordern. Und wenn sie nicht fordern, dann machen sie Dreck!"
„Du forderst mich, Mutti", wagte Tilda zu erwidern.
Ihre Mutter sah die Tochter erstaunt und missbilligend an.
„Was sind denn das für neue Töne. Mein liebes Kind, Du darfst nicht vergessen: Ich bin schließlich Deine Mutter. Ich habe ein Recht auf Deine Zuwendung, Hilfe und Zeit."

Tage später hatte Tilda eine verwegene Idee. Sie kaufte eine billige Sporttasche, schnitt mehrere Löcher in die Seitenwände, legte den geheiligten Kissenbezug auf den Boden der Tasche und setzte ‚Bart' hinein. Mit dem Hund in der Tasche betrat Tilda das Krankenhaus. Als wisse das Tier um die Heimlichkeit und um die geforderte Notwendigkeit, unbemerkt zu bleiben, gab ‚Bart' keinen Laut von sich.
„Ich habe Ihnen eine Überraschung mitgebracht." Tilda stellte die Tasche neben dem Bett des Fremden ab. Langsam öffnete sie den Reißverschluss, legte beruhigend ihre Hand auf den Rücken des Dackels. Er zitterte am ganzen Körper und gab fiepende Töne von sich. Tilda hob ihn her-

aus und setzte ihn auf die Bettkante neben die Hand seines Herrn.
Mit geschlossenen Augen sog der Hund den köstlichen Duft ein, den er so lange und schmerzhaft vermisst hatte. Dann leckte er die Hand inbrünstig. Das Fiepen wurde zu zartem Gesäusel.
Nach einer langen Weile voll von demütigem Glück robbte sich ‚Bart' mit seinen Vorderpfoten nach oben. Verharrte an der Schulter und legte dann seine Schnauze zwischen Hals und Kinn seines Herren. Dort verweilte er in Anbetung.

Tilda starrte auf den Fremden im Bett. Sein rechtes Auge hatte zu zucken begonnen und ein leises Wimmern entwich seiner Brust. Seine Hände, die so lange regungslos neben ihm gelegen hatten, öffneten und schlossen sich wie die flatternden Flügel einer Motte. Wahrlich, die Liebe hatte ihn erreicht.
Tilda wollte nach der Schwester schellen. Wollte die Ärzte rufen. Wollte verkünden von dem, was sich vor ihren Augen ereignete. Aber wie konnte sie das mit dem Hund auf dem Bett. Sie hob ‚Bart' hoch. Ohne zu protestieren, verschwand er wieder in der Sporttasche. Dann erst läutete sie.
Schwestern kamen, Ärzte. Alle standen am Bett des fremden Patienten.
Dessen Stimme schien irgendwo aus seinem Hals zu kommen, ohne dass er dabei seinen Mund und die Lippen bewegte.
Tilda liefen die Tränen aus den Augen. Sie quollen aus ihr heraus, ohne dass sie sie hätte aufhalten können.
Alle Umstehenden dachten, es seien Freudentränen.

Sie aber wusste es besser. Sie hatte ihn verloren. Von jetzt an würde er wieder der Welt gehören. Nicht nur ihr alleine. Seiner Welt, die mit ihm zu teilen für eine Weile ihr vergönnt war.
Schwester Karin nahm sie in den Arm. „Das ist Ihr Werk!“ sagte sie zu Tilda. Die aber wollte schreien: ‚Nein, es ist nicht mein Werk. Es ist das Werk von ‚Bart’, seinem Hund. Nur seiner reinen uneigennützigen Liebe ist es gelungen, seinen Herrn zu ‚erwecken’. Aber sie schwieg.

Der Organist

Er kannte jede dieser ausgetretenen Treppenstufen. Sie waren ihm so vertraut, dass er mit geschlossenen Augen jede Einzelne von ihnen wiedererkennen würde. Lediglich an der Beschaffenheit und Tiefe, wie der Stein über die Jahrhunderte abgewetzt und ausgetreten worden war. Jedes Mal, wenn er diese Stufen hinaufging, bemächtigte sich seiner eine Ruhe und Bedächtigkeit, ein Frieden und eine stille Freude. Er dachte an die tausend Füße, die diese Treppe bereits hinaufgestiegen waren. Er dachte an all seine Vorgänger, die als Organisten den Weg über sie genommen hatten, um hinaufzusteigen auf die oberste Empore, wo die Orgel stand. Sicherlich hatte niemand von ihnen daran gedacht, dass er, Veit Tillmann, in ihre Fußstapfen tretend ihr Nachfolger sein würde. Und er dachte an die, die noch kommen sollten. In hundert Jahren würden sie noch immer die Vertiefungen und Scharten unter ihren Füßen spüren. Vielleicht wäre einer unter ihnen, der auch dieses Glück spüren würde wie er selbst. Diese Freude, die ihn erwartete, immer wenn er sich an die Orgel setzte. Wenn er Zwiesprache hielt mit diesem Instrument. Wenn die Töne, die Akkorde, das Rauschen und Dröhnen ihn aufrüttelte. Ihn klein werden ließ vor dem Lob Gottes, das jedes der Lieder in sich trug.
Der Schall einer Orgel ist ein anderer, wenn die Kirche mit Menschen gefüllt ist. Der Klang ist gedämpfter, weil er von so vielen zusätzlichen Dingen wie von Personen und ihrer Kleidung aufgenommen wird. Ist die Kirche leer, kann der Ton ungehemmt aufsteigen, sich durch den gesamten Raum schwingen. Wird klarer, intensiver. Darum

liebte es Veit Tillmann, alleine mit sich und der Orgel zu üben, sich auf den kommenden Gottesdienst vorzubereiten. Dann ließ er die Orgel tönen, als hieße es Gott dort oben zu erreichen. Er zog die Register, ließ die Orgel brausen und schrille Schreie ausstoßen oder entlockte ihr ein zartes Zirpen und Glucksen. Er rutschte auf der Bank von rechts nach links, ließ seine Hände über die Manuale, die Füße über das Pedal gleiten und zauberte aus der Orgel eine Musik, die seine eigene Stimmung wiedergab. Diese Musik wurde zum Ausdruck seiner selbst.
Jetzt saß Veit Tillmann auf der Bank und suchte anhand des Entwurfes der Predigt, die Pfarrer Jebsen am kommenden Sonntag halten wollte, die dazu passenden Lieder aus dem Gesangbuch aus. Der Pfarrer wollte über das Gottesverständnis predigen. Er hatte seine Predigt an einem einzigen Satz festgemacht:
- Es kommt nicht im Geringsten darauf an, dass wir Gott verstehen. Wichtig ist, dass wir uns darauf verlassen können, dass Gott uns versteht. -
Diese Aussage stimmte den Organisten Veit Tillmann zuversichtlich und tröstlich. Wie wunderbar und erleichternd war es, zu wissen, dass mit dieser Erkenntnis den Menschen die Möglichkeit eröffnet wurde, ihre unbewältigten Sorgen Gott vor die Füße legen zu können. In der Gewissheit, dass er sich verstehend ihrer annimmt.
Veit Tillmann saß still auf seiner Orgelbank und blätterte im Gesangbuch. Da vernahm er ein leichtes Knirschen, ein zartes Kratzen, das man nur hören konnte, wenn es in der Kirche absolut still war. So wie jetzt. Da der Organist schon viele Male ruhig über einer Partitur gesessen hatte, kannte er dies Geräusch und wusste, es zu deuten. Jemand hatte die Kirchentür geöffnet, die an einer bestimmten Stel-

le über den Steinfußboden schabte. Es war nichts Ungewöhnliches, dass jemand die Kirche betrat. Der Organist blätterte also weiter im Gesangbuch. Legte, die im Buchrücken befestigten, verschiedenfarbigen schmalen Seidenbändchen als Lesezeichen in die Seiten.
Leise hallten Fußtritte durch den Mittelgang. Veit Tilmann sah in den Spiegel, der rechts oberhalb der Register befestigt war, und dazu diente die Vorgänge hinter ihm am Altar im Blick zu haben. So konnte er sehen, wenn der Pfarrer, während der Liturgie ihm ein Zeichen gab, mit dem Orgelspiel einzusetzen.
Er sah im Spiegel zwei Männer, die nach vorne gingen und sich gleich vor der Kanzel in die erste Reihe setzten. Der Eine hatte einen Mantel und, wie er später sehen konnte, Handschuhe an. Der Andere trug einen Parka. Nicht, dass dem Organisten irgendetwas Besonderes an diesen beiden Männern aufgefallen wäre, er kannte keinen von ihnen, dennoch hatte er das unbestimmte Gefühl der Frieden dieses Hauses sei gestört. Die Männer verhielten sich unauffällig. Es gab keinerlei Anlass für dieses nebulöse Gefühl des Unbehagens, das er in sich spürte. Betraten sonst Betende oder Touristen die Kirche, störte ihn das keineswegs. Er spielte und übte weiter an der Orgel. Aber jetzt, in Gegenwart dieser beiden ihm unbekannten Männer, war es Veit Tillmann unmöglich, mit seinem Spiel zu beginnen. Er saß auf seiner Orgelbank und blickte in den Spiegel. Die Männer neigten ihre Köpfe zu einander. Einer sprach, der andere hörte zu. Veit Tillmann konnte nichts verstehen. Neugierde gehörte nicht zu den Schwächen des Organisten. Deshalb war er über sich selbst erstaunt, dass er, in diesem Fall, den Wunsch hatte, wissen zu wollen, was die beiden dort vorne im Kirchenschiff zu besprechen hatten. Darum

schaltete er das Mikrophon an, das an der Kanzel angebracht war und ebenso wie der Spiegel zur Kommunikation mit dem Pfarrer diente. Jetzt konnte er die Männer sprechen hören. Er musste sich auf ihr Gespräch konzentrieren, denn sie redeten mit gedämpfter Stimme.
„Bist Du Dir auch sicher, dass es fest sitzt?“
„Ja, absolut.“
„Wie bist Du in das Zimmer gekommen?“
„Ich habe mich als Telekom-Techniker ausgegeben, der die Leitungen nachmessen muss. Es hat geklappt. Das Mädchen hat mich reingelassen. Er war nicht da. So konnte ich an den Schreibtisch, auf dem das Telefon stand.“
„Gut gemacht. Jetzt heißt es nur noch Geduld zu haben. Hier die andere Hälfte.“ Der Mann im Mantel zog einen Umschlag aus der Innentasche des Mantels. Der Andere zählte nach.
„Braucht ihr mich noch?“ fragte er.
„Nein.“
In diesem Moment ging die Türe zur Sakristei auf und Pfarrer Jebsen ging die paar Schritte zum Altar. Kniete dort kurz nieder und legte ein großes Buch auf den Altartisch ab. Beim Hinausgehen nickte er den beiden Männern in der ersten Reihe der Kirchenbänke kurz zu und verschwand wieder in der Sakristei.
„Verdammt, der kennt mich“, entfuhr es dem, der das Geld erhalten hatte.
„Wieso kennt er Dich?“ fragte der Andere. Ärger schwang in seiner Stimme mit. „Sag mir, woher Du den Pfaffen kennst?“
Er bekam keine Antwort.
„Bist Du verrückt. Wir haben Dich ausgesucht, gerade weil Dich hier niemand kennt. Bist Du Dir im Klaren darüber,

was das bedeutet?“
Der Mann im Parka erboste sich. „Dir mag es ja egal sein, einen Menschen zu töten. Hast es vielleicht schon zig Mal gemacht. Ich, ich kann das nicht so einfach wegstecken. Schließlich hat der Mann mir nichts getan.“ Nach einer Atempause fragte er: „Warum muss er denn eigentlich weg?“
„Es spielt jetzt zwar keine Rolle mehr, aber ich will es Dir doch noch erklären. Es ist ganz einfach. Er hat zu viel gewusst. Er hat angefangen zu publizieren, und als er Berufsverbot erhielt, ist er in den Westen geflohen, um es hier öffentlich zu machen. Aber wir haben ihn aufgespürt. Jetzt kriegt er für seine Neugierde die Quittung. Du hast aber meine Frage noch nicht beantwortet. Woher kennst Du diesen Pfarrer?“
„Ich war hier in der Kirche und .....und“, er fing an zu stottern „und da habe ich gebeichtet. Nicht alles. Nicht im Detail. Ich hab lediglich gesagt, dass jemand durch mich sterben wird. Der Pfarrer weiß im Grunde gar nichts. Außerdem ist er an das Beichtgeheimnis gebunden.“
„Und hat er Dir Absolution erteilt?“
„Er hat gesagt: - Bereuen kann man nur eine Tat, die man bewusst und freiwillig getroffen hat. Deshalb sollte ich ihm sagen, ob ich zu der Handlung gezwungen worden bin.“
„Bist Du, mein Lieber, bist Du. Denk an Deine Tochter, die wir uns sonst vorgenommen hätten.“

Veit Tillmanns Körper zitterte so, als hätte ihn Schüttelfrost befallen. Seine Hände krallten sich um die Kante der Holzbank, auf der er saß. Ihm war klar, dass er kein Geräusch machen durfte. Schon das Leiseste würde die Männer zu ihm aufsehen lassen und dann,........er wagte nicht,

daran zu denken.
Ein eigenartiges Knacken kam durch das Mikrophon. Er richtete sich aus seiner zusammengesackten Haltung wieder auf und blickte in den Spiegel. Zu seinem Erstaunen sah er nur noch den Mann im Mantel. Wo war der Andere?
Der Organist starrte angestrengt in den Spiegel. Da sah er ihn. Oder zumindest Teile von ihm. Der Mann im Parka hing seitlich aus der Kirchenbank heraus. Reglos. Als mache er ein Mittagsschläfchen.
Der Mantelmann stand auf, bückte sich und zog den anderen an den Füßen von der Bank. Hart schlug der Körper auf den Steinboden. Dann schleifte er ihn die drei Stufen zum Altar hoch und legte den Toten hinter dem Altar ab. Danach rüttelte er an der Türe zur Sakristei. Sie war abgeschlossen. Unaufgeregt und ruhig ging der Mörder den Mittelgang hinunter und entglitt dem Blick des Organisten. Ein leises Schaben. Die Kirchentür wurde geöffnet und schloss sich wieder.
Die einsetzende Stille hatte etwas Bedrohliches. Veit Tillmann blickte auf seine Hände, als suche er in ihnen nach Kraft. Die soeben erlebte Dramatik schrie nach Taten. Er aber empfand nur Leere, die sich gähnend vor ihm auftat. Die Unfähigkeit, etwas zu tun, hatte ihn in sich zusammensinken lassen. Kälte stieg in ihm auf, so, als habe er einen Spaziergang gemacht und sei dabei in einen zugefrorenen See gestürzt. Seine vorher erstarrten Hände fuhren jetzt nervös auf seinen Hosenbeinen hin und her, als wolle er sich durch das Reiben des Stoffes erwärmen. Er hatte sich vor Jahren das Rauchen abgewöhnt. Nun jedoch hatte er das dringende Bedürfnis, sich eine Zigarette anzustecken und den Rauch tief in seiner Lunge zu spüren.
Auf einmal war alles Geschehene wie ausgelöscht. Er

konnte sich nur noch daran erinnern, dass er Erleichterung verspürt hatte, als der Mantelmann die Türe zur Sakristei verschlossen vorfand. Was so viel bedeutete, dass Pfarrer Jebsen bereits die Kirche verlassen hatte. Der Organist ahnte, dass dies nur ein Aufschieben der Gefahr für den Pfarrer bedeutete. Er, Veit Tillmann, war der Einzige, der ihn warnen konnte. Diese Erkenntnis erlöste ihn aus seiner Starre.
Mit zittrigen Beinen stieg er die ausgetretene Steintreppe hinunter. Er hielt sich nahe der Wand, gegen die er sich einige Male lehnte, um Kraft zu schöpfen. Ihm war übel. Von Bankreihe zu Bankreihe zog er sich bis nach vorne zum Altar. Auf den drei Stufen dorthin suchten seine Hände nach Halt. Auf allen Vieren kriechend erklomm er sie und zerrte sich am Altar hoch. Er wagte nicht dahinter zu blicken. Er schämte sich dafür. Für Minuten überfiel ihn Ratlosigkeit. Dann endlich hatte er sich so weit gefangen, dass er in der Lage war, hinter den Altar zu sehen.
Dort lag, mit seltsam umgeknicktem Kopf, der Mann im Parka. Seine Gesichtshaut hatte die Farbe halbfetten Quarks. Seine Augen glichen Steinen, grau und stumpf.
Als Veit Tillmann Minuten später in seinem Auto saß, wurde ihm klar, dass er in diesem Zustand nicht würde fahren können. Sein Blick konzentrierte sich auf die Windschutzscheibe und die Reste der Insekten darauf.
Vollkommen nebensächliche Dinge, wie der Wunsch Spinat zu essen, sich mit einer Riesenwelle am Reck durch die Luft zu schwingen oder Schuhe zu putzen, überkamen ihn jetzt. Dabei war ihm speiübel. Er sah sich oben auf einer Sprungschanze sitzen. Sah die in die Tiefe führende Spur, den im Dunst liegenden Auslauf, auf dem er landen würde. Bevor er sich abstieß, ja bereits in der vollzogenen Bewegung, in der nichts mehr rückgängig gemacht werden konn-

te, bemerkte er, dass er weder Skier noch Skischuhe sondern lediglich Socken anhatte.
Veit Tillmann stieg aus dem Auto. Unschlüssig blieb er daneben stehen. Angestrengt überlegte er, dass er etwas Wichtiges, etwas Richtiges tun müsste. Was war das Richtige? Zum ersten Mal stellte er sich gedanklich der Situation. Es galt, Pfarrer Jebsen zu warnen. Er verließ den Parkplatz und ging den Kiesweg zurück. An Gräbern vorbei, entlang der Kirchenwand und schließlich bis zum Pfarrhaus. Er schellte Sturm. Die Haushälterin öffnete. An ihr vorbei stürmte er in Pfarrer Jebsen Arbeitszimmer. Dort blieb er am Schreibtisch stehen und starrte den Priester an. Er öffnete und schloss seinen Mund, ohne dass ihm ein Ton entwich. Schnappatmung hatte ihn befallen. Pfarrer Jebsen stand auf und legte beruhigend seinen Arm um den Organisten.
„Nun kommen Sie erst einmal zu sich und beruhigen Sie sich."
Er führte den Zitternden und nach Atem Ringenden zu einer Sitzgruppe. Es dauerte einen Schnaps lang, bis der Organist sich in der Lage sah, zu erzählen. Je mehr er in Fahrt kam, umso blasser wurde der Pfarrer.
„Sie sind in Gefahr. Der Mörder weiß, dass sie ein Mitwisser sind und, was noch schlimmer ist, er nimmt an, dass Sie sich nicht an die Schweigepflicht halten werden. Aus seiner Sicht müssen Sie aus dem Weg geräumt werden und zwar so schnell wie möglich. Warum sonst wollte er in die Sakristei?" fragte er beschwörend.
„Wie stellen Sie sich das vor. Ich kann mich doch nicht verstecken. Er würde mich genauso finden, wie er den Anderen, den Journalisten, gefunden hat. Seltsam, ich habe das Gefühl, als sei das Opfer noch nicht tot. So jedenfalls

habe ich die Worte des Toten bei dessen Beichte verstanden. Wie sonst wäre auch der Satz zu interpretieren: - Jetzt heißt es Geduld haben -.
Dies kann nur bedeuten, dass dessen Tod nur noch eine Frage der Zeit ist. Dieser Unbekannte, an dessen Schreibtisch der tote Mann im Parka als Telekom-Mechaniker stand, ihn gilt es so schnell wie möglich zu finden. Er ist wesentlich gefährdeter, als ich es bin."
„Wie soll das gelingen?" Der Organist lehnte kraftlos im Sessel.
„Ich weiß es auch nicht. Wir wissen nur, dass er einen Schreibtisch hat, auf dem ein Telefon steht."
„Und wir wissen, dass er ein Mädchen hat. Entweder eine Zugehfrau oder seine Tochter", fügte Veit Tillmann hinzu.
Pfarrer Jebsen schaute auf das Kruzifix an der Wand, um sich von dessen Anblick Kraft zu holen. Er verharrte in stillem Gebet.
Der Organist war der Erste, der wieder das Wort ergriff.
„Wenn wir die Polizei einschalten, weiß der Mann im Mantel, dass Sie Ihre Schweigepflicht gebrochen haben. Damit vergrößert sich die Gefahr für Sie. Wenn Sie nicht fliehen wollen, liegt Ihre einzige Chance darin, ihr gewohntes Leben so fortzuführen, als wäre nichts geschehen. Denn er ahnt ja nicht, dass ich alles mitgesehen und angehört habe."
„Und was ist mit der Leiche dort hinter dem Altar?" unterbrach ihn der Pfarrer.
„Die muss fort. Fürs Erste jedenfalls. Später, wenn der Mantelmann überzeugt ist, dass Sie geschwiegen haben, können wir die Polizei immer noch zu der Leiche führen. Allzu lang wird sich der Mann im Mantel hier in der Gegend nicht aufhalten. Er will ja unerkannt bleiben. Sonst hätte er den Mord selbst arrangiert und es nicht den Ande-

ren machen lassen. Heute Nacht schon werden wir den Toten aus der Kirche schaffen. Wir werden ihn in das ausgehobene Grab legen, das für den Vater des Apothekers vorgesehen ist."
„Das kann ich nicht." Pfarrer Jebsen hob beschwörend die Hände.
„Ich sehe mich außerstande, einen Toten an den Füßen aus meiner Kirche zu schleifen, um ihn….."
Der Organist unterbrach ihn. „Diese, Ihre Kirche, wie Sie es nennen, ist auch meine Kirche. Es ist diese Kirche, in der ich mit dem Spiel der Orgel Gott anbete. Ihm nahe bin. Mich geborgen und gleichzeitig frei fühle. Diese, unsere Kirche, und der darin lebende Glaube hat es zugelassen, dass in ihr gemordet wurde. Und diesem Mord habe ich beigewohnt. Wenn die Kirche diesen Frevel geduldet hat, dann wird sie es auch zulassen müssen, dass wir beide diesen ermordeten Menschen aus ihr entfernen. Es haben die Glocken nicht Sturm geläutet. Christus ist nicht vom Kreuz gestiegen. Es ist nichts geschehen. Absolut nichts." Veit Tillmann schlug die Hände vor sein Gesicht, rang nach Fassung. Der Pfarrer war in seinem Sessel zusammengesunken. Er betete.

Obwohl der Organist total erschöpft war, sich nach Schlaf sehnte, konnte er nicht einschlafen. Mit offenen Augen lag er wach in seinem Bett. Der gleichmäßige Atem seiner Frau neben ihm gab ihm so etwas wie ein Gefühl der Geborgenheit. Sie wusste nichts von dem, was heute geschehen war. Er wollte sie nicht damit belasten und, es fiel ihm schwer, sich das einzugestehen, er vertraute nicht ihrer Verschwiegenheit. Sie war eine kommunikative, lebhafte Person. Als Leiterin des Kindergartens kannte sie viele

Frauen im Ort. Entweder sie waren Mütter ihrer Kindergartenkinder oder deren Großmütter. Veit Tillmann fand es besser, seine Frau nicht in die Geschehnisse mit einzubeziehen. So ging er kein Risiko ein.
Nachdem der Pfarrer und er den Toten aus der Kirche in das nahe gelegene, offene Grab gezogen hatten, warf er mit einer Schaufel einen kleinen Teil der ausgehobenen Erde auf den Leichnam. Das grüne Tuch, das das Grab auskleidete ordnete er neu. Pfarrer Jebsen kehrte den Weg und ließ die Schleifspuren, die die Absätze des Toten auf dem weichen Friedhofsboden hinterlassen hatten, verschwinden.
Heute, denn der neue Tag hatte bereits begonnen, wollten sie sich in der Sakristei treffen. Sie mussten einen Plan entwickeln, darüber beratschlagen, wie sie den Mann finden könnten, dem der Anschlag galt, den der tote Mann im Parka vorbereitet hatte.
Durch die Dämmerung begannen die Dinge im Schlafzimmer sichtbar zu werden. Veit Tillmann verspürte den Wunsch aufzustehen, in die Kirche zu gehen um dort im Orgelspiel Kraft und Erkenntnis zu gewinnen. Was aber sollten die Anwohner denken, wenn gegen vier Uhr morgens die Orgel ertönte und sie weckte.
Was für ein Tag lag hinter ihm. Da denkt man, das Leben im Griff zu haben, hat sich eingerichtet in ihm, hat die gesteckten Ziele erreicht, fühlt sich wohl und angekommen. Hofft, dass es so weiter gehen möge. Und dann kommt solch ein Tag wie der gestrige und nichts ist mehr wie vorher.
Von wildfremden Menschen wird einem eine Bürde auferlegt, die man nicht stemmen und deren Bewältigung man nicht erlernen kann.
- Wenn meine Kinder wüssten, dass ihr Vater heute Nacht

einen Ermordeten aus der Kirche geschleift hat, sie wären unfähig, es zu glauben. Er, ein musischer Philanthrop, hatte gemeinsam mit dem sanftmütigen Pfarrer den leblosen Körper dieses Fremden mit Schwung in ein Loch geschmissen. Unvorstellbar. Und doch war es genauso gewesen.

Der Organist fand den Pfarrer bereits in der Sakristei vor. Er fühlte sich erleichtert und seine Spannung löste sich. Ihm wurde klar, dass er unterschwellig befürchtet hatte, dem Pfarrer wäre in der Nacht etwas zugestoßen.
„Sie sollten nicht mehr im Pfarrhaus übernachten", riet er ihm.
„Ich danke für die Fürsorge. Natürlich habe ich mir diesbezüglich auch Gedanken gemacht. Ich habe also mein Bettzeug genommen und habe auf einer staubigen Pritsche auf dem Dachboden mein Lager aufgeschlagen."
„Das sollte nicht zur Dauerlösung werden. Meine Frau und ich würden uns…" Weiter kam Veit Tillmann nicht. Der Pfarrer unterbrach ihn. „Wenn unser Herr 40 Tage in der Wüste genächtigt hat, dann reicht mir mein Dachboden völlig. Wir sollten an Wichtigeres denken. Wie finden wir den Mann, dem der Anschlag gilt. Ich habe heute Nacht, dort oben unter dem Dach, darüber nachgedacht. Ich kenne in meiner Gemeinde niemanden, der in Frage käme. Sie sind mir alle seit Jahren, ja zum Teil seit Jahrzehnten bekannt. Es ist niemand darunter, der aus dem Osten zugereist ist." Pfarrer Jebsen wirkte resigniert.
„Sie lassen außer Acht dass, gerade jemand aus dem Osten nicht religiös sein muss. Außerdem kann der Gesuchte außerhalb Ihrer Gemeinde wohnen."
„Aber der Tote hat hier in meiner Kirche gebeichtet", warf

der Pfarrer ein.
„Was genau hat er denn gebeichtet? Vielleicht bringt uns das weiter.“
„Sie wissen doch, ich bin gebunden an das Beichtgeheimnis. Soviel aber kann ich sagen. Er gab keinerlei Hinweis auf das Opfer, das er im Begriff war zu töten.“
„Was ist das für eine Waffe, die im Umkreis eines Schreibtisches deponiert werden kann und die erst zu einem späteren Zeitpunkt das Opfer tötet? Eine Bombe mit Zeitzünder? Wie soll das jetzt funktionieren, wo doch der, der den Zünder auslösen kann, draußen auf dem Friedhof liegt?“ Veit Tillmann sah den Pfarrer fragend an. „Oder hat der Mann im Mantel den Zeitzünder? Damit wäre er jedoch gezwungen, hier in der Nähe abzuwarten, um zu beobachten, wann sein Opfer am Schreibtisch sitzt.“ Der Organist erhob sich und begann in der Sakristei auf und ab zu gehen. „Möglicherweise ist es auch ein Gift. Es könnte doch sein, dass das Opfer die Angewohnheit hat, während seiner Arbeit am Schreibtisch Pfefferminz oder Plätzchen zu essen, von denen eines vergiftet worden ist. Oder er trinkt etwas und hat die Wasserflasche neben dem Schreibtisch stehen. Wäre es nicht auch denkbar, dass eine Selbstschussanlage angebracht wurde. In der mittleren Schublade und wenn das Opfer sie öffnet, löst sich der Schuss. Für diese Möglichkeit braucht man keinen Zeitzünder zu bedienen. Der Mantelmann könnte also Deutschland verlassen, noch bevor das Opfer tot ist. Ein entscheidender Vorteil. Letztlich kann es ihm dann auch gleichgültig sein, ob die Polizei von Ihnen informiert worden ist, denn er ist ja außer Landes und nicht mehr greifbar.“ Veit Tillmann blieb vor dem Pfarrer stehen und blickte ihn an.
„Das leuchtet ein“, sagte dieser. „Aber dies sind lediglich

Spekulationen, die uns im Moment nicht weiterbringen. Wir müssen das Opfer finden. Ich werde mich an meine Mitbrüder wenden, vielleicht hat einer von ihnen jemanden in seiner Gemeinde, auf den das Wenige, was wir von dem Opfer wissen, passt. Natürlich kann er sich mit allem Möglichen beschäftigen, um sein Auskommen davon zu bestreiten. Aber würden Sie als Journalist, Reporter oder Kameramann sich bei einem Metzger anstellen lassen? Der Mann, den wir suchen, wird wahrscheinlich dem nachgehen, was er kann. Schreiben. Möglicherweise tut er dies abends, während er am Tage einer anderen Tätigkeit nachgeht. Nichts Handwerkliches, mehr etwas in der ursprünglichen Richtung seines Berufes. Vielleicht gibt er Nachhilfeunterricht in seiner Muttersprache. Wir sollten uns in Sprachschulen umhören.“ Pfarrer Jebsen notierte sich das Wort – Sprachschule – auf einem Zettel.
„Wenn wir nur nicht unter diesem Zeitdruck stünden.“ Resigniert nahm der Organist seinen Rundgang wieder auf.

Drei Tage später waren die beiden noch keinen Schritt weiter. Die Zeit rann ihnen davon. Noch immer nächtigte der Pfarrer auf seinem Dachboden. Noch immer trafen er und der Organist sich täglich, um unbefriedigt festzustellen, mit ihren Recherchen nicht weitergekommen zu sein. Von dem Mann im Mantel hörten und sahen sie nichts.
Der Sonntag kam und mit ihm die Bürde des Gottesdienstes, in dem Pfarrer Jebsen vor seine Gemeinde treten und so tun musste, als sei nichts geschehen. Als sei dies Gotteshaus nicht durch einen Mord entweiht worden. Seine Predigt, die noch immer unser menschliches Gottesverständnis zum Inhalt hatte und in der der Pfarrer seiner Gemeinde erklärte, dass es nicht darauf ankomme, dass wir Menschen

Gott verstehen, sondern dass wir uns sicher sein dürften, von IHM verstanden zu werden. Zusätzlich fügte er hinzu: „Gott lässt Dinge geschehen, die wir Menschen mit unserem Moralverständnis nicht billigen, ja verabscheuen. Taten, die unmenschlich sind. Und trotzdem, mir fällt es schwer zu sagen, von Gott zugelassen werden.“ Er stockte. Murmelte etwas wie: „Es ist nicht an uns, Gottes Willen zu ergründen.“
Überwältigt von seinen Gefühlen kniete er sich in der Kanzel nieder und war so, minutenlang für seine Gemeinde unsichtbar.
Der Organist Veit Tillmann hatte ganz genau zugehört. Noch während Pfarrer Jebsen im Verborgenen betete, begann er sein Orgelspiel. Leise, besänftigende Töne entströmten den Pfeifen, wurden deutlicher, konkreter und gingen über in eine klare Melodie voller Zartheit, um in einem Choral zu enden.

Ute Tillmann, die Frau des Organisten, ließ sich erschöpft auf den Küchenstuhl fallen. Was für ein Tag.
„Möchtest Du einen Kräutertee, einen mit Zitronen und Malven? Du siehst so müde aus!“ Veit Tillmann strich ihr über den Kopf.
„Wie lieb von Dir. Ein schwarzer Tee wäre mir lieber. Ich brauche etwas, was mich wieder auf die Beine bringt. Ich sage Dir, das war vielleicht ein Tag. Eine der Erzieherinnen hat sich krankgemeldet und die Praktikantin hatte heute Unterricht in der Berufsschule. Dann machten gleich zwei Eltern Stress wegen der neuen Abgaben. Außerdem fiel die Heizung aus, wegen Reparaturarbeiten. Das Schlimmste aber ist, unsere ukrainische Küchenhilfe kann in nächster Zeit nicht kommen, was so viel heißt, dass wir selbst ko-

chen müssen oder das Essen vom Krankenhaus beziehen müssen.“ Sie schloss für einen langen Atemzug die Augen. Ein leises Summen begann erst in ihrer Brust, um dann weiter in die Ohren zu ziehen. Ein beginnender Tinnitus?
„Warum lässt Euch denn die Küchenhilfe im Stich?“
„Der Mann, bei dem sie nachmittags noch putzt, wird immer kranker. Sie muss ihn jetzt den ganzen Tag pflegen.“
„Wie alt ist denn der Mann. Sollte er nicht in ein Pflegeheim?“
„Das ist kein alter Mann. Sie schätzt ihn auf Mitte dreißig. Lebt allein und kann sich nicht selbst versorgen.“
“Und was ist das für eine Krankheit? Doch wohl nichts Ansteckendes?“ fragte der Organist.
„Ihm ist ständig schlecht, er hat dauernd Kopfschmerzen und seine Haut ist voller Pusteln und gerötet. Sein Blutbild sei miserabel, hat der Arzt gesagt.“
„Der Arme. Was macht er denn beruflich?“ Veit Tillmann goss heißes Wasser in den Becher Tee und ließ einen Teelöffel Honig dazufließen.
„Er sitzt den ganzen Tag zu Hause an seinem Schreibtisch. Macht Übersetzungen, glaub’ ich.“ Ute Tillmann pustete in den Becher, aus dem Dampf aufstieg.
Bei dem Wort – Schreibtisch – horchte der Organist auf. Eine innere Spannung bemächtigte sich seiner.
„Ein Deutscher?“ Seine Stimme überschlug sich fast.

Es ist seltsam, was Menschen in den Momenten höchster Anspannung alles gleichzeitig durch den Kopf geht. Verschiedene, parallel verlaufende Einsichten und Ereignisse werden aus den Tiefen des Bewusstseins nach oben gespült.
Noch bevor der Organist von seiner Frau eine Antwort er-

hielt, wurde ihm hellsichtig klar, dass Menschen Figuren sind, die in einer Konstellation zueinander stehen, die, wenn wir Glück haben, sich positiv in unser Leben einfügen. Gleichzeitig wurde ihm bewusst, wie wenig Einfluss man auf diese Konstellationen hat. Dass es einer Höheren Macht bedarf, einer Macht, größer als wir selbst, die uns führt und der wir uns anvertrauen dürfen.
Ohne die Antwort abzuwarten, eilte er ans Telefon und wählte die Nummer des Pfarrers.
„Das weiß ich nicht." Rief seine Frau aus der Küche.
Aber er wusste es. Er wusste, dass die Nadel im Heuhaufen vom Pfarrer und ihm nie gefunden worden wäre, hätte diese Höhere Macht nicht eingegriffen. Wenn die Konstellationen der Figuren sich nicht so glücklich zueinander bewegt hätten. Wenn sie alleingelassen weiter gesucht hätten.

Eine Stunde später standen sie vor der Eingangstüre des Erkrankten. Die ukrainische Hilfe öffnete. Sie fanden den geflohenen Journalisten in einem entsetzlichen Zustand. Leichenblass, übersät mit Hautrötungen lag er auf dem Bett. Die Brechschale auf der eingesunkenen Brust. Der Pfarrer setzte sich zu ihm. Der Organist inspizierte im Nebenzimmer den Schreibtisch und das Telefon. Er fand nichts, was geeignet gewesen wäre, jemanden langsam und unbemerkt zu töten. Keine Flasche, nichts zu essen, kein Tabak oder dergleichen. Seine Frau und die ukrainische Hilfe sahen ihm dabei verstört zu.
„Was suchst Du denn?" fragte ihn seine Frau.
„Nach etwas, was ihn krank gemacht hat. Es muss hier im oder am Schreibtisch sein. Geht bitte aus dem Zimmer, es könnte gefährlich werden." Ute Tillmann verstand gar nichts. In den letzten Stunden waren Dinge geschehen, die

sich ihrem Verständnis entzogen. Fragte sie ihren Mann, was dies alles zu bedeuten hätte, kam die kurze Antwort: „Erkläre ich Dir später."
Um die Schublade des Schreibtisches zu öffnen, zog Veit Tillmann seinen Gürtel aus, schob den Lederriemen durch den Griff und zog von der Seite her die Schublade auf. Nichts!
Keine Selbstschussanlage.
Während die anderen im Arbeitszimmer nach etwas suchten, von dem sie weder wussten, was es war, noch wo es war, versuchte Pfarrer Jebsen von dem Kranken Näheres zu erfahren. Mit leiser Stimme und häufigen Pausen ergaben sich folgende Fakten:
Er kam aus Russland und hatte als freier Journalist aus Tschetschenien berichtet. Nachdem seine Beiträge immer kritischer, seine Recherchen immer unfassbarere Verbrechen ans Licht brachten, wurde er verhaftet. Nach endlosen Verhören und Folter wurde er zu fünfzehn Jahren Haft verurteilt.
Die Anklage lautete: Landesverrat, Spionage und Verbreitung von Unwahrheiten. Auf dem Transport in das Straflager gelang ihm die Flucht. Wie und wohin er geflohen war und wer ihm dabei geholfen hatte, wollte der Kranke nicht preisgeben, da dadurch Dritte in Gefahr gebracht werden würden.
„Dass sie mich eines Tages aufspüren würden, war mir klar", sagte er mit leichtem Akzent. „Wen sie haben wollen, den bekommen sie auch." Als Pfarrer Jebsen ihn fragte, woher er so gut Deutsch spreche, erzählte der Journalist, er habe in St.Petersburg Deutsch und Philosophie studiert. Schon während des Studiums hätte er damit begonnen, zu schreiben. Erst kleine Artikel über das tägliche Leben.

Glossen, die sich gut an Tageszeitungen verkaufen ließen. Dann habe er dezidiert über die Lebensbedingungen in Russland, den Kampf mit der allgegenwärtigen Bürokratie und der Korruptheit im Lande, dem der normale Bürger sich hilflos ausgesetzt sah, berichtet. Er stieß auf einen Tschetschenen, der die Drangsalierung durch seine russischen Mitbürger kaum mehr ertragen konnte. Nach dem Attentat in einem Moskauer Theater hätten ihn alle für einen Terroristen gehalten. Nach dem Gespräch mit diesem Tschetschenen wollte der Journalist mehr über die Lage in Tschetschenien wissen. Er wollte sich selbst ein Bild von der Situation dort machen. Er glaubte sowieso nicht an das, was einem das staatliche Fernsehen glauben machen wollte.

„Ich habe dort Dinge gesehen, über die kann man nur schwer schreiben. Ich habe gewagt, es trotzdem zu tun."

Der Kranke machte eine Pause. Dies alles strengte ihn zu sehr an.

„Wie sehr ich mich früher für einen gewaltlosen Aufstand eingesetzt habe", fuhr er fort. „So muss ich jetzt zugestehen, dass eine gezielte Anwendung von Gewalt die Beseitigung inakzeptabler Zustände beschleunigen kann. Denken Sie an die Freiheitsaufstände früherer Zeiten. Der Krieg der Griechen gegen die Perser, mit dem heldenhaften Opfer des Leonidas an den Thermopylen. Oder denken Sie an die Französische Revolution, an den Befreiungskrieg, den Vietnam gegen die französische Besatzung geführt hat."

Der Kranke sank zurück in die Kissen seines Bettes. Er schloss die Augen.

Pfarrer Jebsen verließ leise das Zimmer. Im Arbeitszimmer stand der Organist noch immer vor dem Schreibtisch.

„Ich denke, jetzt ist der Zeitpunkt gekommen, die Polizei

einzuschalten. Vor allem sollten wir den Notarzt rufen“, sagte er zu dem eintretenden Pfarrer.
„Sie haben also nichts Auffälliges gefunden?“ fragte dieser.
„Nein. Jetzt muss die Spurensuche der Polizei die Sache übernehmen. Es könnte auch für uns zu gefährlich werden.“ Der Organist ließ sich enttäuscht in den Schreibtischsessel fallen. Kaum saß er, sprang er auch schon wieder auf und begann den Sessel zu untersuchen.
„Den habe ich mir noch gar nicht vorgenommen“, erklärte er.
Veit Tillmann tastete die Rückenlehne ab, drückte auf die schmale Polsterung der Armlehnen und drehte dann den ganzen Sessel um, so dass die vier Stuhlbeine nach oben zeigten. In der Mitte der Unterseite steckte zwischen den Polstergurten ein flaches Kästchen. Die beiden starrten auf den Fund. Der Organist wollte es gerade herausziehen, da schrie der Pfarrer: „Nicht anfassen! Es kann gefährlich sein. Außerdem könnten Fingerabdrücke darauf sein.“

Die nuklearforensische Untersuchung des Behälters ergab eine angereicherte Uran-Probe von acht Gramm. Die Isotopen-Zusammensetzung wies darauf hin, dass es sich um eine Probe handelte, die bei einem Scheingeschäft in Georgien beschlagnahmt worden war. Man vermutete, dass das Uran ursprünglich aus einer russischen Anlage stammte. Als die konfiszierte Uran-Probe den amerikanischen Geheimdienst erreichte, war der Edelstahlbehälter leer.
Das Uran war verschwunden.
Die USA, bemüht um eine engere Zusammenarbeit mit Russland im Kampf gegen Atomschmuggel, hatten dieses Scheingeschäft eingefädelt. Nun also war diese brisante Probe unter dem Schreibtischsessel des geflohenen Journa-

listen wieder aufgetaucht. Dort hatte sie ihr zerstörerisches Werk begonnen.
Den Mann im Mantel fand man seinerseits ermordet auf einem Autobahnrastplatz in der Kabine eines leeren Transporters mit moldawischem Kennzeichen.

Der Organist stieg die Stufen, von denen er jede kannte, zur obersten Empore hinauf. Er entfernte die schonenden Filzläufer von den Manualen. Schloss seine Augen und verharrte in stummem Gebet.
„HERR“, sagte er in seinem Inneren. „HERR, Du hast den Schmerz von gestern in die Freude von heute verwandelt. Ich danke Dir dafür, dass Deine Wege wunderbar sind.“
Dann begann er zu spielen. Die Töne schwangen sich empor, zogen an den Fenstern entlang und brausten durch das Kirchenschiff. Er spielte Variationen über ein Thema von Beethoven. Es hieß ‚Ode an die Freude'.

Der Turnschuh

Julia Börner stand am Fuße der Treppe und rief nach oben:
„In zehn Minuten müssen wir los. Pack bitte Deine Tennissachen zusammen." Keine Antwort.
„Benny?" Sie schaute auf ihre Armbanduhr. Gerade als sie im Begriff war, noch einmal mit mehr Nachdruck ihren Sohn Benny zur Eile zu bewegen, antwortete er:
„Ich kann nicht. Die Schuhe passen nicht mehr."
Seine Mutter lächelte. Ihr Jüngster war wieder gewachsen.
„Versuch mal die Sportschuhe von Kim." Kam ihre Anweisung von unten. „Und zieh dicke Socken rein", fügte sie hinzu.
Als Benny nach einer Weile noch immer nicht nach unten kam, rannte sie entnervt, immer zwei Stufen auf einmal nehmend, selbst nach oben.
„Zeig mal her", sagte sie zu Benny, der auf der Bettkante saß und den rechten Schuh seines älteren Bruders Kim betrachtete.
„Er ist so dreckig, Mutti." Sie nahm ihm den Schuh aus der Hand. Benny hatte recht. Nicht nur vorne, auch der vordere Teil der Sohle war braun. Es sah aus wie Farbe. Der Nylonstoff fühlte sich dort hart an. Wie eingetrocknete Farbe. Wie eingetrocknetes Blut.
„Was machen wir jetzt?" Benny blickte zu seiner Mutter hoch.
Julia hörte ihn wie aus der Ferne. Aus der Ferne eines Landes, aus dem sie soeben gekommen und in dem noch alles in Ordnung war. Auf eine ihr unerklärliche Weise befand sie sich seit zwei Minuten nicht mehr in diesem Land der Sicherheit, in dem sie ihr bisheriges Leben zugebracht hat-

te. Ohne sagen zu können warum, stieg Trauer in ihr hoch. Drang aus ihren schwankenden Beinen nach oben, ließ ihren Magen sich zusammenziehen und krallte sich in ihrem Herzen fest. Trauer überschwemmte sie und mit ihr kam das Mitleid. Mitleid mit sich selbst. Mitleid mit denen, die mit ihr zusammen in jenem fernen Land der Geborgenheit lebten, in das sie sich alle niemals mehr würden zurückziehen können.
„Was machen wir nun? Den da will ich nicht anziehen. Der ist ekelig." Bendix sah noch immer zu seiner Mutter auf.
Mit trockenem Mund rang sich Julia die Antwort ab:
„Du musst heute einfach noch Deine Alten anziehen. Nächste Woche gehen wir gemeinsam in die Stadt und kaufen Dir Neue."

Julia Börner bereitete das Abendessen vor. Sie deckte für drei, denn mit ihrem Mann war nicht zu rechnen. Die Sitzung würde wahrscheinlich noch lange dauern. Sie hatte sich mittlerweile daran gewöhnt, ihren Mann nur noch selten zu sehen. Als stellvertretender Bürgermeister war er ständig in Sachen Kommunalpolitik unterwegs.
Die Erziehung der Söhne, ihre Krankheiten, ihre schulischen Leistungen, all das hatte sie alleine zu managen.
Als Kim in seiner Klasse gemobbt wurde, seine Noten sich verschlechterten, bat Julia ihren Mann, zusammen mit ihr ein Gespräch mit der Klassenlehrerin zu suchen. Er lehnte mit den Worten ab:
„So was kannst Du viel besser, mein Schatz. Ich habe vollstes Vertrauen in Dich. Du schaffst das schon!"
Und dann fügte er einen Satz hinzu, der sie fassungslos machte. „Wenn ich da in der Schule auftauche, dann er-

kennt mich jeder und die Presse bekommt davon Wind. Das wäre mir peinlich. Schließlich sind unsere Jungs keine Überflieger. Leider!" Schämte er sich seiner Söhne?

Julia Börner deckte den Tisch. Stellte einen kleinen Teller mit geschälten Apfelstücken auf jeden Platz. Vollkornbrot, Butter, Tomaten, Radieschen und Gurkenscheiben vervollständigten das Abendessen. Gläser und einen Glaskrug mit Wasser, in dem zwei Citronenscheiben und etwas Eis schwammen, stellte sie auf den Teewagen neben ihren Platz.
Anschließend ging sie nach oben und klopfte an Bennys Zimmertür. Er rief: „Komm rein, Mutti." Voller Stolz zeigte er ihr sein halbfertiges Starwars-Luftschiff. Er hatte es mithilfe der beigefügten Bauanleitung gebastelt. Julia lächelte. Von ihr hatte Benny mit Sicherheit nicht die Begabung, technische Dinge und Zusammenhänge zu verstehen. Sie selbst war kaum in der Lage, Ikeamöbel zusammenzusetzen.
„Du bist der Baumeister dieser Familie, das ist mal klar, mein Herzchen", lobte sie ihn.
Kims Türe war von innen verschlossen. Wahscheinlich lag er auf dem Bett und hörte durch seine Ohrstöpsel dröhnend Rap-Musik. Oder sah sich, verbotenerweise, geliehene Kampfspiele am Computer an. Julia hämmerte mit der Faust an seine Zimmertür. Keine Reaktion. Da half nur eines. Sie musste im Kellerflur die Sicherung für Kims Zimmer herausdrehen.
Kurz darauf hörte sie die Brüder miteinander reden und dann polterten sie die Treppe herunter.
Beim Essen vermied Kim jeden Blickkontakt mit seiner Mutter. Teilnahmslos saß er vor seinem leeren Teller.

Benny plapperte mit vollem Mund. Ohne einen Bissen gegessen zu haben, ging Kim wieder nach oben in sein Zimmer. Es kostete Julia viel auferlegte Zurückhaltung, ihn ohne Kommentar gehen zu lassen. Ein gesunder Junge stirbt nicht gleich, wenn er abends nichts isst. Sie blieb mit Benny allein zurück.
‚Was ist das bloß für eine Familie. Wie selten schaffen wir es, alle gemeinsam am Tisch zu sitzen,' dachte sie.
Nach dem Abendbrot, bei dem es auch ihr schwer fiel, etwas zu essen, ging sie mit Benny nach oben. Gemeinsam räumten sie auf, packten die Schultasche für den nächsten Tag und sie begleitete ihn ins Bad. Als ihr Jüngster im Bett lag, beugte sie sich zu ihm und küsste ihn ‚Gute Nacht'.
Kim's Zimmertüre war angelehnt. Er lag, voll angezogen auf seinem Bett. Den Kopf zur Wand gedreht. Julia trat zu ihm und beugte sich zu ihm hinunter. Tränen liefen ihm aus den Augen. Sie liefen über den Nasenrücken und versickerten im Bett.
Eigentlich wollte sie mit ihm über seinen Turnschuh sprechen, aber angesichts seines Kummers, strich sie ihm nur liebevoll über die Haare. „Schlaf gut, mein Liebling", flüsterte sie ihm ins Ohr.
Julia Börner versuchte zu lesen. Von zwei Nackenrollen abgestützt, lag sie im Bett. Immer wieder holte sie das Gefühl drohenden Unheils ein. Sie war nicht in der Lage, der Handlung im Buch zu folgen. Sie blätterte ein paar Seiten im Buch zurück und begann von neuem die Geschichte zu lesen. Sie blickte auf. Hörte sie da nicht ein Geräusch aus der Küche? War ihr Mann zurückgekehrt und sie hatte sein Auto nicht in die Garage fahren hören? Julia zog ihren Bademantel an und ging die Treppe hinunter. Kim stand vor dem offenen Eisschrank.

„Soll ich Dir zwei Spiegeleier braten?“ sprach sie ihn an.
Er gab keine Antwort.
„Vielleicht ein Käsebrot?“
„Lass mich in Ruhe!“ Das, was frech und aufmüpfig klingen sollte, klang verzweifelt, mehr wie ein Schrei.
Auf einmal wurde ihr bewusst, dass ihr Sohn nicht in Ruhe gelassen, sondern in die Arme genommen werden wollte. Sie stellte sich hinter ihn und massierte seine Schultern. Eine vertraute Geste zwischen ihnen. Von draußen hörten sie, wie sich das Garagentor öffnete. Detlef Börner kam nach Hause.
Kim drehte sich um und rannte die Treppe hinauf. Julia goss sich ein Glas Milch ein. Sie wartete, aber die Haustüre wurde nicht aufgeschlossen. Sie wartete weiter. Dann ging sie selbst an die Türe. Licht fiel aus der Garage auf den Vorplatz und ließ die roten Spalierrosen fast weiß erscheinen. Julia sah ihren Mann noch immer im Auto sitzen. Er sprach in sein Handy. Er bemerkte sie nicht. Sie ging zurück ins Haus und schaltete das Küchenlicht aus. Im Dunkeln stieg sie die Treppe hinauf, zog den Bademantel aus und legte sich ins Bett. Über eine Stunde lag sie wach und lauschte. Erst dann hörte sie ihren Mann. Er kam herauf, und um sie nicht zu stören, zog er sich im Bad aus.
„Detlef, ich muss etwas mit Dir besprechen.“ Sie flüsterte, obwohl es dafür gar keinen Grund gab.
„Lass mich in Ruhe, bitte. Mir schwirrt der Kopf. Schlaf gut.“

Julia Börner war allein zu Hause. Die Jungen in der Schule. Ihr Mann im Amt. Aus dem Radio in der Küche dudelte Musik. Julia hatte sich vorgenommen zu putzen. Nicht, dass es unbedingt notwendig gewesen wäre, aber sie er-

hoffte sich davon, dieser diffusen Ängste, die sie verspürte, Herr zu werden.
Arbeit ist ein Puffer gegen Angst, Trauer und Ungewissheit.
Bahn für Bahn rollte der Staubsauger hinter ihr her. Sie hörte nicht das Telefon und nicht das Radio. Sie hörte in sich hinein, beschwichtigte sich selbst, schob mit gezielt konstruktiven Gedanken, ihre innere Unruhe beiseite. Sie redete sich selbst gut zu. Als sie mit dem Saugen fertig war, zog sie den Stecker aus der Dose und den Staubsauger hinter sich her in die Besenkammer.
Die Stimme im Radio sagte gerade: „Von den Tätern fehlt noch immer jede Spur. Die Polizei hofft einen Augenzeugen zu finden, der den brutalen Überfall auf den Rentner im Park beobachtet hat. Der 74-Jährige liegt mit schweren Tritt- und Schlagverletzungen im Krankenhaus. Der Bundeskanzlerin wurde heute Nacht der Überflug über den Iran untersagt. Sie befand sich mit ihrer Delegation auf dem Wege nach Indien, wo sie ......"
Julia Börner schaltete das Radio aus. Da ihre zitternden Hände den Knopf in die falsche Richtung drehten, erhob sich die Stimme des Nachrichtensprechers. Er brüllte „Ministerpräsident Singh..." dann schnitt Julia ihm endgültig das Wort ab. Schwer ließ sie sich auf den Küchenstuhl fallen. Jetzt half auch keine beschwichtigende innere Stimme mehr. Ihre undefinierbare Angst nahm erschreckend Gestalt an. Schon seit dem Moment des getrockneten Blutes am Sportschuh ihres Sohnes verspürte Julia ein drohendes Unheil auf sich und die ganze Familie zukommen.
Ohne dass Kim von irgendjemand beschuldigt worden wäre, wusste seine Mutter, dass er mit dieser Tat im Stadtpark etwas zu tun hatte. Niemand musste es ihr sagen. Sie wuss-

te es einfach.
Es war grotesk, aber sie fühlte sich erleichtert. Wie jemand, der die Katastrophe kommen sieht und weiß, dass er ihr nicht entfliehen kann und froh ist, wenn sie endlich eintritt. Jetzt, wo sie das Unglück benennen konnte, wo es eine Geschichte dazu gab, jetzt konnte Julia Börner es bekämpfen, sich nicht abwenden, sondern den Problemen entgegentreten.
Als Erstes musste sie Kim befragen. Musste eine Erklärung für das geronnene Blut an seinem Schuh fordern. Während sie darüber nachdachte, wie sie ihren Sohn behandeln sollte, wie sie ihn dazu bringen könnte, ihr die Wahrheit zu sagen und sich nicht wieder in Schweigen zu hüllen und in Lügen zu flüchten, da glomm ganz tief in ihrem Inneren ein winziger Schimmer Hoffnung auf, es möge doch keinen Zusammenhang zwischen Ihrem Sohn und dem zusammengeschlagenen Rentner geben.
Wie in Trance bereitete sie das Mittagessen und deckte den Tisch. Dann ging sie zum Telefon, um einen Besuch für Bendix bei seinem besten Freund zu arrangieren. Sie wollte mit Kim alleine sein.
Als sie mit den Vorbereitungen für das Mittagessen fertig war, holte Julia Bendix von der Schule ab. Er kam ihr schon entgegengehüpft. Der Schulbus, der Kim und die anderen Schüler vom Gymnasium abgeholt hatte, überholte sie kurz vor Ihrem Haus. Aber diesmal stieg Kim nicht aus. Jedenfalls konnte sie ihn in der Menge der Schüler nicht ausmachen. Julia fragte eine seiner Mitschülerinnen: „Wo ist Kim?“ „Der hat den Bus verpasst, der kommt zu Fuß.“
Während Benny aß und sie so tat, als würde sie essen, stand sie mehrfach auf und spähte durch das Fenster. Endlich bog Kim am Ende der kurzen Straße, in der die Familie

wohnte, um die Ecke. Er ging schleppend und gebeugt, als würde die schwere Schultasche ihn nach unten ziehen.
„Iss weiter, Schatz", rief sie Benny zu, riss die Haustüre auf und lief Kim entgegen. Sie nahm ihm die Schultasche ab und sagte:
„Komm nach Hause, Junge. Wir warten auf Dich."
Er blickte seine Mutter an und sie erschrak. Sein Gesicht war grau, sein Blick leer. Ihr Junge war aus seinem Körper verschwunden, ein alter Mann war eingezogen.
Als er ihr am Tisch gegenübersaß und in seinem Essen herumstocherte, sagte Julia zu ihrem Ältesten:
„Kannst Du Dich noch daran erinnern, Du warst damals fünf oder sechs Jahre alt, da hast Du mich gefragt, ob ich Dich immer lieben würde. ‚Ja', sagte ich damals.
„Ich meine immer und immer?"
„Ja, ich werde Dich immer und immer lieben."
„Wirst Du mich auch noch lieb haben, wenn ich ganz böse war?"
„Auch wenn Du ganz böse warst, werde ich Dich immer noch lieb haben."
„Auch dann noch, wenn ich gemördert habe und ins Gefängnis muss?"
„Ja, auch dann noch werde ich Dich kein bisschen weniger lieben. Ich werde Dich im Gefängnis besuchen und wir machen es uns dann gemütlich." Erst nach dieser Zusicherung gabst Du Dich zufrieden. Kim, was damals galt, das gilt noch heute. Dies solltest Du wissen, bevor Du mir jetzt alles erzählst."
Kim sah seine Mutter nicht an. Er schob den Teller fort und starrte vor sich auf die Tischdecke. Bisher war es ihm halbwegs gelungen, Verzweiflung und Scham zu verbergen. Vor sich und den Anderen. Aber nun schien die Mau-

er, hinter der sich seine Seele versteckt hatte, einzustürzen. Er gab einen Kehllaut von sich, der wie der Schrei einer Katze klang. Aus dem einen Schrei wurden viele. Er schrie, den Kopf im Nacken, die Augen geschlossen. Er schrie und schrie, bis er heiser wurde. Aus seinem Schreien wurde ein Gurgeln und erstarb zum Wimmern.
Julia beruhigte ihn nicht. Ließ seine schreiende Verzweiflung zu. Erst als er seine Arme suchend nach ihr ausstreckte, ergriff sie seine Hände. Wie zwei gefangene Vögel zuckten sie zwischen ihren Fingern.
Kim begann zu sprechen. Zögernd erst, unterbrochen von langen Pausen, in denen er vor sich hinstierte. Er erzählte, wie sie zu dritt durch den Park gegangen waren. Ein alter Mann hatte mit einem Stöckchen den Abfallbehälter neben einer Bank durchwühlt. Als sie an ihm vorbeigingen, war Fritz stehen geblieben und hatte den Alten angeflachst.
„Na Väterchen, nichts Brauchbares gefunden?“
Der Mann hatte sich erschrocken umgedreht. Wahrscheinlich hörte er schlecht und hatte die drei Jungen nicht bemerkt.
Hatte Kim bisher vor sich hin gesprochen, sah er jetzt seine Mutter direkt an.
„Bodo zog mich weiter. Wir guckten uns nicht um, sondern gingen langsam weiter. Plötzlich schrie der Alte hinter uns auf. Ich drehte mich um und sah, wie Fritz dem Mann einen Schubs vor die Brust gab. Der Alte taumelte, hielt sich aber auf den Füßen. Bodo rannte an mir vorbei auf die beiden zu. Ich dachte, er wollte eingreifen, Fritz von dem Mann wegziehen. Aber er tat etwas ganz anderes.
Er boxte den alten Mann in den Rücken. Fritz fing den Mann an den Schultern auf, drehte ihn um und stieß ihn zurück zu Bodo. Wie einen Ball schubsten die beiden sich

den Alten zu. Es sah aus wie ein Spiel.
Ich wollte mitspielen. Der Alte war kein Mensch mehr. Er war ein Ding, mit dem wir spielten. Er wehrte sich nicht, sprach nicht. Manchmal stöhnte er. Als er das Gleichgewicht verlor, stieß Fritz ihn mit dem Schuh zu Bodo. Auf halber Distanz. Fritz trat ihn weiter. Dann kickte Bodo ihn zu mir. Der Alte hielt sich die Hände vors Gesicht. Ich trat zu. Dann Fritz und dann Bodo. Wir alle traten zu. Der Mann war voller Blut und unsere Schuhe auch. Wir waren wie im Rausch. Bodo war der Erste, der aufhörte. Er war außer Atem. Dann sagte Fritz plötzlich: ‚Schluss jetzt!'
Wir ließen unser menschliches Spielzeug liegen und gingen fort. Jeder in eine andere Richtung."
Kim hörte auf. Es schien, als hätte er seine Kräfte verbraucht. Er beugte sich vor und flüsterte, wobei sich sein Mund kaum bewegte. Julia musste genau hinhören. Sie vernahm unzusammenhängende Worte. Ein Gebrabbel, wie fallende Tropfen. Das Einzige, was sie verstand, war: „Ich bin verloren."
Julia fühlte sich hinabgezogen in einen schwarzen Sumpf, in den sie immer tiefer hineingesogen wurde. Sie empfand es als befremdlich, nicht erschrocken, nicht erschüttert zu sein. Die Erschütterung, das Grauen und Entsetzen, hatte sie bereits hinter sich. Es wohnte in ihr, seit sie den Schuh gefunden hatte.
Jetzt, nach dem ihr Kim alles erzählt hatte, konnte sie das Grauen beim Namen nennen.
Sie hatte einen Blick in die kindliche Seele ihres Sohnes getan. In einer für sie unerklärlichen Weise hatte Verrohung und gnadenlose Brutalität plötzlich und ohne Vorwarnung dort Einzug gehalten.
Sie sah auf ihre Hände, die noch immer die Hände ihres

Sohnes umfasst hielten. Seinen Kopf, den er auf die Tischplatte gelegt hatte, so als hätte er nicht mehr die Kraft, ihn auf seinem Hals zu halten, lag in einem See aus Tränen.
Julia löste ihre rechte Hand aus der beschützenden Umklammerung und fing an, die Finger ihres Sohnes zu streicheln. Mit jeder ihrer Berührungen wurde sie ruhiger. Die Frage, wie es möglich war, dass Kim zu so einer Unmenschlichkeit in der Lage gewesen war, schob sie beiseite. Dies zu klären, war ihr im Moment nicht möglich, denn in ihrem Inneren bewahrte sie das Bild ihres Sohnes, wie er wirklich war: ein 15-Jähriger pubertierender Junge, der nach Männlichkeit suchte, in seinem Inneren jedoch noch ein Kind war. Sie streichelte ihn weiter und dachte daran, wie Kim eine ganze Nacht lang sein altersschwaches Meerschweinchen gestreichelt hatte, so lange, bis es aufgehört hatte, zu leben. Anschließend hielt er es fest in seinen Armen, bis es kalt und steif war.
Julia streichelte weiter die Hand ihres Sohnes in der Hoffnung, diese unendliche Traurigheit in ihr möge verschwinden und sie würde die Kraft finden, dafür zu kämpfen, dass diese einmalige Tat ihres Sohnes nicht sein zukünftiges Leben vollkommen zerstörte.
Mit rauer Stimme, denn sie hatte solange geschwiegen, sagte sie:
„Du bist nicht verloren. Verloren ist man nur, wenn man sich selbst aufgibt. Du bist an einem ganz besonderen Punkt in Deinem Leben. Dem Punkt, an dem Du Dich dafür entscheiden kannst, Verantwortung für Dich selbst und für Deine zukünftigen Handlungen zu übernehmen. Und bei dieser schweren Aufgabe bist Du nicht allein. Ich werde Dir dabei helfen.“ Julia machte eine Pause. Als von Kim keine Antwort kam, sagte sie bestimmt:

„Sieh mich an, Kim!“ Er hob den Kopf. In seinem Blick lag Niederlage und Leere.
„Du wirst jetzt aufstehen und Fritz anrufen. Du wirst ihm sagen, dass Du Dich der Polizei stellst und dass Du, wenn sie Dich nach den Mittätern fragen, seinen Namen nennen wirst. Du wirst ihm weiter sagen, dass er sich stellen muss. Danach wirst Du Bodo anrufen und ihm dasselbe sagen.“
„Kannst Du das nicht für mich machen?“ Kim sah sie bittend an.
„Nein! Dies wirst Du alleine tun müssen. Ich gehe jetzt nach oben und packe ein paar Sachen für Dich zusammen, denn die Polizei wird Dich wohl gleich dabehalten. Anschließend bringe ich Dich dort hin.“

Julia Börner saß in der Küche. Vor sich die Reste des Brotes, das Bendix nicht mehr aufgegessen hatte. Die Ei- und Gurkenscheiben auf dem Brot sahen mittlerweile ausgetrocknet aus.
Sie wartete auf ihren Mann Detlef. Sie wartete bereits über zwei Stunden. Sie dachte an gar nichts. Ihr Kopf war vollkommen leer. Sie konzentrierte sich auf ihre Atmung.
Einatmen durch die Nase, Atem anhalten und durch den Mund wieder ausatmen. Wieder und immer wieder.
Dann endlich hörte sie sein Auto. Sie blieb sitzen, ging ihrem Mann nicht wie gewöhnlich entgegen. Ihre Beine fühlten sich so schwer an. Ihr kam es vor, als sei ihr Gewicht um das Doppelte angestiegen. Die Kraftanstrengung aufzustehen, die Beine vom Küchenboden hochzuheben, schienen ihr unmöglich.
Detlef Börner, der stellvertretender Bürgermeister, betrat die Küche. Sie sah hoch und registrierte seine verrutschte Krawatte und das zerknautschte Hemd.

„Ich muss mit Dir reden“, sagte sie.
„Nicht jetzt, ich bin todmüde.“
„Doch, jetzt! Ich habe Kim zur Polizei gebracht. Er hat sich gestellt und sie haben ihn dort behalten.“
„Bist Du verrückt?“ schrie er sie an. „Was ist los mit Dir? Hast Du den Verstand verloren? Weißt Du, was Du da angerichtet hast?“
„Ja, ich weiß, was ich getan habe. Kim hat ein Verbrechen begangen und ich habe ihm klargemacht, dass er sich zu stellen hat.“
„Was für ein Verbrechen? Von was redest Du?“ Detlef Börner starrte seine Frau an.
„Er hat mit Freunden einen alten Mann im Park zusammengeschlagen. Ihn fast zu Tode getrampelt. Der Mann liegt im Krankenhaus. Die Polizei sagt, er würde möglicherweise nicht durchkommen.“
Detlef Börner sank auf einen Küchenstuhl.
„Das ist das Ende,“ sagte er tonlos. „Das war es dann. Du und Dein Sohn! Wisst Ihr eigentlich, was Ihr mir damit angetan habt?“
Seine Stimme gewann an Kraft. „Ihr habt meine Karriere zerstört. Ihr habt mich ruiniert. Kein Mensch wählt den Vater eines Mörders. Ich bin komplett am Ende. Und das so kurz vorm Ziel!“
Jetzt überschlug sich seine Stimme fast. „Wie konntest Du ihn der Polizei übergeben. Sag mal, wie dumm bist Du eigentlich? Wir hätten die Sache vertuschen können. Es gibt ja keine Zeugen. Wenn Du ihn nicht dahin gebracht hättest, würden sie noch lange suchen. Dies hätte uns Zeit verschafft, Kim wegzubringen. Auf ein Internat in der Schweiz oder sonst wohin. Jetzt ist alles den Bach hinunter. Wir können uns in dieser Stadt, für die ich, weiß Gott, so

viel getan habe, nicht mehr blicken lassen. Zumindest hättest Du warten können, bis ich mit ihm gesprochen hätte. Aber Du entscheidest ja hier alles alleine. Dein Sohn, wie kommt er eigentlich dazu, so etwas zu machen?"
„Dieser Sohn ist auch Dein Sohn", antwortete Julia. „Keinen Augenblick denkst Du daran, was er gerade durchmacht. Wie er sich fühlt. Du denkst nur an Dich und Deine Karriere, über die Du uns, Deine Familie, total aus den Augen verloren hast. Was weißt Du denn schon von Deinen Söhnen, von ihren Sorgen? Wie oft habe ich ein Gespräch mit Dir gesucht. Jedes Mal hast Du abgeblockt, warst zu müde oder gar nicht da. ‚Du machst das schon' war das Einzige, was von Dir zu hören war.
Und jetzt, Detlef, habe ich genau das getan. Ich will, dass unser Sohn, unser Ältester, einsteht für das, was er getan hat. Dass er Selbstverantwortung übernehmen muss. Dass Kim es auf diese entsetzliche Weise lernen muss, ist tragisch für ihn und auch für uns. Aber, was er jetzt am meisten braucht, ist unsere Unterstützung. Er...." Ihr Mann unterbrach sie.
„Du glaubst doch wohl nicht, dass ich ihm noch den Rücken stärke. Nein, diese Suppe muss er alleine auslöffeln."
Er griff nach seinem Jackett, das er um die Stuhllehne gehängt hatte und verschwand nach oben ins Schlafzimmer.
Julia schlief in dieser Nacht in Kims Bett.

Bei dem Prozess gegen seinen Sohn, war Detlef Börner nicht zugegen. Julia saß allein in der dritten Reihe. Ließ Kim nicht aus den Augen. Zusammengesunken saß er neben seinen Freunden auf der Bank. Wurde er etwas gefragt, war seine Antwort kaum zu hören.
Seiner Mutter kam es so vor, als hätte sich ihr Sohn aufge-

löst und nur noch sein Körper sei präsent.
Fritz wurde zu vier Jahren Jungendhaft verurteilt. Bodo und Kim zu je drei Jahren. Die Strafe wurde nicht zur Bewährung ausgesetzt. Der Richter stellte ihnen jedoch in Aussicht, dass ihre Strafe bei guter Führung verkürzt würde.
Als Kim aus dem Saal geführt wurde, drehte er sich um und blickte seine Mutter an. Dies war das einzige Mal während der Verhandlung, dass er sie ansah. Seine Augen lagen wie graue, kalte Kiesel in seinem kindlichen Gesicht. Julia legte all ihre Liebe und Stärke in ihren Blick. Ja, sie brachte es sogar fertig, ihn anzulächeln.

In der ersten Nacht, die Kim in der Jugendstrafanstalt verbrachte, legte sich seine Mutter wieder in sein Bett. Von Kims Bett aus sah sie die Poster an der Wand, die Hockeyschläger neben dem Schrank, die Kiste mit den Sportklamotten. Es überkam sie eine solche Sehnsucht nach ihrem Sohn, dass sie anfing zu weinen.
Julia zog am nächsten Morgen mit Kopfkissen und Decke aus dem gemeinsamen Ehebett aus. Detlef Börner kommentierte diesen Auszug seiner Frau nicht. Er sprach sowieso nur noch das Nötigste mit Julia. Seiner Miene und seinem Tonfall war zu entnehmen, dass er ihr persönlich für seine Bloßstellung, wie er es nannte, die Schuld gab. Sie selbst versuchte für Bendix das Familienleben so normal wie möglich zu gestalten.
Als Julia ihren Ältesten im Gefängnis besuchte, hielt sie seine Hände. Fest und warm war ihr Griff. Sie erzählte von zu Hause, von Bendix und dem Garten. Dass sie nun bald das erste Laub würde aufharken müssen und dass ihr Auto nicht angesprungen sei. Julia ließ ihren Sohn an all den alltäglichen Dingen teilhaben. Von seiner Schule und von

seinen Klassenkameraden, denen sie manchmal begegnete, erzählte sie nichts.
Kim saß ihr bei ihren unzähligen Besuchen meist mit gesenktem Kopf gegenüber. Hin und wieder tropften Tränen auf ihre miteinander verschlungenen Hände.
Bei ihrem Besuch an seinem Geburtstag erzählte sie Kim, wie glücklich sie gewesen war, als ihr der Arzt verkündet hatte, dass sie schwanger sei. Wie sie stolz ihren Bauch hatte wachsen sehen und wie sie ihn, ihren Ersten, ihren Ältesten zum ersten Mal in sich gespürt hatte. Sie erzählte ihm von seiner Geburt und wie sie ihn in den Armen gehalten hatte. Wie ihre Liebe zu ihm sie überwältigt hatte. Sie sagte ihm, dass sie diese Liebe nie in Zweifel gezogen hätte. Auch jetzt nicht.
In einer der ersten Nächte, in denen sie in Kims Bett lag, konnte sie nicht einschlafen, da stand sie wieder auf, zog sich an und verließ das Haus. Mit ihrem Auto fuhr sie an den Stadtrand und weiter bis zur Jugendhaftanstalt. Dort stellte sie den Wagen ab und umrundete die Gefängnismauer. Der rote Ziegelbau mit seinen vergitterten Fenstern, aus denen kaltes Licht drang, lag wie ein viereckiger Klotz mitten hinter der Mauer.
Julia stellte sich neben eine Straßenlaterne.
Hinter welchem der Fenster lag ihr 15-jähriger Sohn?
Schlagartig gingen plötzlich alle Lichter im Gefängnisblock aus. Nur die Scheinwerfer entlang der Mauer, strahlten noch. Julia sah auf ihre Armbanduhr, an deren Lederband ein grünes und ein blaues Bändchen gebunden war. Bendix und Kim hatten es als Talisman daran gehängt. Es war 22 Uhr. Schlafenszeit für die jugendlichen Häftlinge. Julia stieg in ihr Auto und fuhr wieder nach Hause.

Am nächsten Morgen, noch bevor Benny in die Schule musste, sprach Julia mit ihm.
„Weißt Du noch, wie Vati Dich in Dein Zimmer eingeschlossen hat, als Du verbotenerweise mit seinem Computer gespielt hast und ihm dabei alle Daten gelöscht hast? Und weißt Du noch, wie wütend Vati geworden war und Dich angeschrien hat und Du dann fortgelaufen bist und wir Dich stundenlang gesucht haben, bis wir Dich fanden. Weißt Du das noch?"
Benny nickte, den Mund voller Frühstücksmüsli.
„Kim hat jetzt so etwas Ähnliches getan. Nur noch viel, viel schlimmer. Er hat gemeinsam mit Fritz und Bodo einen alten Mann verprügelt."
Benny riss die Augen auf. „Warum denn?" fragte er.
„Ich glaube, das weiß Kim auch nicht. Er hat wohl nicht darüber nachgedacht, wie weh das dem alten Mann tun würde."
„Und wo ist Kim jetzt?"
„Jetzt ist er eingesperrt. Ähnlich wie Du damals."
„Wann lassen sie ihn wieder frei?"
„Ganz lange nicht. Aber wir können ihn besuchen."
Benny kaute versonnen weiter. Dann stellte er fest:
"Der hat's gut. Dann braucht er auch ganz lange nicht in die Schule."

Auf ihre Bitte hin verlegte der Gefängnisdirektor Kim in eine Zelle, von deren Fenster aus man auf die Straßenlaterne blicken konnte. Schon am nächsten Abend erkannte Julia im zweiten Stock, hinter dem vierten Fenster von rechts, die Silhouette Ihres Sohnes. Sein Lockenkopf erschien wie ein Scherenschnitt vor dem erleuchteten Zimmer. Sie winkte und er winkte zurück. Jeden Abend stellte sie sich dort-

hin, bis um 22 Uhr das Licht ausging und die Insassen sich schlafen legen mussten.
Die Mutter stand da bei Regen und bei Schnee. Dann stellte sie sich auf ein zerschnittenes Stück Isomatte. Sie stand dort bei schneidender Kälte und bei abendlicher Schwüle. Verlässlich bezog sie ihren Platz bei der Laterne, deren Licht sie im Winter beleuchtete, sodass Kim sie sehen konnte. Julia fuhr nirgendwo mehr hin. Sie besuchte kein Theater, keine Oper. Nahm keine Einladung mehr an, denn jeden Abend hatte sie eine Verabredung mit ihrem Sohn Kim.
Zuerst war es nur Kim, den sie am Fenster erkennen konnte. Aber mit der Zeit tauchten immer mehr Köpfe in den Fenstern auf.
Julia wurde bewusst, dass sie hier stellvertretend für viele andere Mütter stand, nach denen sich die Gefangenen sehnten.
Als Kim das erste Mal seinen Geburtstag hinter Gittern verbringen musste, nahm Julia Benny mit. Er hatte ein rotes Herz gemalt und hielt es hoch, bis ihm die Arme wehtaten.
Als Weihnachten kam, da standen sie sogar zu dritt unter der Laterne. Eine ganze Stunde lang.
Auf dem Heimweg legte Detlef Börner seinen Arm um seine Frau.

Zwei Jahre lang, bis er entlassen wurde, stand Julia jeden Abend vor dem Gefängnis, und wachte aus der Ferne über ihren Sohn. Zeigte ihm mit ihrer Liebe, dass er nicht ausgeschlossen sondern nur eingeschlossen war.
In dieser Zeit musste sie lernen, dass es eine Form der Liebe gibt, die einen ärmer und nicht reicher, schwächer und nicht stärker macht, weil man festhalten will, was man

nicht festhalten kann.
Weil man erkennen muss, dass Kinder Dinge tun und Entscheidungen fällen, die man nicht begreifen und auch nicht gutheißen kann. Sie aber das Recht haben, gerade dies zu tun.
Eltern bleibt nur, ihnen beizustehen. Sie wissen zu lassen, dass sie geliebt werden, trotz ihrer Fehlentscheidung.

Der Duft des Dschingis Khan

Die Sterne mussten eine glückliche Konstellation gehabt haben, als Viviane geboren wurde. Sie war ein fröhliches, wissbegieriges Kind, den Kopf voller Streiche, den Mund voller Fragen.
Mit drei Jahren mischte sie den Kindergarten auf, war wilder als ihre älteren Brüder. Ihre kleinen Wurstfinger klimperten auf dem Klavier herum, während sie selbsterdachte Lieder lauthals für ihre Puppen und den Hund sang. Frech und von sich selbst überzeugt kurvte sie durch das Leben.
Als Viviane acht Jahre alt war, scheute sie sich nicht, zur Schuldirektorin zu gehen, um für ihre Klasse einen schulfreien Tag zu erbitten. Ihr Hund habe Junge geworfen.
Nach ihrer Konfirmation kaufte Viviane vom Geschenkgeld ferner Tanten alle Vögel eines Zoohauses auf und ließ die Tiere im Garten frei.
Als sie Zeuge wurde wie ein Klassenkamerad den linken Zopf einer Mitschülerin unter deren Protest abschnitt, lockte sie den Jungen mit der Versprechung, sie würde ihm ihre Brust zeigen, in den Fahrradkeller der Schule. Unter dem Vorwand er dürfe sie nur ansehen, aber nicht anfassen, band sie ihn mit ihren Zopfschleifen an ein Heizungsrohr und schnitt ihm mit ihrer Stickschere eine Tonsur.

Kurz nach Vivianes 16. Geburtstag wurde auf der anderen Seite der Weltkugel, nordöstlich von Ulan-Bator, in den Weiten der mongolischen Steppe ein kleiner Junge geboren.
Seine ersten, krähenden Schreie ließen seinen Großvater herbeieilen. Eilig riss er die niedrige Holztüre auf, die in

das runde Ger, wie die Filzjurte in der Mongolei genannt wird, eingebaut war. Im Halbdunkel erkannte er seinen ersten Enkel in den Armen seiner Schwiegertochter. Ergriffen begutachtete er ihn minutenlang. Dann nahm er ihn hoch, ließ ihn schreien und strampeln und verließ mit dem ungnädigen Säugling die Jurte. Draußen zeigte er ihn den Ziegen im Pferch. Er stieg über die Umzäunung, ließ die Tiere an dem Säugling riechen. Dabei sprach der Alte jede seiner Ziegen mit Namen an.
„Sieh her, Du schwarzäugige Baba, sieh, dies ist der, auf den ich so lange gewartet habe."
Anschließend präsentierte er seinen ersten Enkel den mit zusammengebundenen Vorderfüßen grasenden Kamelen. Er hob den Säugling hoch bis zu deren Köpfen. Tief atmeten die Kamele den Duft des Neugeborenen ein. Beim Ausatmen blubberten ihre samtenen Unterlippen. Auch der Säugling roch die Tiere und machte sich mit deren Geruch vertraut.
Der Stolz und die Liebe zu diesem neugeborenen Winzling ließen den Herrn der Herde erstrahlen.
Am Abend saß die ganze Familie rund um die Feuerstelle auf den für den Tag zusammengerollten Bettsteppdecken und trank vergorene Kamelstutenmilch. Da war der Großvater und seine Frau, der Vater des Neugeborenen, der Lehrer im fernen Ulan-Bator war, und die russische Mutter, die von Wolgadeutschen abstammte und die der Vater während seines Studiums kennen und lieben gelernt hatte. Auch sie war Lehrerin. Ihrem Kleinen sah man die mongolische Herkunft nicht an. Er hatte die wasserblauen Augen seiner Mutter und mehr braune als schwarze Haare. Auch seine Gesichtsform war nicht typisch asiatisch, sondern europäisch.

Dafür sollte sich zeigen, dass die Geduld mit Menschen und Tieren, mit allem, was lebte, und die Fähigkeiten mitzuleiden, zu trösten, zu helfen, sich vom Vater auf ihn vererbt hatten. Und noch ein weiterer Wesenszug war in ihm angelegt, alles genau und möglichst perfekt zu machen. Gelang ihm etwas nicht, dann übte er so lange, bis es ihm gelang. Später, als Erwachsener sah er sich als unermüdlicher Arbeiter im Dienste an seinen Mitmenschen. Vater und Großvater waren sich darin einig, dass der so ersehnte Knabe den Namen Dschingis erhalten sollte. Damit zollten sie dem berühmtesten aller Mongolen Achtung und Ehre.
Als der Kleine von der Muttermilch entwöhnt war, zog seine Mutter zurück in die Hauptstadt zu seinem Vater. Er blieb bei den Großeltern in der Steppe.
Solange Dschingis nur krabbeln konnte, war er in der Jurte sicher aufgehoben. Dass er nicht in die Nähe des Herdes, der in der Mitte des Gers stand und dessen langes Ofenrohr oben aus einer Öffnung ins Freie ragte, kommen durfte, hatte der Kleine bereits schmerzhaft gelernt. Kaum konnte er auf seinen kleinen, krummen Beinchen herumtappen, begriff er, dass die Türe nur nach außen aufging, damit die kalten Herbst- und Frühlingsstürme, die dann die Jurte umtosten, sie nicht nach innen aufdrücken konnten. Kaum also hatte Dschingis gelernt die Türe von innen aufzudrücken, da war er nicht mehr im Zelt zu halten. Die besorgten Rufe der Großeltern ignorierend, zog er los zu frühen Abenteuern. Die beiden Alten fingen ihn hundertmal ein und hundertmal büxte er wieder aus. Sie banden ihn fest, gaben ihm Spielzeug, überhörten sein Schreien. Es half nichts, Dschingis wollte in die weite Welt.
Wenn er dasaß, in seiner Stepphose, die praktischerweise im Schritt offen war, da gab es nur einen, der ihm half. Das

war Duran, das Zotteltier. Der Hund sah aus wie eine Fellwalze auf vier Beinen. Gefürchtet von den Tieren, als gleich berechtigter Arbeiter gebraucht vom Großvater, geliebt von Dschingis. Der zog sich an dessen zotteligem Fell hoch, hielt sich an ihm fest und stapfte neben ihm her, solange es das Band zuließ, das er von seiner Großmutter um die Hüften gebunden bekam und welches an einen Stock, den der Großvater in die Erde getrieben hatte, verknotet war.
Vielleicht war es ihm zu langweilig immer im Radius des Bandes im Kreis zu laufen, vielleicht war es auch die Annahme, dass die Abenteuer jenseits des Kreises noch aufregender seien, vielleicht aber wollte er einfach nicht angebunden, nicht mit Beschränkungen behaftet sein, was Dschingis dazu veranlasste, das hinderliche Band Duran zum Kauen in sein Maul zu stopfen. Wie oft hatte er schon zugesehen, wie der Hund mit den Vorderpfoten einen Knochen festhielt und darauf herum nagte, bis nichts mehr da war. Von Dschingis mit Jauchzen angefeuert zog, zerrte und kaute Duran so lange auf dem Band, bis er es durchgebissen hatte. Nun stand die Welt für den Jungen und seinen Forschungsgeist offen.
Auf diese Weise hatte Dschingis früh schon gelernt, dass man eine geniale Idee, zu deren Erprobung man nicht selbst in der Lage ist, von Anderen, Geeigneteren ausführen lassen musste.
Seine Großeltern hatten weitere Erziehungsversuche aufgegeben. Sie hofften darauf, dass der Hund das Kind immer wieder zurückbringen würde.
Je besser Dschingis laufen konnte, desto weiter dehnten die beiden ihre Ausflüge aus. War der Junge nach Stunden noch nicht zurück, richtete der Großvater suchend sein

Fernglas auf den Horizont der Steppe, bis er zwei kleine Pünktchen erspähte.
In einer Nacht im späten Frühling, deren Kälte noch unter null lag und die dann doch im nahenden Morgen einen strahlenden Sonnentag versprach, wachte Dschingis im großen Familienbett auf. Er wand sich aus den verschwitzten Armen seiner Großmutter, um sich zum Großvater zu rollen, der so angenehm nach Erde und Tieren roch. Aber die Stelle, wo der Großvater noch am Abend gelegen hatte, war leer. Dschingis zog sich bis zur Bettkante und ließ sich auf den mit dicken Teppichen ausgelegten Boden gleiten. Er stieß die niedrige Holztüre auf und erschrak über die Kälte, die ihm entgegenschlug. Draußen war es nicht dunkel, sondern die klare Luft und die Menge der weiß strahlenden Sterne ließen alle Gegenstände, die Erde, den Ziegenpferch, die verstreuten Kamele in einem durchsichtigen Blau erscheinen. Selbst der an der Filzwand schlafende Duran leuchtete blau. Überwältigt davon, dass seine ihm bekannte Welt jetzt so vollkommen anders aussah, setzte sich Dschingis erst einmal hin.
Das Firmament hing so tief über ihm, dass er dachte, der Großvater müsse nur eine lange Leiter nehmen, um einen der blitzenden Punkte herunterholen zu können. Als sich seine Augen und sein Gemüt an diesen neuen Anblick gewöhnt hatten, stand er auf und suchte seinen Großvater. Er fand ihn vor einem Kamel sitzend. Mit eintöniger Stimme sang er ein Lied. Dschingis kam es vor, als sänge der Großvater dem Kamel etwas vor, so wie er ihm selbst abends etwas vorsang, damit er im beruhigenden Singsang besser einschlafen konnte.
Das Kamel wiegte Kopf und Körper hin und her. Es blies warmen Dampf aus seinen Nüstern und blubberte dabei

vernehmlich. Dschingis sah, dass der Großvater hinter dem Kamel trockenes Gras aufgehäuft hatte. Er setzte sich neben seinen Großvater, der über den plötzlich aufgetauchten Besuch nicht erstaunt zu sein schien. Ohne seinen Gesang zu unterbrechen, öffnete er seinen gesteppten Mantel und zog Dschingis zu sich in die Wärme.
Lange saßen sie so. Dschingis nickte ein.
Als der frühe Morgen den Rand der Steppe in zartes Türkis tauchte, stand der Großvater auf, stellte sich hinter das Kamel, das immer unruhiger geworden war und bedrohliche Schreie von sich gab. Es fing an zu trampeln und zu stampfen, machte mehrmals den Versuch sich hinzulegen, um gleich darauf wieder aufzustehen. Der Großvater sprach eindringlich auf das Tier ein. Massierte dessen gespannten Leib. Dschingis, der durch die Kamelschreie aufgewacht war und immer noch am Kopf des Kamels hockte, sah, dass hinten, dort wo der Großvater stand, etwas Großes auf den Heuhaufen fiel. Erstaunt betrachtete er das sich bewegende Ding, das von der Kamelstute abgeleckt und vom Großvater abgerieben wurde. Das Wesen bestand fast nur aus staksigen Beinen, die versuchten aufzustehen. Ohne jede Angst half Dschingis ihm dabei. Der Großvater ließ ihn gewähren. Beide führten das Neugeborene an den Euter seiner Mutter. Mitten im Trinken sackte es erschöpft zusammen. Dschingis legte sich dicht daneben und bald schliefen beide.
Der Großvater hob das nasse, blutige Heu auf und vergrub es in einem Loch, damit die Füchse nicht vom Geruch angelockt wurden. Die Nachgeburt warf er Duran zu. Auch das Muttertier hatte sich hingelegt. Immer mal wieder leckte es über sein Junges. Selbst Dschingis bekam seine Portion Zärtlichkeit ab.

Von nun an durchstreiften sie zu dritt die Steppe. Gefolgt von der Kamelstute.

Mit sechzehn Jahren konnte sich Viviane der Zahl ihrer Verehrer kaum erwehren. Die Freunde ihrer Brüder wollten ihre Zeit lieber mit ihr, als mit den Brüdern verbringen.
Das galt vom Referendar der Schule, der im Unterricht meist sie aufrief, über Unbekannte, die ihr in der Straßenbahn ihren Platz anboten, bis hin zum Organisten in der Kirche. Der Organist zeigte Viviane das Ziehen der Register und das Spielen mit der Fußtastatur, in dem er ständig unter ihren Armen hindurchgriff und dabei wie zufällig ihre Brust streifte.
Sie alle ließ Viviane in dem Glauben, es bedürfe nur noch einer kleinen Weile, dann würde sie sie erhören.
Von ihrem ersten selbst verdienten Geld als Nachhilfe für Mitschüler kaufte Viviane sich glänzende Seidenunterwäsche mit echter Spitze. Benutzte sie Parfum, rieb sie sich auch ihren Bauchnabel mit einem Hauch davon ein. Für Viviane war dies alles ein Spiel, in dem sie die Karten zuteilte.

Der heranwachsende Dschingis half seinen Großeltern beim Auf- und Abbau der Jurte, wenn der Großvater sich entschlossen hatte, weiterzuziehen. Er entlastete die beiden Alten. Schleppte mehr als er in seinem Alter hätte tragen sollen. Zerlegte das Filzzelt, stapelte die schweren Stangen und lud alles auf die Kamele. Nicht nur aus Pflichtgefühl, sondern vor allem aus der beglückenden Erkenntnis heraus, dass es Freude bereitet zu arbeiten. Dschingis fühlte sich verantwortlich. Für die Großeltern, das Vieh, das Wasserholen, für alles, was ihn umgab, denn er war ein Teil davon.

Als er in Ulan-Bator zur Schule ging und nur noch in den Ferien zu den Großeltern in die Steppe kam, war ihm jeder Tag eine Verheißung. Dazulernen wollte Dschingis, unbedingt. Auch wenn viele der Bücher und Aufgaben nur mühsam für ihn zu lesen und zu lösen waren. Später, gefördert von seinen Eltern, studierte er Medizin und Pharmazie in Moskau.
Für Dschingis, der die Freiheit der weiten Steppe in sich trug, war die Anhäufung vieler Menschen, das Chaos auf den Straßen, die Rücksichtslosigkeit im Umgang mit der Natur nur schwer zu ertragen. Aber das Studium war für ihn die einzige Möglichkeit, seine Wissbegierde zielgerichtet auszuleben. Nur das Medizinstudium, verbunden mit der Erforschung von Medikamenten bot seinem Mitgefühl und der Achtung, die er für alles Lebendige empfand, die Chance, den Menschen zu helfen. Niemals stumpfte er ab für die Leiden der Anderen. Immer brachte er mehr als berufsmäßiges Interesse für sie auf. Er wollte Antworten für ihre Krankheiten finden, Lösungen suchen. Dies war der Hauptgrund für Dschingis, nach beendetem Studium in den Westen, in die Forschung zu gehen. Wie ein Besessener lernte, untersuchte und kombinierte er. Nächte lang saß er im Labor vor dem Computer und dem Mikroskop, wenn es darum ging, einer Spur oder einer verwegenen Intuition zu folgen. So müde er auch war, es ließ ihn nie seine Geduld verlieren. Eine bemerkenswerte Kraft und Geduld wohnte ihm inne.
Ausgelöst von der Bereitschaft, in etwas Größerem als sich selbst Bedeutung zu finden.

Ohne schön zu sein, war Viviane eine attraktive, lebhafte Frau mit harmonischen Bewegungen. Ihr sportlich eleganter Stil, ihre interessierte und ihre mitfühlende Art, ließen ihr das Leben und die Freude, die es bringt, für andere da zu sein, als Geschenk erscheinen.
Nach der Hochzeit mit einem Amerikaner zog sie zu ihm nach Charleston. Anstatt die Südstaaten-Damen zum Tee in ihren Salon zu bitten, ließ Viviane lieber an den endlos scheinenden Stränden der vorgelagerten Inseln Drachen steigen. Barfuß rannte sie, von den übereinander befestigten Papiervögeln gezogen, durch den Saum der Gischt.
Als ihr Ehemann bekommen hatte, worum er sich in aufwendiger Weise lange bemüht hatte, eine Europäerin aus gutem Hause, verlor er das Interesse an Viviane. Sie war ihm zu wenig angepasst.
Er begriff nicht ihre aufmüpfigen Fragen. Nichts nahm sie als gegeben hin. Alles musste sie hinterfragen.
Auch Viviane erkannte, dass sie lediglich eine bunte Feder an seinem Hut war, und ließ sich scheiden. Es war für beide keine Katastrophe. Man trennte sich einvernehmlich.
Viviane begann ein Studium der Fotographie und Design, mit einem anschließenden Praktikum bei Anni Leibowitz in New York.
Sie verdiente ihr eigenes Geld. Gutes Geld.
Ihre zweite Ehe mit einem Münchner Kardiologen endete ähnlich wie die erste, in gegenseitigem Einverständnis. Auch für den Arzt war sie nur eine Trophäe. Sie fand ihn zu langweilig im Bett.
Viviane hatte bisher die Männer erhört. Selbst gerufen hatte sie sie nie. Schlief sie mit ihnen, erwies sie ihnen eine Gunst.
Viviane war sich darüber im Klaren, dass sie durch Ab-

stammung, Herkunft und dem glücklichen Umstand in einem klimatisch begünstigten Land zu leben, in dem man frei seine Meinung äußern konnte, keinen Hunger litt und als Frau anerkannt war, ein privilegierter Mensch zu sein.
Im Bewusstsein, dass dies ein Glücksfall und keine Selbstverständlichkeit war, war es ihr ein Bedürfnis von ihrem inneren und äußeren Reichtum abzugeben.
Ihr Herz hörte zu, ihr Tatendrang half Dinge zu verändern, ihr Glaube daran, dass jedem Menschen gleiche Rechte zustanden, ließ sie dafür einstehen.
Aber Viviane glaubte auch an die Fülle und die Freude, die das Leben bereithält. Ohne schlechtes Gewissen, dafür in der festen Überzeugung, dass Gott uns nicht nur das Leben, sondern auch die Freude daran geschenkt hat, fuhr sie für eine Ausstellung der Bilder des Sammlers Merzbacher in das Museum Louisiana nach Kopenhagen, sah dort ihr unbekannte Bilder von van Gogh und Lautrec, von Nolde und Kirchner. Vier Stunden lang tankte sie Farben in betörender Kraft.
Für ein Konzert mit dem West-Eastern Divan Orchestra unter Daniel Barenboim flog sie Kilometer weit.
Viviane ging es gut. Zurzeit fühlte sie sich im Beruf gefordert, von ihrem Freund verstanden und von ihrem 25Jahre jüngeren Liebhaber begehrt.
Sie wusste nicht, dass ihr etwas fehlte. Sie hatte alles, was sie wollte.
Hatte sie das wirklich?

Viviane und Dschingis begegneten sich zum ersten Mal im Treppenhaus eines Pharmakonzerns. Viviane erstellte für diese Firma als freie Fotografin und Designerin die neue Firmenbroschüre. Dschingis war dort Leiter des Spezialla-

bors für die Entwicklung neuer Antibiotica. Sie stieg die Treppe herab, er stieg, mit zwei weiteren Herren, die Treppe hinauf. Noch bevor Viviane die Gruppe sah, hörte sie eine Stimme heraus. Volltönend und mit rollendem R. Als sie sich näherten, konnte Viviane diese Stimme zuordnen. Zwei lange, schlaksige, junge Männer und ein Dritter, etwas kleinerer, der sprach. Er sah auf die Stufen, sodass Viviane sein Gesicht nicht sehen konnte. Die Gruppe blieb auf dem Absatz zum 2. Stock stehen. Viviane ging an ihnen vorbei, weiter nach unten.
Die beiden jüngeren Herren waren durch die Glastür in den 2. Stock getreten. Der Dritte, mit der besonderen Stimme ging weiter nach oben.
Im durch Putzmittel sauberen Geruch des Treppenhauses nahm Viviane noch etwas anderes wahr. Sie konnte den zusätzlichen Duft nicht einordnen. Es war kein Deodorant, kein Rasierwasser, kein Schweiß.
Es war die schiere Männlichkeit.
Ohne sich dessen bewusst zu sein, drehte Viviane sich um und ging dem Duft nach, der vor ihr die Treppe hinauf schwebte. Wie der Hund, der dem Duft seines Herrn folgt.
Ihr wurde leicht schwindelig. Sie blieb stehen und griff nach dem Geländer. Während über ihr die Glastüre zum 3. Stock geöffnet wurde, strömte die Luft an dem Mann mit der besonderen Stimme vorbei nach unten zu Viviane. Sie ließ das Geländer los, lehnte sich an die Wand und atmete tief diesen ihr unbekannten Duft der Männlichkeit ein.
Viviane dachte, sie würde alle wesentlichen Gerüche dieser Welt kennen. Den der Angst: streng und säuerlich. Den unschuldigen, süßen Duft im Nacken kleiner Kinder. Den zarten Geruch von Schweiß, Lauge und Parfum, der Liebenden in ihrer Umarmung anhaftet.

Gab es auch einen eigenen Duft männlicher Erotik?
Einen unvergleichlichen Duft von Stärke und Souveränität?
Viviane wurde von einem Gefühl überwältigt, das eindeutig und gleichzeitig für sie unbekannt war.
Abends im Bett versuchte sie, diesen Geruch herbei zu beschwören.
Es gelang ihr nicht. Sie witterte vergebens.
Das Bett roch nur nach ihr.
Nichts war passiert. Aber alles hatte sich verändert.
Sie legte sich ihre Hand auf die Stirn, bevor sich ihre Gedanken an diesen Mann schmiegten.
Als Viviane diesen geheimnisvollen Mann das zweite Mal traf, saß sie im Kasino des Pharmakonzerns, die Uhr über der Einlasstüre fest im Blick. In zwanzig Minuten wollte sie sich mit dem kaufmännischen Direktor treffen. Sie nutzte diese Zeit, um sich einen Cappuccino zu gönnen.
In diesem Moment betrat Dr. Dschingis Serdan das Kasino. Er hing seinen weißen Labormantel links neben die Türe an einen dafür vorgesehenen Haken.
Viviane erkannte in ihm sofort den Mann aus dem Treppenhaus.
Er trug einen kurzgeschnittenen Bart. Grau und an den Wangen bereits weiß.
Tief zog sie den Atem ein, in der Hoffnung, sie würde seinen Geruch wahrnehmen. Aber die verschiedenen Essensgerüche des Kasinos überlagerten alles. Dafür verfolgte sie mit ihren Augen seine Bewegungen, als er sich seines Labormantels entledigte und ihn aufhängte.
Etwas in ihr wurde weich und instabil. Sie hing auf ihrem Sitz und kam sich vor, wie eine von Dali gemalte, vom Stuhl tropfende Uhr.
Wie konnte in einer so simplen Handlung wie das Auszie-

hen und Hinhängen eines Kittels so viel Erotik liegen?
Sie wendete den Blick auf den Cappuccino und zählte die Bläschen des Schaums.
Das Gespräch mit dem kaufmännischen Direktor verlief klärend. Der Direktor erläuterte die Ziele, die der Konzern mit der Erstellung einer Broschüre erreichen wollte, und Viviane machte Vorschläge dazu.
„Ich stelle Ihnen am Besten die verschiedenen Ressorts und deren Leiter vor. Aber es wird nicht immer leicht für Sie. Einige unserer Professoren und Direktoren sind wie besessen von ihrer Arbeit und dulden keine Zeitvergeudung und keine Einmischung. Sie werden keine Erkenntnisse preisgeben. Sie werden Sie keine Fotoaufnahmen in ihren Labors machen lassen.
Dr. Dschingis Serdan ist so einer. Er arbeitet an einer neuen Generation von Antibiotica gegen hochresistente Erreger. Wenn Sie kein Virus, kein Pilz oder kein Bakterium sind, dann hat er kein Interesse an Ihnen. Er hat nur Zeit für Kranke und deren Krankheitserreger, nicht aber für Gesunde. Am Besten wird sein, ich berufe eine Besprechung über dies neue Projekt ein, in dem wir uns als eine der erfolgreichsten Pharmafirmen präsentieren wollen, und stelle Sie dann den einzelnen Ressortleitern vor."
Viviane hatte sich auf diese Besprechung vorbereitet. Die große Mappe mit Fotos, Farb- und Formatvorschlägen hatte sie auf den Tisch gelegt. Der kaufmännische Direktor machte sie mit den sieben Herren bekannt. Dr. Serdan saß ihr schräg gegenüber.
Während Viviane ihre Vorstellungen von dem Projekt erläuterte, registrierte sie ein Verlangen nach diesem Mann ihr gegenüber, das ständig größer wurde und sie erschreckte. Sie sehnte sich nach der Kraft seines Körpers und

wünschte sich, die Klarheit seiner Augen auf sich zu spüren. Verstört merkte sie, dass sie Fotos vertauschte und Themen ansprach, die bereits erörtert worden waren. Bei all dem war ihr leicht schwindelig. Sie konnte kaum den ihre Ausführungen begleitenden Worten des Direktors folgen.
Dr. Serdan stellte zwei Fragen, sie sah nur seinen Mund, sah, wie sich seine Lippen bewegten, aber sie hörte kein einziges Wort, sondern nur das Rauschen in ihren Ohren. Am Ende der Besprechung verließ Viviane als erste den Raum.

Sie hatte sich verliebt. Hals über Kopf.
Wie ein kleines Mädchen, das auf einmal den Geruch eines Mitschülers aufregend findet. Die bemerkt, dass seine Stimme, seine Bewegungen so ganz anders sind, wie bei den anderen.
Sie hatte sich verliebt. Hals über Kopf. Ohne es zu wollen. Seitdem lebte sie mit zwei Männern.
Den einen an ihrer Seite, den anderen in ihrem Kopf.
Es war nicht so, dass der Mann an ihrer Seite nichts mehr taugte.
Im Gegenteil. Sie sah und bemerkte noch mehr seiner liebenswürdigen Seiten. Er war ihr so vertraut. Bei ihm fühlte sie sich mit ihren Eigenschaften angenommen.
Den Mann in ihrem Kopf kannte sie so gut wie gar nicht.
Sie fühlte sich ihm ausgeliefert, wie ein aufgeschlagenes, bunt bebildertes Buch, in dem zu lesen er sich bisher geweigert hatte.
Zwei Monate später, als Viviane bereits mit allen anderen Ressortleitern gesprochen hatte, erhielt sie endlich einen Termin bei Dr. Serdan. Er hatte dies Treffen schon mehr-

fach abgesagt. Aus Zeitmangel hatte er erklärt.
Als ihm Viviane jetzt gegenübersaß, sagte er:
„Frauen sind ungeduldig. Ich meine im Sinne von schnellen Ergebnissen.“ Er machte eine Pause.
„Frauen sind sehr geduldig im Zuhören, Trösten und Leiden. Aber wenn sie etwas haben oder erreichen wollen, muss es meist jetzt und sofort sein.“
Das Gesicht dieses Mannes und sein undeutbarer, aufmerksamer Blick irritierten sie. Seine Augen wirkten recht freundlich, doch dahinter ahnte Viviane Wachsamkeit, die versuchte, seine Seele zu schützen.
Nach einer Viertelstunde stand Viviane wieder auf dem Flur. Sie konnte sich nicht daran erinnern, überhaupt irgendetwas gesagt oder gefragt zu haben. Dafür hatte sie das eigenartige Gefühl, dass, als sie sein Zimmer verlassen hatte, ihr Körper zurückgeblieben war.

Als sie das Gebäude verließ, blickte sie zum verhangenen Himmel. Die Vögel taumelten wie kleine Tuchfetzen im scharfen Wind. Die Kastanienblätter der Alleebäume waren schon bronzebraun gefärbt und hingen zitternd in der kalten Luft.

Viviane, die mit ihrer angeborenen Kraft ihren Mitmenschen Anlaufplatz und Zuhörer war und die ihr Mitgefühl und die Stärke aus sich selbst bezog, diese stolze, selbstbewusste Frau legte sich nachts verzagt und kleinmütig, in Gedanken hinter den breiten Rücken dieses, ihr rätselhaften Mannes mit seinem erotischen Duft. In ihrer Vorstellung schob sie ihren Arm nach vorne unter seinen Arm, bis ihre Hand auf seinem Herzen lag. Presste ihre Lippen auf seinen Nacken und biss zart zu. Mit ihren Fingern strich sie sanft die Innenseiten seiner Schenkel hinauf und beschwor seinen Duft herbei.

Begierde verändert uns vollkommen. Bis nichts mehr zählt, außer dem Menschen, den wir begehren. Wir leben nach außen hin ein ganz normales Leben und gleichzeitig sind unsere Gedanken ständig bei diesem Menschen, von dem wir nichts wissen und nichts wissen wollen, außer dem Wissen, ob auch er uns begehrt.

Überwältigt von Gefühlen, die Viviane nicht verstand und kaum zu beherrschen wusste, schlief sie gegen Morgen ein. Sie träumte, sie hätte in seinen Armen gelegen und von seinem Atem gelebt.
Am Frühstückstisch kaute sie versonnen ihr Brötchen.
Da sie eben kein kleines Mädchen mehr war, wollte sie wissen, was da vor sich ging. Denn erst, wenn sie das wusste, konnte sie es abstellen. Vielleicht. Aber vielleicht wollte sie es auch gar nicht abstellen. Wollte weiterhin mit diesem Mann in ihrem Kopf zu Bett gehen. Ihn sich in Ruhe betrachten. Seinen entschlossenen Mund. Die Klarheit seiner hellen Augen. Möchte seinen Bart auf ihren Lippen spüren. Von dem sie sich erhoffte, dass er so weich wie Federflaum sei.
Viviane war verwirrt.
Seit sie diesen rätselhaften Mann zum ersten Mal gesehen hatte, fehlte ihr die gewohnte Gelassenheit, die sie unabhängig von anderen sein ließ.
Jetzt reiste sie durch die Tage ihres Lebens, als ob sie ohne Landkarte durch ein fremdes Land reise.
Viviane deckte sich mit Arbeit zu. Körperlicher und Geistiger. Sie putzte Fenster, wischte Böden, grub im Garten. Sie

verbrachte Nächte in der Dunkelkammer. Aber sowie sie sich zur Ruhe setzte, betrat er ihre Gedanken. Ließ die Sehnsucht nach ihm tropfenweise in ihr Herz fließen.
Wenn Viviane Dr. Serdan zufällig bei ihrer Arbeit im Hause der Pharmafirma begegnete, wurde sie von diesem Ausdruck beiläufiger Zurückweisung in seinem Gesicht verunsichert. Es erschien ihr, als erlegte er sich im Umgang mit ihr die äußerste Zurückhaltung und distanzierte Höflichkeit auf.

Wir empfinden das Eine und sagen das Andere, weil wir so erzogen worden sind. Wir reden und handeln, wie es Erziehung und Herkunft verlangen. Aber dies hat nichts mit dem zu tun, was wir wirklich sagen und tun möchten.
Viviane sagte: „Guten Morgen“, zu Dschingis Serdan.
Aber in Wirklichkeit wollte sie sagen: „Ich verdurste nach Ihnen.“
Sie vermied es ihm zu begegnen. Und doch wollte sie einzig und allein dort sein, wo er war. Wollte ihm entgegenlaufen. Ihn anfassen. Ihn berühren, mit ihren Händen, mit ihrem Mund.
Sie wollte ihm helfen. Ihn stützen. Ihm Kraft sein, wenn er sich schwach fühlte. Ihn aufheben, wenn er gestürzt war. Sie wollte ihm Licht sein, wenn er vor Arbeit nichts anderes mehr sah.
Sie wollte sie selbst sein und von ihm begehrt werden.
Viviane wollte ihn so gerne fragen, was der Grund seiner Zurückhaltung sei. War es Desinteresse oder Moral?
Was tut man mit der Sehnsucht, die herrenlos ist?
„Du Unerreichbarer, der Du mein Herz besitzt, was soll ich tun?“ fragte sie ihn in Gedanken.

Auch Dschingis lag in seinem Bett und dachte an diese ihm fast unbekannte weibliche Person, die in sein geordnetes Leben eingedrungen war. Seit Tagen, ja seit Wochen schon, seit damals im Treppenhaus, als er Viviane zum ersten Mal sah, und kaum wahrgenommen hatte, erstand vor seinem inneren Auge ihr Gesicht. Ganz kurz und ohne jeden Zusammenhang zu dem, was er gerade tat. Das beunruhigte ihn. Er registrierte widerstreitende Empfindungen in sich. Einerseits fühlte er sich zu ihr hingezogen, andererseits hatte er nicht so viel auf sich genommen, um das zu werden, was er jetzt war, um möglicherweise dies wegen einer Affäre aufs Spiel zu setzen. Außerdem war er verheiratet und jünger als sie.

Ein Teil von ihr lebte das gewohnte Leben weiter, während der andere Teil in Gedanken ständig um seine Person kreiste und sich darum bemühte die Wahrheit zu akzeptieren. Die Wahrheit war, dass er nichts für sie empfand, dass er kein Interesse an ihr hatte.
Auch Viviane machte die schmerzliche Erfahrung, dass Wahrheit fast immer mit Verlust verbunden ist.
Sie betete um die Kraft anzunehmen, was sie akzeptieren musste.

Der Wind hatte aufgefrischt. Er trieb die halbgefrorenen Regentropfen vor sich her. Viviane, unschlüssig ob sie nach Hause laufen oder sich ein Taxi nehmen sollte, stand nass und frierend vor dem Hauptausgang des Konzerns.
Ihre Arbeit war beendet. Die Broschüre ein Erfolg.
Es gab keinen Grund, noch einmal wiederzukommen.
Keine Möglichkeit Dr. Serdan noch einmal zu begegnen.
Viviane fühlte sich erbärmlich. Klein und verletzlich.

Trauer überzog sie wie Mehltau.

Ein warmer Luftstrom traf sie von hinten.
Jemand war durch die automatische Türe nach draußen getreten.
Viviane drehte sich um.
Vor ihr stand Dr. Serdan.
Gefangen in der Welt der ungesagten Worte und halbgedachter Gefühle, lächelte er sie an.
Ohne den Blick von ihr zu nehmen, öffnete er die Knöpfe seines Mantels. Trat noch einen Schritt auf sie zu, schlug seinen Mantel auf und schloss ihn hinter ihrem Rücken.
Er nahm Viviane zu sich in die Wärme und Geborgenheit.
Überwältigt von seinem Duft, presste sie sich an ihn.
Die Berührung war wie ein Schuss Rauschgift. Stark und, wie sie ahnte, süchtig machend.
Es kümmerte sie nicht, ob seine Umarmung eine Geste der freundlichen Fürsorge, des Mitgefühls oder gar der Zuneigung war. Sie trank diesen unvergleichlichen, erotischen Duft und dachte:
„Endlich“.

Big Foot

Das Krokodil sah aus wie ein riesengroßer Tannenzapfen. Kathy betrachtete es lange und intensiv.
Es gefiel ihr. Genauso, wie es war. Sie spülte den Pinsel im Wasserglas sauber. Trocknete die Haare des Pinsels mit einem weichen, alten Socken und legte den Pinsel zurück in den Malkasten. Sie wartete, bis die Farbe des Krokodils getrocknet war. Sie wollte das Bild mit dem Krokodil ihrem Vater schenken.
Während sie darauf wartete, dass die Wasserfarbe auf dem Papier nicht mehr feucht schillerte, hörte sie ein fernes Brummen. Ein Geräusch, das sie kannte und herbeisehnte: das kleine, zweimotorige Flugzeug ihres Vaters. Gleich würde es eine Runde um die Farm fliegen, den Wind prüfen, um dann, gegen den Wind auf der Landebahn aufsetzen.
Mit dem Krokodil-Bild in der Hand rannte Kathy los. Über die breite, rund um das Haus verlaufende Veranda, die Holzstufen hinunter, den festen Sandweg entlang, an den Tiergehegen vorbei bis zur Piste.
Ngombo, Pat und Floating Water kamen gerannt. Kajuba schwang sich auf sein Fahrrad. Auf einmal erwachte die geruhsame Farm auf der Lichtung zu quirligem Leben.
Kathy, die in den Schatten der großen Bäume eingetaucht war, strauchelte. Sie blickte nicht mehr vor sich auf die Stelle, auf der der Sandweg die Bäume verließ und heraus auf die freie, lang gestreckte Ebene des Flugfeldes führte. Kathy sah nach unten, auf ihre Füße. Sie konnte den Abstand zwischen ihren Sandalen und dem Boden nicht mehr abschätzen. Sie hatte das Gefühl dafür verloren, ob ihre

Füße bereits den Boden erreicht hatten oder noch nicht. Kajuba radelte an ihr vorbei, rief ihr etwas zu. Kathy stand schwankend da, setzte vorsichtig einen Fuß vor den anderen. Erst als sie sicher war, dass das eine Bein richtig stand, zog sie das andere nach. Sie tappte ein Stück vorwärts. Nach ein paar vorsichtigen Schritten ging es besser. Das Gefühl in den Beinen kehrte zurück.
Auf der Piste war ihr Vater bereits aus der Maschine gestiegen. Pat und Floating Water befestigten die Tragflächen, an deren Enden sie ein Seil eingeklinkt hatten, an zwei Kanistern mit Beton. Der Vater stand, das Clipboard unterm Arm, die ausgebeulte, schwere Arzneitasche in der Hand und redete auf Ngombo ein. Als er Kathy's wehende blonde Haare unter den Bäumen sah, winkte er seiner Tochter mit dem Clipboard zu.
„Denk Dir, ich habe Big Foot gesehen!" rief er ihr, noch bevor er sie erreicht hatte, zu. „Ein Mordskerl. Sicher über vier Meter hoch."
Kathy wollte ihm entgegenlaufen. So, wie sie es immer tat. Aber ihr linkes Bein knickte schon nach wenigen Schritten ein. Sie fiel zur Seite. Erschrocken blickte sie mit ihren grünen Augen den Vater an, der das Clipboard und den Medizinkoffer fallen gelassen hatte und zu seiner Tochter gestürmt war.
Erst als sie sein Gesicht über sich sah und spürte, wie er sie aufhob und sie ihre Arme um seinen Hals legen konnte, erst da fing sie an, zu weinen. Die Angst, das Unverständnis über das, was mit ihren Beinen geschehen war, ließ sie los und sie wusste: Jetzt wird alles wieder gut.
Dr. Wellerhoff legte seine Tochter auf ihr Bett. Setzte sich zu ihr auf die Bettkante.
„Erzähl mir, was Du heute und gestern gegessen hast. Ganz

genau bitte. Lass nichts aus. Kein Glas Saft und keine Kekse."
Kathy zählte alles auf: „Mima hat mir nur Tee zu trinken gegeben. Und Haferbrei. Mal mit Salz und mal mit Süßwurz. Genau, wie Du es ihr aufgetragen hast. Ich habe keinen Durchfall und keine Bauchweh mehr, wie neulich. Ich bin ja auch nicht gestolpert, weil ich schwach war. So schwach und müde wie vor Kurzem, als ich diese Krankheit hatte."
„Du meinst die Magen- und Darminfektion vor vierzehn Tagen."
„Ja, die meine ich. Aber vielleicht sollte ich mit diesem fiesen Essenskram aufhören und wieder richtig essen. Nicht mehr nur Diät." Jetzt lächelte das kleine Mädchen wieder.
„Versuche bitte, mir genau zu erklären, warum Du hingefallen bist."
„Schon auf dem Hinweg, als ich Dein Flugzeug hörte und losgerannt bin, da hat es angefangen. Meine Füße wussten nicht mehr, wo der Weg war. Ich konnte ihn sehen, aber meine Füße ihn nicht spüren. Dann war wieder alles normal, bis vorhin, als ich Dir entgegenrennen wollte."
Der Vater strich ihr liebevoll über die zerstrubbelten, blonden Haare. „Versuch mal aufzustehen und stell Dich neben Dein Bett. Ich halte Deine Hände." Kathy setzte sich auf und wollte ihre Beine über die Bettkante schwingen. Die Beine gehorchten ihr nicht.
„Na mal los, mein Schatz", ermunterte sie ihr Vater.
Kathy sah ihn an. In ihren Augen waberten die Tränen.
„Sie wollen nicht, Vati", schluchzte sie.

Dr. Matthias Wellerhoff war Cheftierarzt im Zavo-Nationalpark.

Nach dem Studium der Veterinärmedizin in Gießen und einem anschließenden Praktikum im Frankfurter Zoo, war er als Assistent der Tiermedizin nach Kenia gekommen. Sein Spezialgebiet war Großwild. Sein Arbeitsgebiet die Naturreservate in Kenia.
Bei einem Empfang der deutschen Botschaft lernte er die Tochter eines englischen Farmers kennen, dessen Besitz zwei Fahrstunden westlich von Nairobi lag. Ein herrliches Anwesen, umrahmt von hohen Bäumen, die bis in die Kronen von Bougainvillea überwuchert waren. Die Tochter des Hauses empfand vom ersten Blick an, den sie auf Matthias Wellerhoff warf, eine tiefe Anziehungskraft, die von diesem Mann auf sie ausging.
Seine ruhige, unprätentiöse Art, die Gabe zuzuhören, Interesse zu zeigen für die Belange anderer und sein Lächeln, das eigentlich nur in seinen Augen stattfand, gaben ihr das Gefühl der Geborgenheit. Bei ihm war sie angekommen.
Ihre Ehe war glücklich, dauerte aber nur dreieinhalb Jahre. Dann starb Kathys Mutter kurz nach der Geburt ihrer Tochter. Seither lebte das nun achtjährige Mädchen bei ihrem Vater, Ngombo, dem Hausboy, Mima, der Köchin, und all den anderen auf der Tierfarm im Nationalpark.

Als sich Kathys Zustand am Abend des nächsten Tages noch verschlechterte, ihre Beine vollständig gelähmt waren, zögerte Dr. Wellerhoff nicht mehr. Er flog mit seiner Tochter nach Nairobi in die Universitätsklinik.
„Warum machst Du mich nicht wieder gesund, Vati?" fragte Kathy, die neben Ngombo angeschnallt im Flugzeug saß.
„Ich bin Tierdoktor, kein Spezialist für Menschen und für kleine Mädchen wie Dich schon gar nicht. Aber in der Klinik in Nairobi, da haben sie Pädiater, Kinderärzte. Die

werden herausfinden, was mit Deinen Beinen los ist.“ Der Vater versuchte Zuversicht in seiner Stimme mitschwingen zu lassen. Er wollte nicht an die verschiedenen, schwerwiegenden Krankheitsbilder denken, die in Frage kommen könnten. Er hatte Angst.
Den Kinderarzt Dr. Mesuli kannte Matthias Wellerhoff nicht. Er machte auf ihn jedoch einen besonnenen und kompetenten Eindruck. Bei Kathys eingehender Untersuchung wurde auch eine beginnende Lähmung ihrer oberen Armmuskulatur festgestellt.
Nach der Vielzahl der unangenehmen Untersuchungen trug der Vater seine Tochter ins Bett ihres Krankenzimmers. Ngombo saß auf einem Stuhl im Gang und wartete.
Während Vater und Tochter auf das Ergebnis der Untersuchung warteten, versuchte Dr. Wellerhoff sein Kind abzulenken.
„Ich habe Dir ja schon gesagt, dass ich Big Foot vom Flugzeug aus gesehen habe. Einem so enorm großen Tier bin ich in meinem ganzen Leben noch nicht begegnet. Dieser Elefant war gut und gerne fünf Tonnen schwer. Ein einsamer Bulle, der sicher schon 40 Jahre alleine durch die Savanne zieht.“
„Hat er denn kein Heimweh nach seiner Familie?“
„Das glaube ich nicht. Im Alter von zwölf Jahren trennen sich die Bullen freiwillig von der Herde. Nur wenn sie sich eine Frau suchen, dann kommen sie für kurze Zeit zurück.“
Ermüdet von den Strapazen des Tages schlief Kathy ein. Ihr Vater stand leise auf und verließ das Zimmer. Er lehnte sich neben Ngombo an die Wand. Ngombo schaute ihn fragend an:
„Hat Miss Kathy Schmerzen?“
„Nein, sie schläft. Wir müssen auf Dr. Mesuli warten“,

antwortete er und fügte mit fester Stimme hinzu: „Bete, Ngombo, bete.“
Dr. Mesuli kam. Kathys Vater meinte aus der Miene und dem forschen Gang des Arztes eine Art Entwarnung zu spüren.
„Wie geht es ihrer Tochter?“ fragte der Kinderarzt.
„Sie schläft.“
„Wollen wir sie schlafen lassen. Kommen Sie, Herr Kollege, setzen wir uns hier ins Zimmer des Stationsarztes. Also, ich kann Sie beruhigen. Die Diagnose hat zweifelsfrei ergeben, dass ihre Tochter am Guillain-Barré-Syndrom erkrankt ist. Wir haben im Gehirnwasser eine Eiweißvermehrung bei normaler Zellzahl festgestellt. Auch ist die Nervenleitgeschwindigkeit der peripheren Nerven deutlich verlangsamt. Das Guillain-Barré-Syndrom ist ein akut auftretendes neurologisches Erkrankungsbild, bei dem es zu entzündlichen Veränderungen des peripheren Nervensystems kommt. Betroffen sind vor allem die aus dem Rückenmark hervorgehenden Nervenwurzeln, die zu Lähmungen im Bereich der Beine und der Armmuskulatur führen. Die Ursache ist unbekannt. In den meisten Fällen jedoch geht eine Infektion voraus. Sie sagten, ihre Tochter hatte eine Magen- und Darminfektion? Das wird wohl der Auslöser gewesen sein. Nach etwa drei Wochen kommt es zum Beginn der Rückbildung der Ausfallserscheinungen. Dieses kann sich über Monate hinziehen. Zur medikamentösen Behandlung erhält sie Immunglobuline und einen Austausch des Blutplasmas. Trotzdem würde ich sagen, dass ihre Tochter Glück gehabt hat. Wenn keine Komplikationen uns dazwischenfunken, ist sie in einem halben Jahr wieder vollständig gesund. Bis die Lähmung beginnt, sich zurückzuziehen, dies wird etwa in einem Monat sein,

möchte ich Kathy bei mir in der Klinik behalten."
„Danke!" mehr brachte Matthias Wellerhoff nicht zustande.

Um das Flugfeld nahe bei der Farm anzulegen, wäre es das Beste gewesen, die Start- und Landebahn in Ost-West-Richtung verlaufen zu lassen, um gegen den Wind zu starten und zu landen. Dann aber hätte sie einen uralten Elefantenpfad gekreuzt, den die Dickhäuter hin und wieder noch benutzten. Damit nicht eine Herde Elefanten die Piste überquerte, blieb Dr. Wellerhoff nichts anderen übrig, als dem Flugfeld eine andere Richtung zu geben. Trotz dieser Vorsichtsmaßnahme mieden die Elefanten ihren angestammten Wanderweg. Er lag für sie wohl zu nahe bei den Menschen und ihrer Behausung. Da man nur ganz selten vereinzelte Tiere beobachtete, benutzten die Afrikaner ein Stück der Elefantenstraße, um den Weg von und zum Dorf abzukürzen.

Ngombo hatte für Kathy eine Art Rollsitz mit Lehne gebaut. Mit breiten Reifen, die auf den Sandwegen nicht so tief einsanken, wie die Räder des Krankenhausrollstuhls, den Dr. Mesuli ihnen leihweise überlassen hatte.
Wenn der Tierarzt nach einem langen Tag in Wald und Steppe mit seinem Flugzeug landete, sah er schon von Ferne das rote Tuch, das Ngombo für seine gelähmte Tochter schwenkte, die vor dem Hausboy in der Rollkarre saß.

Dr. Wellerhoff und sein Assistent Muzu zählten die Tiere, betäubten vom Flugzeug aus die Verletzten, die von großen, hohen Speziallastwagen abgeholt und auf der Station gesund gepflegt wurden. Sie suchten aus der Luft Tiere aus, die von Zoos in aller Welt bestellt wurden; untersuchten sie gründlich, schossen ihnen hinter das linke Ohr einen Erkennungschip und verfrachteten sie in eigens für ihre Maße gezimmerten Holzboxen. Brachten diese Kisten auf Tiertransportern zum Flughafen nach Nairobi. Dr. Wellerhoff selbst oder ein Assistenztierarzt begleiteten die Tiere bis zu ihrem Bestimmungsort, überwachten dort die Quarantänezeit und kehrten dann nach Nairobi zurück.

Ngombo schob Kathy vor sich her. Sie wollten ins Dorf zu Kathys Freundin Sula, der Tochter des Dorflehrers Fakum. Gemeinsam gab Fakum den beiden fast gleichaltrigen Mädchen Privatunterricht.
Sula war eine hochgewachsene, kleine Schönheit. Mit blitzenden Augen breiten, rosa Lippen, die ihren Mund wie ein Herz aussehen ließen. Auf dem Weg zum Dorf nahm Ngombo die Abkürzung über die Elefantenstraße. Kaum waren sie auf diesen Trampelpfad eingebogen, hörten sie schon von Ferne Frauen schreien. In panischer Angst kamen sie den beiden entgegengerannt. Ngombo ahnte, was die Frauen in so wilder Flucht hatte davonlaufen lassen. Er versuchte Kathys Karren rückwärts zu ziehen, da hatte die Gruppe der Frauen sie erreicht.
Sie riefen: „Flieht. Rennt. Dahinten kommt er!“
Ngombo merkte schnell, dass sich der Rollstuhl besser schieben als ziehen ließ. Er mühte sich damit ab, die Karre umzudrehen. Eine Baumwurzel war im Weg. Der Stuhl drohte umzukippen. Angesteckt von der berechtigten Angst der Frauen, ließ er Kathy mit ihrem Rollstuhl stehen und rannte schreiend den Frauen hinterher. Hätte er sich umgedreht, wäre er noch viel mehr in Panik geraten als sowieso schon. Denn am Ende der Elefantenstraße erschien Big

Foot. Die Nachmittagssonne stand hinter ihm. Seine enorme Größe verdunkelte den Pfad.
Kathy blickte ihm entgegen. Sie war vollkommen ruhig. Endlich würde sie ihn aus der Nähe sehen. Ihn, den ihr Vater Big Foot nannte. Gemächlichen Schrittes kam er auf sie zu. Nichts schien den Koloss zu erschüttern. Nicht die schreienden Frauen und nicht das Ding da auf seinem Weg.

Wir Menschen sind in vielen Fällen den Tieren sehr ähnlich. Der Schönste, der Farbenprächtigste, der bessere Sänger, der Geschickteste und eben auch der, der am Größten ist, der wird geliebt und auserwählt. Dies macht die Kleinen, die Durchschnittlichen so ehrgeizig. Der, der sich durch seine Größe bereits Achtung verschafft, hat es nicht mehr nötig, sich mit Drohgebärden und Gekläff aufzuspielen.
Bei einem Elefanten beweist seine Größe auch Erfahrung. Brauchte er doch viele Jahre, um sie zu erreichen. Nur ein kluger Elefant, der weiß, wo zu jeder Jahreszeit das beste Futter zu finden ist, wo, trotz glühender Hitze noch immer Wasserstellen sind, kann so alt werden, um diese Größe zu erreichen, die Big Foot hatte.
Big Foot hatte eine Höhe von über vier Metern, eine Länge von mehr als zehn Metern und wog fünf Tonnen.
Mit wiegendem Kopf und schlenkerndem Rüssel blieb er im Abstand von fünf Metern vor dem Rollstuhl stehen. Seine riesigen Ohren ließ er entspannt hängen. Big Foot sah sich das kleine Wesen mit Haaren wie die frühe Morgensonne an. Nach einer Weile, in der Kathy sich den Elefanten genau betrachtete und bewunderte, streckte er seinen Rüssel nach ihr aus. Er sog die Luft ihrer Nähe prüfend ein. Es war wohl Kathys Unbeweglichkeit, ihre Ruhe, die

ihn so gelassen auf das Hindernis auf seinem Wege durch den Wald reagieren ließ. Hätte Kathy geschrien und herumgefuchtelt, dann wäre diese Geschichte hier bereits zu Ende.
Aber dieses kleine, couragierte Mädchen, dem eine angeborene Achtung vor allem Lebenden innewohnte, begann mit diesem Elefanten Kontakt aufzunehmen. Mit sanfter Stimme sprach sie ihn an.
„Ich bin Kathy und Du bist der große Big Foot. Weißt Du, dass die Leute im Dorf Dich alle fürchten? Aber Du Schlauer weißt, dass so ein kleines Mädchen wie ich, Dir nicht gefährlich werden kann. Ich will nicht Deine Stoßzähne, will Dich darum auch nicht erschießen. Ich will Dich nur ansehen."
Der riesige Elefantenbulle betrachtete Kathy weiter unverwandt. Er schien ihr zuzuhören. Die Stimme dieses Wesens klang für ihn angenehm weich und einschmeichelnd. Er trat zwei Schritte weiter auf Kathy zu. Jetzt erreichte sein Rüssel fast ihre Karre. Sein Kopf schaukelte leicht. Diese Bewegung ließ die Ränder seiner Ohren flattern. Er rollte den Rüssel ein, steckte das Ende in sein Maul, als wolle er ihre Gegenwart schmecken. Dann trat der Bulle, mehrere Schritte rückwärtsgehend, den Rückweg an. Sein enormes Hinterteil schwankte den Trampelpfad entlang. Kathy blickte ihm noch lange hinterher. Sie fühlte sich glücklich, aber auch ein bisschen traurig, dass er sie verließ.
Ngombo, der alles aus der Ferne, versteckt hinter dem Stamm eines Urwaldbaumes, mit angesehen hatte, kam zurückgerannt. Er packte die Griffe des Rollstuhls, kippte die Hinterräder und drehte Kathys Karre um.
„Hast Du ihn gesehen? Hat er nicht wundervolle Augen? Sie waren so klein in seinem großen Kopf und doch sahen

sie mich an, als wäre ich ein Freund. Rund um seine Augen waren lange, aber ganz gerade Wimpern. Wie ein Dach. Ich muss meinem Vater alles genau erzählen. Er hat Big Foot ja nur von oben, vom Flugzeug aus gesehen."
Ngombo gab keine Antwort. Er schob Kathys Rollkarre vor die Veranda, hob sie heraus und setzte sie vor der Küchentüre in einen Sessel im Schatten.
In der durch nichts begründeten Hoffnung, dass man, wenn man ihn nicht sähe, auch nichts von seiner Feigheit erfahren würde, floh Ngombo von der Farm in sein Heimatdorf.
Dr. Wellerhoff saß seiner Tochter gegenüber. Auf seinen Knien lag ein großkalibriges Gewehr. Er hatte sich ganz vorne auf die Stuhlkante gesetzt, als wolle er jeden Moment losrennen, um im Wald nach Big Foot zu suchen, um dieses Monstrum zu erlegen.
Obwohl er seit Jahren nicht mehr rauchte, klebte jetzt zwischen seinen schweißnassen Fingern eine Zigarette.
Mit blecherner Stimme kommentierte er Kathys begeisterte Schilderung von ihrem Zusammentreffen mit dem Elefantenbullen.
„Mein Gott, er hätte Dich töten können. Es wäre ihm ein Leichtes gewesen, Deine Holzkarre zu zertrampeln, um Dich wie ein Spielzeug gegen einen Baum zu schleudern."
„Wie kannst Du so etwas sagen? Nicht einen Augenblick hat er an so etwas gedacht. Vielleicht war er neugierig, aber niemals böse. Ich glaube, er mochte mich sogar. Es wäre schön, wenn wir Freunde würden. So einen riesigen Freund hatte ich noch nie", lachte Kathy.
„Mit einem wilden Tier kann man nicht befreundet sein."
„Warum nicht? Du sprichst doch auch oft mit wilden Tieren hier bei uns in den Gehegen. Die kommen dann ans Gitter und Du fütterst sie. Das ist auch Freundschaft."

„Nein, dies ist keine Freundschaft. Freundschaft basiert hauptsächlich auf Vertrauen. Und so einem wilden Tier darf man niemals trauen. Verstehst Du?“
„Aber Vati, eines musst Du mir fest versprechen: Du darfst Big Foot nicht erschießen. Niemals! Und Du verbietest es auch den anderen Boys.“ Lange gab der Vater ihr keine Antwort. Dann streichelte er seiner kleinen Tochter die gelähmte Hand und sagte:
„Also gut. Ich verspreche es Dir.“

In den nächsten drei Wochen begann die Lähmung in Kathys Armen abzuklingen. Sie zog sich Lederhandschuhe an, rollte sich selbst an den Rädern ihrer Karre vorwärts. Sie rutschte auf dem Po die Verandatreppe hinunter und stemmte sich in den Rollstuhl. Glücklich jetzt so viel mehr Selbstständigkeit zu haben, kurvte sie zu den Gehegen, sprach mit den Tierpflegern und schaute ihnen zu.
Alle kannten die Geschichte ihrer Begegnung mit Big Foot und auch Ngombos Feigheit hatte sich herumgesprochen. Seither dachte Kathy sehr oft an den Elefantenbullen. So einen großen, starken Bruder wollte sie haben. Die ewige Sehnsucht kleiner Mädchen nach einem, der sie beschützt. Sie beschloss Big Foot zu suchen, ihn wiederzusehen. Sie fuhr die Elefantenstraße entlang so weit, wie sie bisher noch nie gekommen war. Als die Bäume lichter wurden, das Ende des Waldes erreicht war, konnte Kathy weit in die Savanne blicken. Big Foot sah sie nicht. Sie rief mehrfach: „Big Foot!“ so laut sie konnte. Enttäuscht drehte sie um und kehrte zur Farm zurück.
Ihr Vater hatte in diesen Tagen besonders viel zu tun. Es galt die Geparden von seinem Flugzeug aus durch einen Schuss mit einer Spezialampulle zu impfen. Ihr Bestand

war dramatisch zurückgegangen. Was Dr. Wellerhoff zu dem Versuch veranlasste, weiteren Todesfällen durch einen Mehrfachimpfstoff vorzubeugen.
Kathy gab nicht auf. Sie wollte Big Foot unbedingt wiedersehen. Und tatsächlich, eines Tages kam er ihr am Waldrand entgegen. Von der Steppe her trottete er mit langsamen Schritten auf sie zu. Seine großen Ohren klappten vor und zurück. Kathy rief seinen Namen, hielt ihm mit ausgestreckter Hand eine Möhre hin. Big Foot nahm sie und schmiss sie sich gekonnt ins Maul. Noch während er kaute, streckte er wieder seinen Rüssel nach neuem Futter aus. Kathy streichelte den Rüssel. Sprach mit diesem Elefanten als sei er ein Haustier, und nicht das größte Landsäugetier auf der Erde. Sie sprach mit sanfter, fast zärtlicher Stimme. Sein Rüssel mit den empfindlichen Tasthaaren am Ende wanderte über ihren Körper. Er roch an ihren Haaren, schob sie zur Seite und beschnüffelte ihren Nacken. Kathy lachte. Sie war so glücklich wie schon lange nicht mehr. Auf einmal machte der Bulle noch einen weiteren Schritt auf sie zu. Mit einer einzigen Bewegung packte sein Rüssel das kleine Mädchen unter den Armen, hob sie hoch und setzte sie sich auf den Nacken. Kathys gelähmte Beine hingen schlaff hinter seinen Ohren, an deren Rand sie sich festhielt. Kein Schreckensschrei, kein Laut der Angst. Kathys Zuneigung zu diesem Riesentier war voller Vertrauen. Hier oben saß sie wie auf einem Hausdach. Big Foot drehte sich um und schritt mit Kathy auf einen weithin sichtbaren Baobab-Baum zu, in dessen spärlichem Schatten er stehen blieb. Hin und wieder ertastete sein Rüssel seinen kleinen Passagier, denn er spürte sie kaum. Kathy beugte sich nach vorne, kratzte seine Haut, roch an ihm. Sie fühlte eine fast wehmütige Zuneigung zu Big Foot. Eine knappe

Stunde stand der Elefantenbulle unter dem Baobab, dann trottete er zurück zum Wald. Vor dem Rollstuhl, der immer noch auf dem sandigen Weg der Elefantenstraße stand, hielt er an. Kathy hob ihre Arme, damit der Rüssel sie besser umschlingen konnte. Der Rüssel schwang sie durch die Luft und setzte sie zurück in ihre Karre. Als eines ihrer leblosen Beine über der Armlehne des Stuhles baumelte, ergriff der Rüssel ihr Fußgelenk und legte das Bein neben dem anderen ab.
„Danke Big Foot für diese Reise", rief Kathy ihrem neuen Freund hinterher, als sein breites Hinterteil davonschwankte.

Dies war der Beginn einer über Jahrzehnte reichenden Freundschaft zwischen dem riesigen Bullen mit der grauen Haut und dem Mädchen Kathy mit den blonden Haaren.

Auf ihren Exkursionen nahm Kathy eine Pfeife mit, die ihrem Vater gehörte, deren Töne im Infraschall-Bereich lagen. Diese, für Menschen unhörbaren Schwingungen werden sowohl durch die Luft, als auch durch das Erdreich über Dutzende Kilometer übertragen. Elefanten produzieren diese Laute, um mit weit entfernten Artgenossen zu Kommunizieren. Entgegen der weitverbreiteten Ansicht, dass Elefanten sich durch Trompetenlaute verständigen, erzeugen sie diese nur in bestimmten Stimmungslagen wie Aufregung, Angst und Aggressivität.
Am Rande des Waldes pfiff Kathy auf der Infraschallpfeife. Sie wartete über eine halbe Stunde. Aber Big Foot zeigte sich nicht. Kathy drehte ihren Rollstuhl um und rollte enttäuscht nach Hause. Ihre Hände in den Handschuhen spürten auf einmal, wie die Gummiräder zu vibrieren be-

gannen. Ein schwaches, rhythmisches Stoßen. Sie drehte ihren Kopf und sah Big Foot, dessen kolossaler Leib den hinter ihr liegenden Elefantenpfad ausfüllte. Er kam in zügigem Trab auf sie zu. Seine Ohren flatterten. Bei Kathy angekommen senkte er seinen Schädel und drückte die Holzkarre mit dem oberen Teil seines Rüssels nach vorne. Er schob sie vor sich her. Bis zur Abzweigung, von wo aus es zum Dorf ging. Dort blieb er stehen. Kathy drehte den Rollstuhl um, nahm seinen Rüssel, den er ihr hinhielt, und streichelte ihn.

„Was bist Du so schlau, Big Foot. Du machst es besser als Ngombo. Wenn nicht alle Menschen vor Dir fortlaufen würden, würde ich Dich zum Hausboy machen.“

Eine Weile noch blieb der Bulle vor dem kleinen Mädchen stehen, dann wankte er zurück durch den Wald und in den lichten Busch.

Von nun an besuchte Kathy fast täglich ihren Freund Big Foot. Jetzt wusste sie, dass sie, wenn sie den Elefantenbullen nicht von Weitem sah, pfeifen musste. Sie wartete geduldig, bis er den Infraschall gehört hatte und angetrabt kam. Meist holte er Kathy dann aus dem Rollstuhl, setzte sie sich hinter den Kopf und trottete mit ihr durch die Savanne. Bis jemand sie vermisste, war sie mit Big Foots Hilfe schon längst wieder auf der Farm.

Einmal aber, als ihr Vater im offenen Pritschenwagen aus dem Busch kam, sah er in der Nähe seiner Farm unter einer Schirmakazie Big Foot in deren Schatten stehen. Er hielt an und richtete sein Fernglas auf den einsamen Elefantenbullen. Bisher hatte der Tierarzt ihn nur aus der Luft, vom Flugzeug aus, gesehen. Nun ergab sich für ihn die Gelegenheit das kolossale Tier aus der Nähe genauer anzusehen. Von den niedrigen Zweigen des Baumes fast gänzlich ver-

deckt erspähte Dr. Wellerhoff eine Gestalt hinter dem riesigen Schädel des Tieres. Arme und Beine ausgestreckt, ruhte sie auf dem breiten Nacken und schien zu dösen. Neugierig, welches Wesen es sich dort gemütlich gemacht hatte, startete der Vater den Wagen und fuhr vorsichtig näher. Gab es so etwas wie Freundschaft zwischen einem Affen und einem Elefanten? Er jedenfalls hatte davon noch nie gehört. Als er an den blonden Haaren erkannte, dass seine 8-jährige Tochter dort auf dem Rücken des riesigen wilden Elefantenbullen ein Mittagsschläfchen hielt, wäre er fast aus dem Wagen gekippt. Mit zittrigen Händen griff er nach der schweren Büchse, mit der er bei Gefahr schon so manches Wildtier in einer angreifenden Attacke erschossen hatte. Durch das Visier des Gewehres suchte er sein Ziel hinter den Ohren, die Stelle, die einen Elefanten sofort niederstreckte. Aber er sah nicht nur das Ziel, sondern auch die gebräunten Beine seiner Tochter, die in Sandalen steckten. Er ließ die Büchse sinken und erinnerte sich des Versprechens, das er seiner Tochter gegeben hatte.
Noch näher heranzufahren oder auszusteigen, war auch für ihn, den erfahrenen Tierarzt, zu gefährlich. Zumal es ihm so vor kam, als würde auch Big Foot schlafen. Aufgeweckt würde er ihn mit Sicherheit attackieren. Es blieb dem Vater nichts anderes übrig als abzuwarten. Der Angstschweiß rann ihm den Rücken herunter. Seine Hände umkrallten das Steuer. Immer wieder griff er zum Fernglas. Nach einer ihm endlos erscheinenden Zeit konnte er beobachten, wie Big Foot den Rüssel hob, nach hinten griff und, als er Kathy ertastete, seinen Rüssel beruhigt wieder hängen ließ. Er setzte sich langsam in Bewegung, steuerte auf den Waldrand zu. Dr. Wellerhoff erkannte keinerlei Anzeichen von Angst bei seiner Tochter. Im Gegenteil, sie schien sich dort

oben wohlzufühlen. Als der Riesenbulle vom Wald verschluckt wurde, startete der Vater den Wagen und raste in einer Wolke aus Staub auf dem offiziellen Weg zur Farm. Er ließ sein Auto auf der anderen Seite des Elefantenpfades stehen und rannte, mit geschultertem Gewehr den beiden entgegen. Nach hundert Metern sah er Kathy. Ohne Big Foot. Sie saß in ihrer Holzkarre und schenkte ihrem, vor Angst und Erschöpfung taumelnden Vater ein strahlendes Lächeln.
Es gehörte zu den herausragenden Eigenschaften, über die Dr. Wellerhoff verfügte, dass er in außergewöhnlichen Augenblicken absolute Ruhe bewahrte. Ohne ein Wort zu seiner Tochter schob er sie heim.

Unter der Wirkung der hoch dosierten Immunglobuline verbesserte sich Kathys Gesundheitszustand von Woche zu Woche. Die Lähmung der Beine ging zurück und sie begann, sich jetzt am Geländer der Verandatreppe hochzuziehen. Die Köchin Mima brauchte nicht mehr zu helfen. Wollte Kathy frei gehen, hielt sie sich am Rollstuhl fest und schob ihn vor sich her.
Die Temperatur stieg. Das trockene Buschland färbte sich Beige. Nirgends mehr ein grünes Fleckchen. Die vorhandenen Tümpel fingen an auszutrocknen. Big Foot wurde ungeduldig. Er wollte weiterziehen, an Orte, die ihm noch Futter und Wasser boten.
Ein Elefant seiner Größe brauchte täglich 200 Kilo Pflanzennahrung und über 100 Liter Wasser.
Kathy spürte seine Ungeduld. Als sie über zwei Stunden warten musste und der Elefant noch immer nicht erschienen war, wusste sie, dass Big Foot weitergezogen war.
In der Nacht lag sie wach und dachte an ihren großen

Freund. Vor ihrem offenen Zimmerfenster hingen Gardinen, die sich im Nachtwind lautlos blähten und wieder zurücksanken, so als würden sie atmen. Sie nahm ihr Kopfkissen und legte sich auf die Schaukel auf der Veranda. Sie lauschte auf die Geräusche des Urwaldes. Das Flattern der Flughunde, die kopfunter in den Bäumen hingen, dem Keckern der Tüpfelhyänen, dem Schnauben, Fiepen und Röcheln der Tiere in den Gehegen.
Irgendetwas ließ sie sich aufsetzen. Vom Weg, der vom Wald auf die freie Fläche der Farm führte, trat eine schwarze Masse auf die Lichtung. Ohne das geringste Geräusch setzte das Ungetüm ein Bein vor das andere. Kam auf das Haus zu. Vor der offenen Veranda blieb es stehen. Hielt Kathy seinen Rüssel hin, sog den Geruch des kleinen Mädchens ein und ließ sich von ihr kraulen.
Big Foot war gekommen, um Abschied zu nehmen.

Zwei wichtige Aspekte beschäftigten Dr. Wellerhoff. Zum einen wollte er unter allen Umständen vermeiden, dass seine Tochter zum Objekt öffentlichen Interesses wurde. Die Medien würden sich mit Freuden darauf stürzen, um über diese außergewöhnliche Freundschaft zwischen einem herumstreunenden Riesenelefanten und einem kleinen, blonden Mädchen zu berichten.
Zum anderen wollte der Vater nicht, dass Kathy diese unglaubliche Beziehung weiter fortsetzte. Es hieß, das Kind von der Farm zu entfernen. Dieser Entschluss fiel ihm besonders schwer, zumal er die Achtjährige für ein Internat noch für zu jung hielt. Auch würde sie sich mit Händen und Füßen dagegen wehren. Sie hier auf dem Gelände einzusperren, kam auch nicht in Frage. So sehr er sich um eine Lösung der Probleme bemühte, es gab keine, die akzepta-

bel war. Die aber musste gefunden werden, bevor die Trockenzeit zu Ende war und die Elefanten in dieses Gebiet zurückkehrten.
Dr. Wellerhoff besprach sich mit Kathys behandelndem Arzt, Dr. Mesuli.
„Was halten Sie von einer Rekonvaleszenz in Deutschland?“ fragte er ihn. „Meine Mutter würde sich mit Freuden um ihre Enkeltochter kümmern.“
Dr. Mesuli befürwortete diese Maßnahme.
In einem ausführlichen Brief schilderte Dr. Wellerhoff seiner Mutter die Problematik. Sie willigte sofort ein, nahm die Einladung ihres Sohnes an und flog nach Nairobi. Auf dem Rückflug sollte sie Kathy mit nach Deutschland nehmen. Ihre Enkelin würde dort in Hamburg eine deutsche Schule besuchen. Vater und Großmutter machten Kathy diesen Plan schmackhaft. Deren einziger Einwand war: „Bin ich dann wieder zurück, wenn Big Foot wiederkommt?“
„Das weiß ich nicht. Wir wissen ja nicht, wann und ob er überhaupt hier in dieser Gegend wieder auftaucht.“
„Aber ich weiß es. Er kommt wieder!“

Zwei Jahre blieb Katharina Wellerhoff in Deutschland. Dann kehrte sie nach Afrika zurück. Sie hatte die Grundschule beendet und sollte fortan auf das Gymnasium der internationalen Schule in Nairobi gehen.
Der Vater holte die jetzt allein fliegende Kathy am Flughafen ab. Die Zeit ohne seine Tochter war ihm schwergefallen. Trost war ihnen das abendliche Skypen.
Als Dr. Wellerhoff hinter dem Zoll seine Tochter in die Arme schloss, sie sich genau betrachtete, sagte er stolz: “Was bist Du gewachsen. Jetzt bist Du bald so groß wie

ich. Du bestehst ja fast nur aus Beinen.“
In den folgenden Tagen ließ Kathy sich von den Pflegern alle Tiere im Gehege zeigen, radelte ins Dorf zu ihrer Freundin Sula, der sie oft aus Deutschland geschrieben hatte. Von Mima ließ sie sich mit ihren Lieblingsspeisen verwöhnen. Ihr Vater war erleichtert, dass seine Tochter nicht nach Big Foot fragte. Der Bulle hielt sich immer noch in der Gegend auf, tagelang patrouillierte er am Waldrand entlang. Stand als einsamer Wächter am Beginn des Elefantenpfades, oder döste stundenlang im Schatten der Baobabs und Schirmakazien. Den Blick in Richtung Waldessaum.
Elefanten verfügen über ein phänomenales Gedächtnis. Noch nach vielen Jahren erkennen sie Menschen und erinnern sich ihrer. Ihr gutes Gedächtnis bewahrt sie davor, zu verhungern und zu verdursten. Die Leitkuh erinnert sich in der Trockenzeit an Futterstellen und Wassergräben für ihre Herde. Sie gibt dieses Wissen an die ihr anvertrauten Nachkommen weiter. Da die Bullen den Familienverband mit 12 Jahren verlassen, um ihr eigenes Leben zu führen, haben sie Zeit genug, sich die für sie so lebenswichtigen Orte und den Weg dorthin einzuprägen. Nur zur Brunftzeit besuchen die Bullen weibliche Familienherden, um sich zu paaren. Danach nehmen sie ihr Einsiedlerleben wieder auf.

Auch wenn Kathy Big Foot nicht erwähnte, vergessen hatte sie ihn nicht. Im Gegenteil. Seit sie wieder zurück auf der Farm war, dachte sie ständig an ihn. Aber mittlerweile war sie diplomatisch genug, abzuwarten, bis ihr Vater für ein paar Tage die Farm verließ. Dies ergab sich, als Dr.Wellerhoff die Einladung zum jährlichen Ball des Cricket Clubs annahm. Als Junggeselle war er ein überaus gern gesehener Teilnehmer. Witwen und Töchter der nob-

len Gesellschaft aus dem Diplomatischen Corps fieberten diesem Ball bereits entgegen. Zusätzlich zu diesem gesellschaftlichen Termin hatte der Tierarzt auch noch einige andere Verabredungen. Beim Veterinäramt und dem Zoll, der für die Ausfuhr der Wildtiere zuständig war.
Kaum war er abgeflogen, radelte Kathy ans Ende des Elefantenpfades. Sie pfiff auf der Infraschallpfeife, suchte mit dem Fernglas die Savanne ab. Big Foot sah sie nicht. Noch mehrmals blies sie in die Pfeife. Auf einmal spürte sie den Untergrund unter sich erbeben. Sie kniete nieder, legte ihr Ohr auf den Boden. Das Gleichmaß der Erschütterung ließ sie hoffen. Und dann hörte sie den Bullen auch mit ihren Ohren. Sein Trompeten kam von rechts aus der Ferne. Sie richtete das Fernglas in diese Richtung und sah, wie er, mit vor Aufregung hoch erhobenem Rüssel und aufgestellten Ohren auf sie zugetrabt kam. Keine Angst, nur Freude durchströmte Kathy.
Wenn zwischen einem wilden Tier und einem Menschen eine Beziehung entsteht, eine Art Freundschaft wird, dann empfindet dies der Mensch als Auszeichnung. Wie ein Geschenk bringen die Tiere uns ihre Unschuld dar und es ist eine Gnade, daran teilhaben zu dürfen.
Big Foot blieb etwa zehn Meter vor Kathy stehen. Legte seine Ohren an und senkte den Rüssel. Dann neigte er seinen Kopf und schlenkerte ihn. Kathy ging auf ihn zu. Redete, lachte, strich über seinen Rüssel. Sie hätte ihm auch gerne an den Wangen und hinter den Ohren gekrault, aber so groß war sie nicht, dass sie dort oben hingereicht hätte.
„Du hast mich vermisst. Ich Dich auch. Wie oft habe ich mir gewünscht, ich säße auf Dir. Würde Dich unter mir spüren. Würde von Dir beschützt werden. Ach, Big Foot, Du bist der große Bruder, den ich nie hatte."

Kathy legte sich den Elefantenrüssel um die Taille. Big Foot verstand. Er hob sie hoch, setzte sie sich auf seinen Nacken und schaukelte mit ihr in den Busch.
Kathy war glücklich. Sie sang, sang von ihrem großen Elefantenfreund und sich. Sie sang von allem, was sie sah. Vom Fluss, von den Steinhügeln, die verloren in der der Steppe lagen und auf denen die Geparden wie auf einem Hochsitz in die Ferne spähen.
Big Foot nahm das kleine Mädchen mit auf seinen gewohnten Wegen. Riss Blätter von Bäumen und Büschen und fraß sie. Elefanten sind ausnahmslos Pflanzenfresser. Sie nehmen täglich bis zu zweihundert Kilo Nahrung zu sich, wozu sie etwa siebzehn Stunden brauchen. Sie fressen vor allem Blätter, Gras, Wurzeln, Zweige und Rinde. Und sie lieben Früchte. Haben sie die unteren Zweige abgeerntet, rütteln und schütteln sie den Baum, bis auch die obersten Früchte zu Boden fallen. Die, die sie nicht gleich fressen, bleiben liegen und vergären in der Hitze. Das nächste Tier, das vegetarische Kost bevorzugt, frisst davon und wird nicht selten davon betrunken. Es gibt Tierfilmer, die haben eine betrunkene Affenbande gefilmt, wie sie die Hänge herunter rollen, Purzelbäume schlagen, Luftsprünge machen und sich unter Kreischen mit verfaultem Obst beschmeißen. Auch Elefanten steigt der Alkohol zu Kopf. Sie torkeln herum, lehnen sich an Baumstämme, um nicht umzufallen. Laut schnarchend schlafen sie dann ein.
Kathy hatte sich eine Decke, eine Taschenlampe und einen Beutel mit Äpfeln, Möhren und zwei Butterbrote im Rucksack mitgenommen. Bevor sie mit dem Fahrrad davongefahren war, hatte sie Mima erzählt, sie wolle ins Dorf zu ihrer Freundin Sula.
Zum ersten Mal erlebte Kathy nun die Nacht draußen im

Busch. Als es empfindlich kalt wurde, hüllte sie sich in die Decke. Ihr Atem stieg wie kleine Wolken in die eisige Luft auf. Umgeben vom dramatischen Licht des scheidenden Tages, schlief Kathy ein.
Als sie wieder erwachte, erblühte die Sonne im Osten des Horizontes. Big Foot lehnte am Stamm eines mächtigen Baobab Baumes. Gemeinsam aßen sie die Reste aus dem Rucksack. Kathy kam die Gegend unbekannt vor, denn Big Foot war, während sie schlief, weiter gewandert. Nun spürte er, dass seine kleine menschliche Freundin wieder nach Hause wollte. Sie brauchten fast drei Stunden, bis sie wieder den Elefantenpfad erreichten. Big Foot setzte Kathy neben ihrem Fahrrad ab. Lange sah er den blonden Haaren nach, die davonradelten.

Die Schule begann. Kathy lernte neue Altersgenossen kennen. Sie war jetzt elf Jahre alt und in die Höhe geschossen. Vor allem ihre Beine. „Was für ein hinreißend schönes, langbeiniges Geschöpf habe ich zustande gebracht", lachte ihr Vater. Er flog Kathy jeden Montag früh morgens nach Nairobi und holte sie am Freitagmittag wieder von der Boarding School ab. Dass seine Tochter am Wochenende als Erstes auf Big Foot durch die Steppe streifte, daran hatte ihr Vater sich gewöhnen müssen. Meist wartete der riesige Bulle bereits im Schatten des Waldes, am Rande des Flugfeldes. Big Foot schien genau zu wissen, wann es Freitagmittag war.

So vergingen die Jahre. Für Kathy war es eine ausgemachte Sache, dass sie nach Beendigung des Gymnasiums Zoologie studieren wollte. Das Verhalten der Wildtiere Afrikas war ihr Spezialgebiet.

Durch Freundinnen und Studienkollegen, die sie über das Wochenende auf die Farm einlud, erfuhr bald ganz Nairobi von ihrer Freundschaft mit dem Elefantenbullen. Reporter aus aller Welt kamen, filmten Kathy und Big Foot. So gewaltig und riesig hatten sie sich den Elefanten nicht vorgestellt. Dr.Wellerhoff zeigte heimlich aufgenommene Fotos von früher, auf denen Kathy als kleines gelähmtes Mädchen von dem Bullen in ihrem Rollstuhl geschoben wurde. Der Tierarzt hatte einsehen müssen, dass er diese außergewöhnliche Freundschaft nicht mehr geheim halten konnte.

An einem Morgen während der Semesterferien wartete Kathy vergebens auf Big Foots Erscheinen. Mit ihrer Infraschall-Pfeife rief sie wiederholt ihren Freund. Sie wartete, suchte mit dem Fernglas die Ferne ab. Nach über zwei Stunden gab sie auf. Sie überredete ihren Vater, Big Foot mit dem offenen Jeep zu suchen. Bis zum Abend blieben sie im Busch. Von Big Foot keine Spur. Am nächsten Morgen setzten sie die Suche mit dem Flugzug fort. Gegen Mittag fanden sie ihn. Der Bulle hatte sich schräg an einen Felsen gelehnt, um sein enormes Gewicht abzustützen. Mehrfach überflog Dr. Wellerhoff die Stelle, schrieb sich die Koordinaten auf. Kathy meinte eine Bewegung seines Rüssels wahrgenommen zu haben. Er war also nicht tot. Kathy schloss aus der Bewegung, dass der Elefant die ihm bekannten Fluggeräusche wiedererkannt hatte. Er gab ihnen ein Lebenszeichen.
Mit dem großen Tiertransporter und den Gehilfen fuhren sie bis in die Nähe der Felsen. Kathy sprang vom Wagen und rannte zu Big Foot. Alle anderen blieben in sicherer Entfernung. Das erste, was Kathy an dem Bullen auffiel, war seine eingefallene Haut, die schrumpelig an ihm herun-

terhing. Seine großen Schädelknochen stachen hervor. Der Elefant war vollkommen dehydriert. Seit Tagen war er wohl nicht mehr in der Lage gewesen, zu trinken. Dann entdeckte Kathy auch den Grund dafür. Der untere Teil seines linken Beines war extrem angeschwollen. Einer seiner Zehennägel stand auffällig ab. In seiner Umgebung stank es fürchterlich. Fliegen und Käfer machten sich an dem aufgeplatztzten Fuß zu schaffen. Beruhigend sprach Kathy auf Big Foot ein, der apathisch und mit geschlossenen Augen an dem Felsen lehnte.
Kathy winkte ihren Vater heran. Dr. Wellerhoff kam mit seinem Medizinkoffer angerannt. Der halb bewusstlose Bulle ließ seine Nähe zu. Der Tierarzt erkannte sofort, was geschehen war. Vom Eiter der Wunde hervorgedrückt stak ein drei-Finger-dicker Splitter hinter dem Fußnagel hervor. Dr. Wellerhoff betäubte den Elefanten. Es war für ihn nicht einfach, die Dosis für die Betäubungsspritze zu bestimmen, da er noch nie ein so enorm großes Tier betäubt hatte. Er konnte nur mittels des geschätzten Körpergewichts die Dosis errechnen. Kathy legte dem schlafendem Big Foot ihre Jacke über die Augen. Ihr Vater zog mit einer speziellen Hebelzange den langen Holzsplitter aus der Wunde, säuberte diese gründlich und gab dem Bullen eine hoch dosierte Spritze Antibiotika. Mit einem Sprühverband verschloss er die desinfizierte Wunde. Man konnte nur hoffen, dass die bereits aufgestiegene Blutvergiftung gestoppt worden war. Big Foot zur weiteren Behandlung auf den Tiertransporter zu hieven, war aussichtslos. Bei seinem Gewicht würden die Achsen brechen. Der Tierarzt und seine Tochter konnten ihn nur hier vor Ort versorgen.
Täglich fuhren sie zu ihm. Sie hatten eine tragbare, große Tränke neben seinen Rüssel gestellt und sie mit Wasser aus

dem mitgebrachten Tank gefüllt. Mehrmals hintereinander füllten sie die Tränke, bis Big Foot seinen Wasserhaushalt wieder aufgefüllt hatte.
Allmählich kam der Elefant wieder zu Kräften. Kathy fütterte ihn mit Blättern, Obst und frischem Gemüse, das sie aus Mimas Garten klaute.
Es war ein großes Glück, dass Kathy so beharrlich nach ihrem Freund gesucht hatte. Hätten sie ihn nur ein oder zwei Tage später gefunden, der Bulle wäre elendig unter unerträglichen Schmerzen gestorben.

Die Jahre zogen dahin. Kathy hatte ihr Studium der Verhaltensforschung bei afrikanischen Wildtieren mir Erfolg abgeschlossen. Sie begleitete ihren Vater, aber genauso oft ließ sie sich von Big Foot zu ihren Studien in den Busch tragen. Kaum eines der von ihr beobachteten wilden Tiere nahm die junge Frau, die auf dem mächtigen Bullen thronte, wahr. Er selber hatte keine tierischen Feinde. So konnte Kathy aus nächster Nähe ihre Beobachtungen machen. Sie richtete ein Forschungszentrum auf der Farm ein, das bald zu einer Pilgerstätte der Verhaltungsforschung wurde.

Weitere fünf Jahre vergingen. Big Foot begann, an einer Arthrose zu leiden. Nicht unüblich bei Elefanten. Durch ihr großes Gewicht und die stetigen Wanderungen verbrauchen sich ihre Gelenke.
Big Foot konnte nur noch mit Mühe gehen. Meist lehnte er im Schatten einer Schirmakazie oder hielt sich im Wald auf. Dr. Wellerhoff, den der Bulle mittlerweile in seiner Nähe akzeptierte, spritze ihm Schmerzmittel, was auf Dauer keine Lösung war.
Als die Trockenzeit kam, sah sich Big Foot außerstande die

Wasserlöcher und Futterplätze im Norden aufzusuchen, wie er es bisher in all den Jahren seines langen Lebens getan hatte. Als Kalb hatte seine Mutter, die die Leitkuh seines Familienverbandes war, ihm und den anderen Jungtieren die Wege und Plätze gezeigt, die ihm das Überleben ermöglicht hatten. Als Jungbulle von zwölf Jahren hatte sich Big Foot einer Gruppe von drei weiteren Jungbullen angeschlossen. Zu viert folgten sie den Pfaden, die ihnen nun bekannt waren. Als Big Foot größer und stärker wurde, brauchte er den Schutz der lockeren Männergruppe nicht mehr. Alleine bewältigte er die tage- und nächtelangen Märsche gen Norden zum ersehnten Wasser. Nun, im Alter, spürte er, dass er dieser langen Strecke unter Schmerzen nicht mehr gewachsen war.
Kathy ahnte, dass ihr großer Freund nicht mehr fortziehen konnte. Auf ihren Ritten registrierte sie die Mühe, die es ihn kostete vorwärts zu kommen. Mit äußerster Vorsicht setzte er Fuß vor Fuß. Er litt.
In einer jener heißen Nächte, in denen nicht der Hauch eines Lüftchens das Schlafen erträglich machte, verließ Kathy ihr Zimmer und legte sich in eine der Hängematten auf der Veranda.
Aber auch dort in ihrer Matte fand sie keinen Schlaf. Eine seltsame Unruhe ergriff sie. Sie setzte sich auf die Stufen der Veranda und lauschte. Eine schwache Erschütterung ließ sie aufsehen. Dort, am Rande der Lichtung, sah Kathy eine dunkle, große Masse stehen.
Big Foot war gekommen, um sich zu verabschieden. Der Mond schimmerte durch zarte Wolkenschleier. Big Foot streckte ihr seinen Rüssel entgegen, als sie neben ihm stand. Sie kraulte und rieb ihn zärtlich. Nach einer Weile drehte der Bulle sich um und ging langsam und zaghaft

zurück auf dem Elefantenpfad. Kathy ging neben ihm her. Mühsam bewältigte der Bulle den Weg bis zu der Stelle, an der sich der Wald öffnete und die Savanne sich im sanften Licht des Mondes auftat. Die nächtlichen Geräusche der Tiere umfingen sie. Big Foot schleppte sich am Rand des Waldes entlang. Er schnaufte tief, blieb stehen, legte das Ende seines Rüssels in Kathys Hand. Langsam, wie in Zeitlupe, knickten seine Vorderbeine ein. Schwer ließ er sich zur Seite fallen. Kathy kniete sich neben seinen mächtigen Schädel. Sie lehnte ihr Gesicht gegen Big Foot. Tränen quollen aus ihren Augen, rannen die Wangen hinab und tropften auf seine schrundige Haut.
Sie wusste, Big Foot hatte sich zum Sterben niedergelegt. Seine großmütige Seele machte sich auf, sie zu verlassen.
Bis zu seinem Tode blieb Kathy bei ihrem großen Freund und Bruder. Und noch nach Stunden, als er schon lange diese Erde verlassen hatte, blieb sie bei ihm.
Ihr Vater fand sie am Morgen. Seine Tochter hatte ihre Arme um Big Foots Kopf geschlungen und schlief. Wahrscheinlich träumte sie von den vielen wunderbaren Ausflügen, die sie mit ihm gemacht hatte. Von den Orten, die er ihr gezeigt hatte und die noch nie zuvor ein Mensch besucht hatte. Und vielleicht dachte sie auch im Traum an das unverbrüchliche Vertrauen, das sie mit ihm verband.
Seit damals, als sie ein kleines gelähmtes Mädchen gewesen war.

Die Sekretärin

„Guten Morgen, Frau Heinzeler." Der Mann hinter dem Informationsschalter erhob sich und deutete mit gesenktem Kopf eine Verbeugung an.
„Guten Morgen, Herr Kasper." Frau Heinzeler eilte zum Aufzug.
„Guten Morgen, Frau Heinzeler, nehmen Sie mich mit?" Eine junge Frau stellte sich neben Frau Heinzeler. „Gerne."
Ein Herr in grauem Flanellanzug eilte durch das Foyer auf sie zu.
„Frau Heinzeler, guten Morgen. Ein Glück, dass ich Sie treffe, machen Sie mir bitte einen Termin beim Chef, wenn es geht, heute noch." Die Lifttüre öffnete sich.
„Heute ist es absolut unmöglich, Herr Dr. Klöpfer. Diese ganze Woche ist voll verplant. Da sehe ich keine Chance. Mittwoch und Donnerstag ist er im Ausland. Alle anderen Termine drängen sich auf die verbleibenden Tage. Aber ich will versuchen, Sie irgendwie kurzfristig dazwischen zu schieben. Ich rufe Sie an." Frau Heinzeler drückte auf den obersten Knopf, die junge Frau auf den 5. Stock. Während sich die Türe des Aufzuges schloss, rief ihnen Dr Klöpfer „das wäre sehr liebenswürdig" hinterher.

Margot Heinzeler betrat den 8. Stock. Den Strauß frischer Schnittblumen legte sie in der Teeküche ab, ging weiter den hellen Gang entlang bis zu ihrem Zimmer, schloss auf und hängte ihren leichten Mantel in den Schrank. Ihre Tasche stellte sie neben dem Schreibtisch ab und öffnete die Fenster. Einen Moment lang blieb sie stehen, sah auf das

Werk und seine Hallen und Gebäude hinab. Dahinter lagen die Stadt und in der Ferne die grünen Hügel.
Neunzehn Jahre schon war sie hier bei der Firma Werth beschäftigt. Zuerst als Sekretärin in der Werbeabteilung. Als dann die Chefsekretärin aus der Babypause nicht mehr zurückkam, hatte man ihr diesen Posten angeboten. Ein rasanter Aufstieg, wenn man bedenkt, dass sie damals erst zweiundzwanzig Jahre alt war. Der Chef selbst hatte sie angefordert und Margot Heinzeler wurde den Erwartungen, die man in sie gesetzt hatte, gerecht. Ihre schnelle Auffassungsgabe, ihre liebenswürdige Art, welche niemals zu Vertrautheit ausartete, ihre Kompetenz, ihr Fleiß, und nicht zuletzt ihre absolute Verschwiegenheit und Diskretion, waren die Gründe, die sie zur Idealbesetzung dieses Postens machten.
Dr. Cornelius Werth, Inhaber und Generalbevollmächtigter der Werth Werke, wusste, was er an ihr hatte.
Und Margot Heinzeler? Für sie wurde ihr Chef zum Inhalt ihres Lebens. Abgesehen von ihrer verheirateten, älteren Schwester, die sie gelegentlich besuchte, hatte sie praktisch kein Privatleben. Ihr ausnahmsloses Interesse galt Dr. Cornelius Werth.
Wohl behütet in einem kleinbürgerlichen, katholischen Elternhaus aufgewachsen, hatte sie sich selbst für ihren zukünftigen Ehemann aufgespart. Als Hochzeitsgeschenk sozusagen. Aber es gab keinen Ehemann, denn von der Sekunde an, in der sie als junges Mädchen Dr. Cornelius Werth zum ersten Male sah, wurde ihr Herz von ihm besetzt. So wie die Dienerinnen Gottes sich als Braut Christi ansahen, so fühlte sich Margot Heinzeler als Braut ihres Chefs. Natürlich wusste niemand, auch ihre vertraute Schwester nicht etwas von ihren wahren Gefühlen ihrem

Vorgesetzten gegenüber.
Ihr gesamtes tägliches Leben richtete sie nach seinen Bedürfnissen aus. Sie diente ihm.
Margot Heinzeler schloss die Fenster wieder. Sie durchquerte den Raum und betrat das Allerheiligste, das Zimmer von Dr. Cornelius Werth. Es lag neben ihrem und wurde auch meist nur durch dieses betreten. Auch dort öffnete sie die Fenster, nahm die Vase mit den nur halb verwelkten Blüten und ging damit in die Teeküche, wo sie die frischen Blumen in die gespülte Vase arrangierte. Mit einem Blick auf die Armbanduhr, ein Geschenk Dr. Werths anlässlich ihres zehnjährigen Jubiläums in der Firma, schaltete sie den Wasserkocher an und verließ mit der Vase voller Malven in beiden Händen die Küche. Aus dem Sekretariat schrillte das Telefon. Drei Mal. Dann verstummte es. Margot Heinzeler lächelte. Das Läuten war das Zeichen des Pförtners vom Westtor und bedeutete, dass der Wagen von Dr. Werth soeben auf das Werksgelände einfuhr. Sie stellte die Vase im Zimmer des Chefs auf ein dafür vorgesehenes Tischchen zwischen den Fenstern und schloss diese. Dann eilte sie zurück in die Teeküche, legte in den Porzellanfilter ein Filterpapier ein, tat vier gehäufte Messbecher Auslesekaffee hinein, stellte den Filter auf eine Silberkanne und goss das kochende Wasser darüber. Während das Wasser langsam durch den Filter tröpfelte und dadurch ein köstlicher Duft die Küche durchschwebte, stellte sie Tasse, Untertasse und einen kleinen Teller auf ein silbernes Tablett. Der Teller war aus feinstem Chinabone und hatte einen filigran durchbrochenen Rand. Sie legte zwei Leibnizkekse darauf. Goss noch einmal Wasser in den Filter und trug das Tablett in das Zimmer von Dr. Werth, wo sie es auf seinem breiten Doppelschreibtisch abstellte. Dann drehte sie das Radio in

der Stereoanlage an. Eine Männerstimme analysierte die Ergebnisse der Tokioter Börse. Bevor sie den Raum verließ, drehte sie sich noch einmal um und blickte zufrieden zurück.
Er konnte kommen.
Ein kurzer Blick in den Spiegel, etwas Lipgloss, ein Hauch Parfum in den Ausschnitt gesprüht. Sie schloss die Augen, lauschte in den Flur. Das ferne Summen des Aufzugs verstummte die gedämpften Schritte auf der teuren Auslegware des Ganges. Ein Glücksmoment schwebte durch den Raum und ihr Herz flatterte ihm entgegen.

Dr. Cornelius Werth war schmächtig und von durchschnittlicher Größe. Er hatte ein erstauntes Kindergesicht, was seine Umgebung zu der irreführenden Annahme veranlasste, er sei harmlos.
In Wirklichkeit war er gerissen. Er manipulierte die Menschen und beanspruchte einen unrealistischen Machtanspruch über sie. Dahinter verbarg er geschickt Angst und Unsicherheit.
Sein verstorbener Vater war der Einzige, der hinter der Maske seines Sohnes dessen wahre Wesenszüge erkannt hatte. Sein mangelndes Selbstbewusstsein, seine Furcht vor Entscheidungen sowie sein uneingestandenes Bedürfnis nach Demütigung und Strafe.
Bei aller Härte, die Dr. Werth im Beruf zeigte, hielten ihn seine Geschäftspartner, seine Angestellten und seine Familie für jovial, ehrlich und gerecht. Für Margot Heinzeler war Cornelius Werth nicht schmächtig, sondern schlank. Nicht gerissen, sondern klug. Nicht hart, sondern geschäftstüchtig und sein erstauntes Kindergesicht interpretierte sie mit jugendlichem Charme.

„Darf ich Sie daran erinnern, dass ihre Tochter in vierzehn Tagen Geburtstag hat. Es war ein Gartenfest mit Clowns und einem Karussell geplant, ich habe mir erlaubt, diesen Nachmittag terminlich für Sie freizuhalten. Außerdem sollten wir noch Ihren Hochzeitstag besprechen. Da er auf einen Samstag fällt, hatten Sie angedacht, dies Wochenende mit Ihrer Frau auf Sylt zu verbringen. Vorsorglich habe ich eine Suite im Benen Diken Hof in Keitum reserviert." Margot Heinzeler beugte sich vor und legte den Hausprospekt des Hotels vor Dr. Werth auf dessen Schreibtisch. Dabei genoss sie den zarten Duft seines Rasierwassers. Während er sich den zweiten Leibnizkeks vom Teller nahm, schenkte sie ihm Kaffee nach. Dann fuhr sie fort : „Die Wirtschaftsdelegation aus Polen ist bereits im Hotel eingetroffen. Es bleibt also bei dem Termin um 10:40 Uhr hier im Haus. Der kleine Konferenzraum ist vorbereitet, gegen 12 Uhr wird ein leichter Lunch gereicht. Um 15 Uhr haben Sie eine Telefonkonferenz mit Philadelphia und Richmond. Die Herren Ferguson und McPearl stehen Ihnen um 9 Uhr zur Verfügung. Je nachdem, wie lange dies Gespräch dauert, würde ich gerne Dr. Klöpfer in den Zeitplan einschieben. Er bat um ein Gespräch mit Ihnen. Und hier," Frau Heinzeler entnahm der Mappe ein fünf-seitiges Papier. „Hier habe ich die Zusammenfassung des Gesprächs mit Schenker und Martin von gestern. Sowie den Vertragsentwurf."
„Danke. Ich werde mir beides durchlesen. Und noch etwas: Sprechen Sie mit Hans Stocker von der Gewerkschaft und machen Sie mir einen Termin mit ihm." Dr. Werth griff nach dem Manuskript und begann zu lesen. Margot Heinzeler nahm leise das Silbertablett und drückte mit dem Ellbogen die Türklinke herunter. „Warten Sie." Dr. Werth

sprang auf und öffnete für sie die Türe. Sie schenkte ihm ein, wie sie hoffte, atemraubendes Lächeln.

Für Margot Heinzeler war die Existenz einer Ehefrau kein Problem. Sie bezog sie als Randerscheinung in ihr Leben mit ein. So, als wäre die unscheinbare Sabine Werth ein Kleidungsstück, das man notwendigerweise anziehen und gelegentlich pflegen musste. Anders hingegen war ihre Beziehung zu den Kindern. Sie liebte sie aufrichtig und war stolz auf sie. Waren die Beiden doch Fleisch von seinem Fleische. Detailliert ließ sie sich von Dr. Werth über deren schulische Leistungen berichten. Erinnerte ihn daran, wenn Theater oder Musikvorführungen der Schule stattfanden. Suchte mit liebevollem Einfühlungsvermögen Geschenke für sie aus und freute sich darüber wenn Cornelius Werth ihr erzählte, wie sie auch diesmal wieder das Richtige getroffen hatte.
„Was täte ich nur ohne Sie, Frau Heinzeler." Solch ein Satz aus seinem Munde empfand sie als Liebeserklärung. Es zeigte ihr, wie unentbehrlich, ja wie essentiell sie für sein Leben war. Nicht nur, dass Dr. Werth die meiste Zeit des Tages in ihrer Nähe verbrachte, nur durch eine Türe von ihr getrennt, sie verband auch ein Geheimnis miteinander. Ein Geheimnis, das mit ihm zu teilen sie wie ein unausgesprochenes Gelöbnis aneinander kettete. Vor dem Gesetz war dieses Geheimnis eine Straftat. Für die korrekte Margot Heinzeler Ausdruck ergebener Liebe.
Die Wand zwischen dem Sekretariat und dem Zimmer des Chefs hatte nicht nur eine Türe, die die beiden Räume voneinander trennte, sie hatte auch auf jeder Seite ein hohes Bücherregal. Im Chefzimmer stand vor der Bücherwand ein englischer Tisch, aus dem man mit feinem Leder bezo-

gene Ablagen ziehen konnte. Dies hatte den Vorteil, dass der Tisch selbst frei blieb für eine kleine Mahlzeit, Teestunden oder für großflächige Pläne mit Industriezeichnungen. An diesen Tisch bat Dr. Werth gelegentlich seine Gesprächspartner, was eine ungezwungene, ja manchmal persönliche Atmosphäre entstehen ließ.
Auf der anderen Seite, in der Bücherwand des Sekretariats, befanden sich nicht nur Bücher und Akten, sondern auch ein eingebautes Schränkchen in Augenhöhe. In diesem kleinen verschlossenen Schrank war eine Kamera mit Mikrofon eingebaut, die durch ein Loch in der Wand und des Regals im Nebenzimmer, zwischen zwei Büchern hindurch die Gespräche am Tisch in Bild und Ton aufzeichneten.
„Bitte, Frau Heinzeler, sorgen Sie dafür, dass wir vollkommen ungestört bleiben.“ Wenn Dr. Werth das Wort ‚vollkommen’ verwendete, war dies das verabredete Zeichen für Margot Heinzeler die Kamera einzuschalten. Die Bänder der Gespräche versah sie am Ende des Meetings mit Datum und Namen der jeweiligen Teilnehmer und übergab sie Dr. Werth, der sie zu Hause in seinen Tresor einschloss.
Die beruhigenden Worte ihres Chefs: „Dies ist keineswegs eine Bespitzelung, sondern lediglich ein Gedächtnisprotokoll für mich“, gab ihr die Möglichkeit die Benutzung der Kamera als Hilfe für den strapazierten Dr. Werth zu interpretieren und, was für Frau Heinzeler viel wichtiger war, sie hatte mit dem Mann ihres Herzens etwas Gemeinsames. Etwas, was sie beide auf prickelnde Weise miteinander verband. Da sie in ihrem tiefsten Inneren ahnte, dass er mit den Aufzeichnungen Macht über seine Gesprächspartner erlangen wollte, spürte auch sie den süßen Geschmack der Macht über ihn.

Die Betriebsausflüge mussten vorbereitet werden. Zuerst fuhr die eine Hälfte der Werksmannschaft, während die Andere die Produktion aufrecht erhielt. Vierzehn Tage später wurde getauscht. Diesmal hatte sich die Belegschaft eine Segeltour auf dem Edersee gewünscht und Frau Heinzeler hatte versprochen, dies beim Chef durchzudrücken. Für die Angestellten der Verwaltung war eine Weinprobe im Rheingau geplant.
Busse mussten bestellt, die entsprechenden Restaurants gebucht und die Segelboote reserviert werden. Margot Heinzeler hatte viel zu tun. Natürlich beauftragte sie damit ihre beiden eigenen Sekretärinnen, die ihre Büros hinter ihrem hatten. Aber sie, die Chefsekretärin, musste alles überwachen, prüfen und bei auftretenden Schwierigkeiten mit ihrer eigenen Autorität und Persönlichkeit die Dinge durchsetzen.
Margot Heinzeler saß an ihrem Schreibtisch und formulierte einen Beileidsbrief, der der Witwe eines nahen Geschäftspartners von Dr. Cornelius Werth galt. Anschließend besprach sie mit dem Chefkoch des Kasinos die Speisefolge für den Lunch, der für die polnische Delegation vorgesehen war. Sie einigten sich auf Wachteleier in einer leicht aufgeschlagenen Zitronenvinigrette, Entenstreifen auf Pfifferlingsrisotto und Rotweinmousse mit Trauben und Käse. Mocca, Cognac und je drei weiße belgische Pralinees.
Im Allgemeinen wurde die im Schrank versteckte Kamera, nach dem Herausnehmen des Bandes von ihr wieder betriebsfähig gemacht. Denn es war schon vorgekommen, dass unvorhersehbare Gespräche aufgenommen werden mussten.
Frau Heinzeler vergewisserte sich noch einmal zusätzlich, ob die Kamera einsatzbereit, das Objektiv auf den Tisch

und die Sessel gerichtet und der Ton eingeschaltet waren. Alles war perfekt. Sie musste nur noch den Einschaltknopf drücken. Um zu überprüfen, ob die Linse der Kamera vom Tisch aus nicht zu sehen war, klopfte Frau Heinzeler an die Türe des Chefzimmers. Keine Antwort.
Zögerlich öffnete sie die Türe. Dr. Cornelius Werth stand mit dem Rücken zu ihr am Fenster. Sein Handy am Ohr. Er sprach kein Wort. Er hörte zu. Margot Heinzeler blieb an der Türe stehen. Sie spürte förmlich die Intimität des Gesprächs, das kein Gespräch, sondern ein Zuhören war.
Dr. Cornelius Werth war zwar körperlich präsent, aber emotional abwesend. Im Raum war es vollkommen ruhig. In diese aufgeladene Stille hinein flüsterte Dr. Werth: „Ich Dich auch!"
Die heiße Glut der Eifersucht durchfuhr Margot Heinzeler und in ihrem Magen wühlte die Angst.
Dr. Werth drehte sich um, bemerkte seine Sekretärin und fragte, indem er sich bemühte, harmlos zu klingen: „Ist was?"
„Ich wollte die Kamera überprüfen", sagte sie mit einem Gleichmut, den sie nicht einmal ansatzweise empfand, und machte sich am Bücherregal zu schaffen.

Die Mondstrahlen, die durch die Gardinen sickerten, sandten einen zarten Türkiston, der sich auf alles im Raum legte und ihm damit eine Kühle verlieh, die Margot Heinzeler frösteln ließ. Sie lag mit offenen Augen im Bett. Seit Langem dachte sie wieder über sich selbst nach: Sie aß, sie trank, sie pflegte ihren Haushalt, goss die Blumen, hielt Kontakt zu ihrer Schwester. Sie existierte.
Aber leben, das wurde ihr klar, richtig leben, das tat sie nur in seiner, Dr. Werths Gegenwart. Nur dann war sie ein

Ganzes, nur dann fühlte sie sich als Frau. Wenn sie seine Hände sah, sah wie sie ein Manuskript hielten, dann stellte sie sich vor, er hielte ihre Hände. Half er ihr gelegentlich in den Mantel, dann erhoffte sie seinen Kuss im Nacken. Sagte er: „Auf Wiedersehen“, dann entnahm sie seinen Worten, er wolle sie, Margot Heinzeler, wiedersehen. Sprach er von ihr zu Geschäftsleuten als ‚die wichtigste Frau in meinem Leben’, nahm sie dies wörtlich.

Margot Heinzeler freute sich auf den Betriebsausflug und zugleich rechnete sie mit einer weiteren Enttäuschung. In den letzten Jahren hatte sie noch gehofft, Cornelius Werth würde mit ihr tanzen. Aber bei den ersten Klängen der Band hatte er das Fest verlassen. Sie tröstete sich damit, dass er auch mit keiner anderen Kollegin getanzt hatte.
Die Lampions zwischen den Bäumen glichen bunten Kugeln, die auf dem Rhein schwammen. Der milde Abend und die Wirkung der Weinprobe ließen die Paare zusammenrücken, flüstern und lachen. Margot Heinzeler, die neben Dr. Klöpfer saß, nahm ihr Glas und ging über den knirschenden Kies bis an die Balustrade nahe beim Wasser. Es überkam sie eine seltsame Enttäuschung, als hätte sie auf etwas gewartet, das nicht geschehen war. Etwas, auf das sie ein Recht zu haben schien und das nicht eingetreten war.
Als der Bus die Belegschaft nach der Weinprobe in das berühmte Feinschmeckerrestaurant am Rhein gebracht hatte und die festlich gedeckten Tische zum Essen einluden, hatte Dr. Werth eine Ansprache gehalten, die trotz ihrer Kürze langweilig war. Seitdem hatte Margot Heinzeler ihn nicht mehr gesehen.
War er schon abgefahren? Sie beschloss, ihn zu suchen. Hier draußen befand er sich jedenfals nicht. Auch im Saal

konnte sie ihn nicht ausmachen. Ein Hinweisschild mit Pfeil nach unten zur Treppe fiel ihr ins Auge. ‚Billard und Kegelbahn' stand darauf. Sie ging die Treppe hinunter. Der Gang war beleuchtet, aber nichts war zu hören. Unschlüssig blieb sie stehen. Die Türe zur Kegelbahn stand einen Spaltbreit offen. Sie drückte sie ganz auf. Der langgestreckte Raum wirkte schummrig. Sanftes Licht drang durch die zugezogenen Lamellen der Glastüren zum Nebenraum. Margot Heinzeler konnte ein paar Tische und die drei Kegelbahnen erkennen. Die abgestandene Luft roch leicht säuerlich. Sie wollte gerade den Raum wieder verlassen, da hörte sie Geräusche aus dem Nebenzimmer. Sie lauschte, konnte aber nichts verstehen. Sie schob die Lamellen der ersten Glastür ein wenig zur Seite. Ihr Blick fiel auf die grüne Filzbespannung eines Billardtisches. Zwei tief hängende Lampen beleuchteten ihn. Der Rest des Raumes lag im Dunkeln. Obwohl sie niemanden sah, spürte sie, dass dort jemand war. Eine unheimliche, ihr Angst machende Erregung packte sie.
Um ihren Blickwinkel zu vergrößern, drückte sie die Lamellen der anderen Glastüre auseinander.
Ihr Magen verkrampfte sich und ihr Herz zog sich in kaltem Schauer zusammen. Vor ihr, an der Kante des Billardtisches, stand Dr. Cornelius Werth. Er blickte in ihre Richtung zu jemand, den sie selbst nur als schwarze Silhouette teilweise von hinten sah.
Dr. Werth sah vollkommen verändert aus. Den Kopf leicht gesenkt, schaute er von unten her demütig auf sein Gegenüber. Wie ein Schüler, der vor seinem Lehrer in Erwartung seiner Strafe steht. Nur Augenblicke später war aus seinem Kindergesicht das Erstaunen gewichen. Stattdessen hatte es jetzt Züge gieriger Erwartung angenommen.

Langsam zog er sich das Jackett aus, öffnete den obersten Hemdknopf und lockerte den Schlips. Dann ließ er seine Hände hängen und lächelte dümmlich.
Eine Stimme flüsterte: „Wird's bald."
Mit lasziver Bewegung öffnete Dr. Werth die Gürtelschnalle. Dann hielt er inne.
„Runter mit der Hose!" donnerte eine Männerstimme.
Jede Bewegung genießend knöpfte sich Cornelius Werth seine Hose auf und ließ sie zusammen mit den Boxershorts zu Boden gleiten. Sein Glied hing bedeutungslos als kurzes, weißes Fädchen zwischen seinen dünnen Beinen. Er beugte sich über den Billardtisch. Der Schattenmann trat hinter ihn. Eine Hand stützte sich auf dem grünen Filz ab. Auf dem mittleren Finger dieser Hand steckte ein silberner Ring.

Ekel stieg in Margot Heinzeler auf. Ekel, der sie würgte und in ihrem Magen wühlte. Ihren Mund mit bitterer Galle füllte.
Ekel, aber auch Mitleid. Mitleid mit ihm. Mitleid mit sich selbst. Mitleid mit seiner Ehefrau, mit seinen Kindern.
Dies also war der Mann, nach dem sie sich achtzehn Jahre lang verzehrt hatte!
Es bemächtigte sich ihrer ein Gefühl völliger Entfremdung von jedem anderen Menschen, sich selbst eingeschlossen.
Ihr war, als sei sie einer jener Lampions, dessen gefaltetes Papier sich im Wasser des dahindriftenden Rheins auflöste und als schleimiger Papierbrei langsam in die Tiefe sank.

Das, was von ihr übrig war, entfloh den Geräuschen aus dem Nebenraum, schleifte sich die Treppe herauf, nahm sich ein Taxi und fuhr nach Hause. Dort holte sie ihren

Rollkoffer und fuhr mitten in der Nacht in die Firma. Durch die Notbeleuchtung wurde der Gang vor ihrem Sekretariat in grünes Licht getaucht. Wie eine Geisterbahn. Margot Heinzeler packte ihre persönlichen Dinge in den Koffer, demontierte die Überwachungskamera und schloss sie in den Tresor. Ein letztes Mal goss sie die Blumen, öffnete die Fenster und setzte sich auf ihren Schreibtischstuhl. Unfähig zu weinen und bar jeglicher Gefühle starrte sie stundenlang vor sich hin.
Das Telefon schreckte sie auf. Der Pförtner des Westtores ließ sie wissen, dass die Limousine des Chefs gerade auf das Werksgelände fuhr. Mit dem Rest ihrer Würde, die sie sich bewahrt hatte, zog sie den Koffer zum Lift. Draußen vor dem Haupteingang traf sie auf Dr. Werths Chauffeur.
„Frau Heinzeler, kann ich Ihnen behilflich sein“, fragte er und griff nach ihrem Rollkoffer. Margot Heinzeler blickte auf seine Hand am Koffergriff.
Auf dem Mittelfinger steckte ein silberner Ring.

Jonas

Ich kam aus Rio de Janeiro. Die ganze Nacht war ich über den Südatlantik gelaufen und jetzt war ich hundemüde. Meine Uniform stank und ich wahrscheinlich auch. Wir beide bedurften dringend einer Wäsche.
Der Stau begann kurz hinter Offenbach. Zuerst ging es noch eine Weile schleppend weiter. Immer mal wieder drei Autolängen nach vorne. Dann aber standen wir. Zuerst hofft man, dann resigniert man und zum Schluss ist man einfach nur wütend. Nach einer Stunde war ich wütend. Ich gehörte nicht auf die Autobahn, ich gehörte ins Bett. Wenn alles glatt verlaufen wäre, dann hätte ich die nächste Ausfahrt in Richtung Hanau genommen. Deswegen hatte ich mein Auto, während der Stop-and-Go Phase von der Überhohlspur auf die Mittelspur manövriert. Winker rechts raus, gewartet, gewunken und gelächelt. Dann hatte ich es geschafft. Nun also stand ich auf der mittleren Fahrbahn und war wütend.
Im Dunst der Ferne konnte ich bereits die Autobahnbrücke ausmachen, hinter der die Ausfahrt nach Hanau lag. Ich hätte dann diese Brücke passiert, hätte den ersten, dann den zweiten Kreisel durchfahren, wäre unter der Eisenbahn hindurch, am Main entlang bis zum Schloss Philipsruh gefahren und dann, keinen Steinwurf weg, in die Burgallee gebogen. Dort wohnte ich, mit Blick auf den Park. Stattdessen saß ich hier in meinem Auto und wartete.
Es war Sommer und es war heiß.
Die weiße Bluse klebte auf meiner Haut. Meine Seidenstrümpfe scheuerten an den Schenkeln. Die blauen Pumps hatte ich schon lange gegen die Galleylatschen ausge-

tauscht. Durst quälte mich. Ich legte die Hände um das Steuerrad und meinen Kopf darauf. Zwei Minuten später war ich eingeschlafen.
Ich träumte, ich wäre bei ihm. Oder war er bei mir?
Merkwürdig. Ich kannte ihn kaum. Hatte ihn nur wenige Male gesehen und dennoch vermisste ich ihn die ganze Zeit.
Das Weinen eines Kindes weckte mich. Es hing an der Hand seiner Mutter und stemmte die Füße auf die raue Fahrbahn. Die genervte Mutter zog es vorwärts.
„Du kannst nicht die ganze Zeit sitzen. Du musst Dich auch mal bewegen“, schrie sie den Jungen an. Ich schätzte ihn auf etwa vier Jahre. Auch andere Autoinsassen standen auf der Fahrbahn. Mein eigener Rücken fühlte sich verkrampft an. Ich sollte auch aussteigen und mir die Füße vertreten. Das tat ich. Die Luft flimmerte. Die Sonnenstrahlen brachen sich an den schrägen Heckscheiben der Autos vor mir und stachen schmerzhaft in den Augen.
„Jetzt einen Eiskaffee“ dachte ich.
Es fiel mir auf, dass die Gegenfahrbahn leer war. Kein Auto war zu sehen. Scheinbar betraf der Unfall die gesamte Autobahn. War ein Laster auf die Gegenspur geraten? Ich sollte Radio hören. Auf dem Weg zurück zu meinem Wagen passierte ich einen Pick-up, auf dessen Kühlerhaube der Fahrer ein Spiegelei briet. So etwas hatte ich noch nie gesehen. Er lachte mir stolz zu und ich lachte zurück.
„Möchten Sie auch eins? Ich komme von der Großmarkthalle und habe dort hinten auf der Ladefläche vier Paletten Eier geladen“, fragte er mich freundlich.
„Danke für das Angebot. Aber ich habe keinen Hunger, ich habe Durst. Haben Sie vielleicht auch Wasser geladen?“
„Das tut mir leid. Damit kann ich nicht dienen.“ Er schüt-

telte betrübt seinen Kopf. Da kam mir eine Idee:
„Wie wär`s mit Salz und Pfeffer für Ihr Spiegelei?“
„Das wäre super!“ Ich kramte aus meiner Uniformtasche zwei kleine Tütchen mit Salz und Pfeffer. Er war begeistert.
Zurück in meinem Auto stellte ich das Radio an. Es kamen alle möglichen Meldungen. Vom Stau auf der A3 kein Wort. Vielleicht wussten die anderen Fahrer mehr. Ich stieg also wieder aus. Stellte mich zu drei Lastwagenfahrern, die an der äußeren Leitplanke standen und rauchten.
„Wissen Sie, wie es zu diesem Stau kam?“ wandte ich mich an einen, der ein dunkelgrünes T-Shirt anhatte. Vorne auf dem Hemd stand –Ich suche eine Frau, die arbeiten kann-. Als der Mann merkte, dass ich den Spruch las, drehte er sich um. Dort ging der Spruch weiter –ansonsten soll sie mich alten Mann in Ruhe lassen-. Wir lachten.
„Sie dürfen nicht glauben, dass ich dafür zu alt bin.“ Er zwinkerte mir zu. Ich wechselte das Thema.
„Was ist da vorne eigentlich los?“
„Ich komme gerade von der Unglücksstelle. Ein Polizist hat mir erzählt, dass eine Autofahrerin die Abfahrt nach Hanau verpasst habe. Sie sei dann die paar Meter rückwärtsgefahren. Ein Sattelschlepper habe zu spät erkannt, dass der Wagen vor ihm rückwärts statt vorwärts fuhr, und ist voll drauf gekracht. Der Auflader schwang bis über die Gegenfahrbahn. Zwei andere Lastwagen konnten nicht mehr bremsen und haben sich unter den Sattelschlepper gebohrt. Dann kam ein Autotransporter und fuhr alles vor ihm zu Schrott. Die Pkws, die er geladen hatte, rissen aus der Verankerung und flogen wie Geschosse umher. Auch auf die Gegenspur.
„Darum fährt da drüben kein Auto“, warf ich ein.
In diesem Moment war das Knattern eines Hubschraubers

zu hören. Er landete auf der Autobahnbrücke, direkt über dem Chaos der Unglücksstelle.
Jetzt wusste ich Bescheid. Es konnte noch weitere Stunden dauern, bevor es für uns Autofahrer weiterging.
Zurück an meinem Auto, sah ich die genervte Mutter, die erfolglos versuchte, ihren Sohn hoch zu heben. Zum Einen war er viel zu schwer für seine zierliche Mutter, zum Anderen bockte er, strampelte mit den Beinen und schrie. Ich warf der Mutter einen Blick zu, der Bedauern und auch Verständnis ausdrücken sollte. Sie missdeutete ihn wohl, jedenfalls kam sie auf mich zu und versuchte mir den Jungen in die Arme zu drücken. Sie konnte ihn aber nicht halten und er rutschte an ihr herunter. Sie drehte ihn an den Schultern herum und schob ihn mir vor die Füße.
Ich sah in ein verweintes Kindergesicht. Der Schweiß hatte seine Haare an den Kopf geklebt. Um Mund und Nase stand der Rotz.
Er hörte auf zu weinen, sah zu mir auf. Ich ging in die Knie, um in Augenhöhe mit ihm zu reden.
„Du hast eine wunderschöne Stimme. Versuch doch nochmal ganz laut zu schreien.“ Der Junge blieb stumm. Hinter ihm lehnte seine Mutter an ihrem Auto. Sie hatte die Augen geschlossen.
Ich war mir sicher, sie wünschte sich weit weg. An einen stillen, kühlen Ort.
„Wie heißt Du?“ fragte ich das Kind. Anstatt seinen Namen zu sagen, schrie er laut und gellend. Sein Kopf wurde rot. Als er endlich Atem holte, sah er mich triumphierend an.
„Ich kann noch lauter“, stieß er hervor.
„Ich möchte, dass Du so laut schreist, dass alle Leute aus den Autos kommen und sich fragen, was hier los ist. Kannst Du das?“

Er stellte sich auf seine Zehenspitzen, holte tief Luft und legte los.
Ein Schrei, so markerschütternd, dass sich tatsächlich einige Autotüren öffneten. Wir wurden angestarrt. Der Knabe schrie und schrie, bis ihm die Puste ausging. Eine Frau giftete mich an:
„Lassen Sie ihr Kind in Ruhe", schimpfte sie.
„Das ist nicht mein Kind. Ich kenne es gar nicht", antwortete ich ihr.
„Das ist ja noch schlimmer", giftete sie weiter. Hilfesuchend wollte ich auf die Mutter deuten, aber die hatte sich in ihren Wagen zurückgezogen. Ich konnte durch die Heckscheibe erkennen, dass sie die Hände über ihre Ohren gelegt hatte. Das alles wurde ihr zu viel.
„Lass mich nachsehen, ob ich nicht ein Bonbon für Dich dabei habe. Du sollst doch für Deine kräftige Stimme belohnt werden."
In meiner Uniformtasche fand sich zwar kein Bonbon, dafür aber ein winziges Täfelchen Schokolade. Es hatte gestern Abend im Flughafenrestaurant in Rio neben meiner Tasse Cappuccino gelegen. Ich reichte es ihm. Seine kleinen Wurstfinger rissen das Papier auf und beförderten die weiche, braune Masse in seinen Mund. Neben dem hellgrünen Rotz klebten anschließend noch braune Schokoladenreste an seinem Mund.
„Du hast mir immer noch nicht verraten, wie Du heißt", fragte ich ihn.
„Ich bin der Jonas." Worte und Schokolade quollen aus ihm heraus.
„Was hältst Du von einem Spionage-Ausflug?"
„Was ist das?" „Wir müssen herausfinden, was die Lieferwagen und Laster geladen haben. Vielleicht hat einer von

ihnen Schweine geladen. Dann können wir sie besuchen und mit ihnen reden."
„Schweine können nicht reden", verbesserte er mich.
„Aber natürlich können Tiere sprechen. Es fällt uns Menschen nur schwer, sie zu verstehen. Komm, wir sagen Deiner Mutter, dass wir einen Spionage-Auftrag haben." Ich klopfte an das Seitenfenster ihres Wagens. Jonas Mutter hing in ihrem Sitz. Schweißperlen glitzerten auf ihrer Stirn.
„Ist es Ihnen recht, wenn ich Jonas mitnehme. Wir wollen uns die großen Laster ansehen?" fragte ich sie durch das geöffnete Fenster.
Sie nickte erleichtert.
Wir zogen los. Immer an der Außenleitplanke entlang. Jonas ließ es zu, dass ich ihn fest an der Hand hielt.
Der erste große Lastwagen war ein Umzugswagen. Wir malten uns aus, was er geladen haben könnte. Jonas zählte all die Dinge auf, von denen er annahm, man wolle sie behalten und in die neue Wohnung mitnehmen. Hinter der Leitplanke stieg eine leichte Böschung auf. Dort lagerten erschlaffte Autofahrer. Sie vertrieben sich die Zeit mit Reden oder dösten vor sich hin.
Der zweite Laster hatte unter seiner Plane Getränkekisten.
„Ich habe Durst", sagte Jonas. „Ich auch", stimmte ich ihm zu.
„Wir können den Fahrer fragen, ob er uns eine Flasche abgibt", schlug ich vor. Der Mann am Steuer hatte die Autotüre weit geöffnet. Sein linkes Bein hing aus dem Führerhaus.
Er hörte Radio. Musik. Ich lächelte zu ihm herauf und fragte:
„Hätten Sie vielleicht etwas Wasser für das Kind?"
Ohne ein Wort zu antworten, griff er neben sich und hielt

mir eine fast volle Flasche Wasser hin. Als ich die Flasche dankend ergriff, schloss er mit Nachdruck die Autotüre. So, als hätte er Angst alle anderen gestrandeten Autofahrer würden ihn auch anbetteln.
Mit der Flasche in der Hand lehnten wir uns an die Leitplanke und nahmen erstmal einen tiefen Schluck.
„Jetzt gehen wir zu den redenden Schweinen“, verkündete Jonas und zog mich bei der Hand.
Wir fanden keinen Tiertransporter. Jonas war enttäuscht.
„Wir sollten uns freuen, dass wir keine Schweine gefunden haben“, tröstete ich ihn. „Stell Dir vor, sie müssten in dieser Hitze für Stunden eng nebeneinander stehen. Sie hätten sicher auch Durst.“
Jonas wurde müde und wir machten uns auf den Rückweg.
„Ich muss mal Pipi“, sagte er. Ich nahm ihn mir zwischen meine Beine und er pinkelte ausgiebig an die Leitplanke.
Als ich ihn seiner Mutter übergeben wollte, war ihr Auto leer.
Sie war nicht mehr da.
Ich sagte zu Jonas: „Deine Mami ist auch ein bisschen spazieren gegangen. Sie kommt gleich wieder. Wir setzen uns so lange in mein Auto. Du darfst vorne neben mir sitzen.“
Kaum saß er, die Flasche Wasser zwischen seinen Beinen, da war er auch schon eingeschlafen.

Ich lehnte mich zurück und dachte an diesen Mann, obwohl ich mir vorgenommen hatte, nicht an ihn zu denken. Dies war eine Aufgabe, die viel Energie verlangte. Aber es war einfach nicht möglich für mich, ihn auszuklammern. Er hatte meine Gedanken und meine ganze Sehnsucht in Beschlag genommen. Ich versank immer wieder im Joch der Gefühle.

Die meisten denken, um von Sehnsucht sprechen zu können, müsse wenigstens der Ansatz einer Beziehung vorhanden sein. Aber so ist es nicht. Ich sehnte mich nach ihm aus der Ferne. Auch wenn er unerreichbar blieb. Vor der Begegnung mit ihm hätte ich es entschieden von mir gewiesen, eine Beziehung mit einem verheirateten Mann einzugehen. Eine solche Beziehung hätte für mich eine Belastung dargestellt. Eine mir unbekannte Frau würde verletzt werden. Aber auf unerklärliche Weise spielte dies keine Rolle mehr. Ich fühlte jetzt keine Skrupel mehr. Ich wollte nicht am Ende meines Lebens auf die Dinge zurücksehen, die ich nicht erlebt hatte, ohne je zu erfahren, wie sie gewesen wären, hätte ich sie erlebt. Ich wollte nicht nur von ihm träumen. Ich wollte ihn anfassen. Seine Kraft spüren. Seinen Atem trinken.

Jonas berührte meinen Arm. Er sah mich heiter an. Erst jetzt bemerkte ich seine Augenfarbe. Ein sanftes Braun, mit Sprenkeln von Zimt darin.
„Na hast Du ausgeschlafen“, fragte ich ihn. Er gab keine Antwort, sondern drehte einen Zipfel seines Hemdchens zwischen den Fingerchen. Ein Blick nach vorne ließ mich erkennen, dass das Auto seiner Mutter immer noch leer war. War sie nach vorne zu der Unfallstelle gegangen? Vielleicht stand sie auch irgendwo an der Leitplanke. Da kam mir ein Gedanke. Möglicherweise hatte sie sich in ihrem Wagen auf den Rücksitz hingelegt. Lag dort vielleicht schon die ganze Zeit. Ich stieg aus und schaute nach. Nein, da lag sie nicht. Durch die Frontscheibe verfolgte mich Jonas mit seinen Augen.
„Weißt Du was“, sagte ich zu ihm, als ich wieder einstieg, „jetzt erzähle ich Dir eine Geschichte von sprechenden Tie-

ren."
„Wann kommt Mami?" fragte er zögerlich.
„Wenn die Geschichte zu Ende ist, dann ist Deine Mami bestimmt wieder zurück", besänftigte ich ihn.
Ich begann mit der Geschichte von der Wollmaus und dem Seidenhasen:
Es war einmal auf einer Insel, hoch oben im Norden von Deutschland. Diese Insel hieß Sylt.
Dort gab es eine Wiese in Archsum, die lag zwischen zwei reetgedeckten Friesenhäusern.
Auf ihr lebten zwei pechschwarze Friesenhengste.
Der eine hatte ein graues und der andere ein grünes Halfter um.
Sie kannten sich schon lange und waren miteinander befreundet.
Sie sahen so gleich aus, dass man denken konnte sie seien Brüder. Beide gehörten dem Herrn Hansen.
Es gab noch andere Tiere, die dort lebten.
Vor Kurzem war nämlich eine Mäusefamilie aus dem nahen Obstgarten auf die Wiese gezogen. Im Obstgarten war es der Mäusefamilie zu gefährlich geworden, denn einmal in der Woche setzte sich ein Mann auf eine Mähmaschine und schnitt mit ihr den Rasen unter den Obstbäumen kurz.
Während dieser Zeit mussten alle Mäusekinder unter der Erde in ihrem Bau bleiben, denn oben im Gras wären sie von der Mähmaschine erfasst worden.
Vater Maus hatte dafür zu sorgen, dass seine Familie während dieser Zeit in der Erdwohnung blieb, was gar nicht so einfach war.
Vor allem seine Jüngste war schwer zu bändigen.
Kaum wurde es in der Mäusewohnung des Morgens etwas dämmrig, da verließ sie ihr Heubett und setzte sich oben

vor das Mauseloch und bestaunte die Welt. Hörte sie dann von Weitem den Motor der Mähmaschine, flitzte sie zurück ins Mauseloch.
Trotzdem war es Vater Maus für seine Familie auf Dauer zu gefährlich, denn es war ihm klar, dass sich seine Jüngste eines Tages so weit vom schützenden Mauseloch entfernen würde, dass sie nicht mehr rechtzeitig zurückfinden würde.
Also zog Familie Maus auf die Wiese zu den beiden Friesenhengsten.
Auch auf dieser Wiese war das kleine Mäusemädchen die Erste, die morgens aufstand. Sie wollte unbedingt wissen, was sich während der Nacht dort alles getan hatte.
Nicht lange, nachdem sie umgezogen waren, erblickte das Mäusekind eines Morgens eine wunderbare Gestalt, die bewegungslos auf ihren Hinterläufen saß und der aufgehenden Sonne entgegen blickte.
Das Mäusemädchen sah sich dieses wundersame Geschöpf von allen Seiten an.
„Was starrst Du mich so an?“ knurrte die Gestalt.
„Oh, ich bin voller Bewunderung. Du hast so herrliche, lange Haare. Sie glänzen in der Sonne wie Seide. Ich bin sicher“, sagte die Maus, „ich habe so etwas Schönes noch nie gesehen!“
“Das glaube ich Dir gerne. Ich bin ja auch etwas Besonderes!
Ich bin der Seidenhase! Ich bin ein Wunder der Natur!
Mich gibt es kein zweites Mal.“
Dem Mäusemädchen verschlug es die Sprache. Voller Hingabe und Staunen sah es stumm dieses wunderbare Geschöpf an, das dort vor ihr in der Sonne saß und über sie hinweg sah, als gäbe es nichts, was seines Blickes würdig wäre.

Mit seinen klitzekleinen Pfötchen rieb sich das Mäusemädchen seine Knopfaugen. Hoch über ihr thronte der Seidenhase. Sanft bewegte eine leichte Morgenbrise seine langen Goldhaare.
Als es seine Stimme wiedergefunden hatte, sagte das Mäusemädchen: „Ich bin auch etwas Besonderes!
Ich bin die Wollmaus!"
„Was Du nicht sagst, wie kommst Du denn auf die Idee? Du siehst doch aus wie jede andere Maus, die ich kenne."
„Es mag ja sein, dass ich jetzt so aussehe. Aber als ich geboren wurde, da hatte ich ganz viele kleine Kringellöckchen, sogar im Gesicht. Die sind mittlerweile alle ausgefallen, bis auf eines, siehst Du? Hier vorm Ohr, da ist noch eines. Und meine Mami hat damals zu mir gesagt: Du bist etwas Besonderes.
Du bist meine geliebte Wollmaus!"
„Kommt ihr vielleicht aus Neuseeland? Da haben die Schafe auch ihren Pelz im Gesicht."
„Nein, wir kommen aus dem Obstgarten dort hinten."
Der Seidenhase nahm es zur Kenntnis und blickte weiter versonnen in die morgendliche Ferne.
Ehrfürchtig verließ die Wollmaus den Seidenhasen, indem sie sich duckte und davon schlich. So eine Ausnahmeerscheinung wollte sie nicht länger belästigen.
Gegen Abend traf die Wollmaus wieder auf den Seidenhasen. Mit halbgeschlossenen Augen hockte er in einer Furche.
„Hallo"; sagte das Mäusemädchen, „ich bin es, die Wollmaus."
„Wahrhaftig", erwiderte der Seidenhase und blickte von seiner Höhe herab. „Schmücke Dich nicht mit vergangenen Federn. Schließlich wollen wir nicht über Dinge reden, die

einmal waren. Jetzt hast Du jedenfalls keine Wollhaare mehr und siehst aus wie jede Durchschnittsmaus“, sagte der Seidenhase und strich sich dabei mit einer schwungvollen Bewegung seine seidigen Haare zurecht.
„Ich weiß gar nicht, warum Du so hässlich zu mir bist. Und, dass Du es nur weißt, für meine Mami bin ich immer noch ihre geliebte Wollmaus!“
„Das mag ja sein, aber ich bin nicht Deine Mami. Für mich bist Du eine Maus unter Tausenden, ach, unter Millionen. Ich dagegen bin einmalig!“
Die Wollmaus sah traurig ins Gras und gerade noch rechtzeitig, bevor sie sich ganz klein und nichtswürdig vorkam, weil sie ja doch nur so eine Maus unter Millionen war, kam ihr eine kluge Frage in den Sinn und sie sah zu dem Seidenhasen empor und fragte ihn: „Was hast Du eigentlich persönlich dafür getan, dass Dir diese wundervollen Seidenhaare gewachsen sind?“
Der Seidenhase blickte eine Weile stumm vor sich hin. Ein paar Mal machte er sein Schnupperschnäuzchen auf, als wolle er ihr antworten, aber es kam kein Wort heraus. Er dachte lange darüber nach, was er selbst zu seiner Schönheit beigetragen hatte. Aber es fiel ihm absolut nichts dazu ein. Darüber wurde er so ärgerlich, dass er die arme Wollmaus anfuhr:
„Das geht Dich gar nichts an! Warum willst Du das überhaupt wissen?“
„Ich würde es Dir nämlich gerne nachmachen, damit ich auch so schön werde wie Du“, antwortete die Wollmaus.
„Selbst wenn ich es Dir verraten würde, Du würdest doch nur immer eine Maus bleiben. Und nun lass mich allein, ich kann nicht meine kostbare Zeit mit dummem Geschwätz vertrödeln.“

Wieder wurde die kleine Wollmaus sehr traurig und schlich sich davon.
Am nächsten Morgen war ihr Kummer vergessen und die Wollmaus lief voller Freude auf den Seidenhasen zu.
„Komm mit“, rief sie ihm schon von Weitem zu, „die Friesenpferde werden abgeholt. Sie dürfen beim Ringreiten mitmachen. Lass uns rüberlaufen auf die Gemeindewiese hinter der alten Schule und zuschauen.“
„Ich habe nicht vor, mich hinter die vielen Zuschauer zu quetschen, um den galoppierenden Pferden zuzusehen, wie sie unter den Ringen durchlaufen. Dazu bin ich viel zu vornehm!“
„Na gut, dann bleib eben hier“, sagte die Wollmaus und flitzte hinter den Friesen her, die schon durch das weiße Tor geführt worden waren und jetzt den Boysenweg herunter klapperten.
Es dauerte einige Tage, bis der Seidenhase die Wollmaus wieder sah.
„Wo bist Du so lange gewesen?“ fuhr er die Wollmaus an. „Die Ringreiterei ist schon lange vorbei und die beiden Friesenpferde sind zurück auf der Wiese.“
„Ach, weißt Du, das Wetter war in den letzten Tagen nicht so toll und da bleiben wir Mäuse lieber in unserem gemütlichen Nest unter der Erde. Dort haben wir genügend Vorräte gesammelt und unsere Mami erzählt uns Märchen. Dann liegen wir alle eng aneinander geschmiegt auf dem Heubett und hören ihr zu.“ Nach einer kleinen Pause fragte sie:
„Was machst Du bei schlechtem Wetter?“
„Ich hocke mich dort unter den Rosenbusch und döse vor mich hin.“
„Ganz alleine? Sitzt Du nicht mit anderen Hasen zusam-

men?“
„Nein, dazu bin ich viel zu vornehm!“
„Also, das stell’ ich mir nicht so gemütlich vor, so ganz allein unter einem tropfendem Rosenbusch“, erwiderte die Wollmaus.
„Hast Du vielleicht Lust, mit mir nachzusehen, ob unter dem Küchenfenster von dem einen Friesenhaus wieder Körner liegen? Die Omutti, die dort wohnt, klopft das Brettchen, auf dem sie das Friesenbrot schneidet, immer aus dem Küchenfenster aus.“
„Wessen Omutti ist denn das?“
„Das ist die Omutti von Lotti, Nic und Hayden, ihren Enkelkindern, die im Sommer immer drei Wochen kommen und dann am Strand spielen.“
„Ach so, da kannst Du alleine hingehen. Ich ernähre mich nicht von Abfällen. Dazu bin ich viel zu vornehm!“
„Nie machst Du was mit“, sagte die Wollmaus, „also dann bleib alleine hier hocken“, und hüpfte fröhlich über die Wiese zum Küchenfenster.
Das Wetter wurde schlechter. Es ging ein kalter Wind und Regen tropfte von den Rosenblättern auf den Seidenhasen, der ganz alleine darunter saß. Da kam dem Hasen eine Idee. Er hoppelte über die Wiese und lauschte in jedes Mauseloch hinein.
Endlich hatte er das Richtige gefunden: Aus dem Loch drang die Stimme der Mäusemutter, die ihrer geliebten Wollmaus und deren Geschwistern Märchen erzählte.
Und man mag es kaum glauben, der vornehme Seidenhase legte sich in die matschige Furche und presste sein Ohr an das Mauseloch, um ja jedes Wort zu verstehen.
Er kümmerte sich nicht um den Regen, der auf seinen Rücken prasselte und nicht um den Wind, der seine Seiden-

haare wehen ließ. Er hörte so gespannt zu, dass er auch nicht den kalten Matsch unter seinem Bauch spürte. Dort blieb er so lange liegen, bis die Mäusemutter geendet hatte und ihre Mäusekinder zu Bett brachte.
Und selbst dann noch blieb er in der dreckigen, kalten und nassen Furche liegen, um die Geräusche und das zufriedene Fiepen der Mäusekinder vor dem Einschlafen zu hören.
So fand ihn die Wollmaus am nächsten Morgen, als sie aus dem Mauseloch krabbelte. Beinahe wäre sie in sein Ohr gekrochen, so fest hatte er sein langes Hasenohr gegen das Mauseloch gepresst. Obwohl sich die Wollmaus schon wunderte, dass der Seidenhase so dicht vor ihrem Ausgang lag, fragte sie ihn nicht.
Sie ahnte, dass er für diese schwierige Antwort zu vornehm war.
„Du musst hier aus dem Matsch heraus", sagte sie zu dem Seidenhasen, „sonst erkältest Du Dich noch."
„Ich glaube, das habe ich schon", krächzte der Seidenhase und schniefte mit der Nase. Seine Augen waren rot, die Nase lief und er klapperte mit den Zähnen. Die Wollmaus legte ihm ihr Pfötchen auf die Stirn und sagte: „Du hast Fieber!"
Drei Wochen war der Seidenhase krank. Fast solange wie Lotti, Nic und Hayden auf Sylt waren und in dieser Zeit verlor er alle seine wundervollen, langen Seidenhaare.
„Was soll ich nur machen? Kein anderer Hase hat von nun an noch Ehrfurcht vor mir. Sie werden alle lachen. Ohne meine seidigen Haare bin ich nichts Besonderes mehr! Ich bin wie tausend andere Hasen auch." Er schniefte und sein kleines Hasenschnäuzchen fing an zu zittern.
Die Wollmaus hörte mit ihren Mäuseohren diese Worte, in ihrem Herzen verstand sie sie auch und so spürte sie seine

Verzweiflung und wie einsam und traurig der Seidenhase war.
Denn gut hören tut man nur mit dem Herzen.
Während der Seidenhase, der nun kein Hase mit seidigen, langen Haaren mehr war, hoch aufgerichtet in die aufgehende Sonne blickte, liefen der Wollmaus zwei dicke Tränen aus den Augen. Sie sah zu ihm auf, legte ihre winzigen Fingerchen in seine weiche Pfote und sagte:
„Für mich bleibst Du immer etwas Besonderes!
Für mich bist Du mein Freund, mein geliebter Seidenhase!“

Jonas hatte die ganze Zeit zugehört. Ab und zu nahm er einen Schluck aus der Wasserflasche und drehte den Verschluss jedes Mal sorgfältig zu.
Ich hatte mich geirrt. Die Geschichte war zu Ende, aber von seiner Mutter keine Spur. Langsam machte ich mir Sorgen. War sie einfach weggegangen und hatte mich mit dem Jungen sitzen lassen?
Man liest und hört ja manchmal von Menschen, die nur mal eben Zigaretten holen gegangen sind und nie mehr wiederkamen. Zwar waren die, die ihr bisheriges Leben hinter sich ließen, meist Männer, aber konnte man da sicher sein? Trotzdem beruhigte mich der Gedanke, dass Mütter so etwas eher selten tun.
Sicher, ich hatte den Eindruck gehabt, die Frau sei mit Jonas und der ganzen Situation des Staus überfordert gewesen. Hatte sie den Rest ihrer Nerven verloren und war abgehauen?
War sie vielleicht von ihrem Mann verlassen worden und fuhr nun zu ihren Eltern? Mir schossen so viele Möglichkeiten durch den Kopf, was alles passiert sein könnte.
Und was, bitte, sollte ich jetzt tun?

Jonas drehte das Radio an. Zu der Geschichte von der Wollmaus und dem Seidenhasen hatte er keinen Kommentar abgegeben.
Durch die Scheibe konnte ich sehen, dass weit voraus die Leute wieder in ihre Autos stiegen. Es schien weiterzugehen. Ich war panisch. Ich konnte doch nicht mit einem fremden Kind im Auto weiterfahren. Ich setzte den Blinker nach rechts, kurvte um das leere Auto von Jonas Mutter, überquerte unter Protestgehupe die rechte Spur und stellte meinen Wagen auf dem Seitenstreifen ab.
Jonas und ich warteten. Die anderen Autofahrer fuhren im Schritttempo an uns vorbei. Wie gerne wäre auch ich nach Hause gefahren. Bald konnte ich meinen Ärger auf Jonas Mutter kaum noch unterdrücken. Aber ich musste wegen des Kindes ruhig und gelassen erscheinen. Der Wagen seiner Mutter stand leer auf der Mittelspur. Dahinter entstand ein neuer Stau.
Irgendetwas musste geschehen. Ich dachte mir, dass sich an der Unfallstelle sicherlich noch die Polizei aufhalten würde, und so fuhr ich mit eingeschalteter Warnblinkanlage langsam auf dem Standstreifen nach vorne. Dort sah es immer noch verheerend aus.
Ein Kran, der die Lastwagen und Personenautos hochgehoben und zum Teil auf einem Acker neben der Autobahn abgestellt hatte, war gerade dabei, die Fahrzeuge auf einen Abschleppwagen zu hieven. Die zwei linken Spuren waren gesäubert und wieder für den Verkehr freigegeben worden. Auf der Gegenfahrbahn standen noch alle Autos. Ich sah Krankenwagen und Abschleppdienste und natürlich viel Polizei. Ich stieg aus und ging auf eine Polizistin zu.
Während sie zuhörte, winkte sie Jonas im Auto zu. Dann beauftragte sie einen Mann vom Abschleppdienst den Wa-

gen von Jonas Mutter von der mittleren Spur zu ziehen. Mein eigenes Auto sollte ich unter der Autobahnbrücke abstellen.
Die Polizistin nahm gerade meine Personalien auf, als ein Sanitäter und ein weiterer Polizist sich näherten. Zwischen ihnen hing eine Person, in der ich Jonas Mutter erkannte.
Sie war vollkommen aufgelöst und weinte. Erleichtert lief ich ihr entgegen. Als sie mich sah, und in mir die Person erkannte, die ihren Sohn hatte, schrie sie mich an. Ich wollte sie beruhigen, sie in den Arm nehmen, ihr sagen, dass jetzt alles wieder gut sei. Aber sie keifte weiter, holte mit ihrer Handtasche aus und hätte mich sicher damit geschlagen, wären nicht der Polizist und der Sanitäter dazwischen getreten und hätten sie zum Krankenwagen gezerrt.
Jonas war inzwischen aus dem Auto gekrabbelt. Ich nahm ihn bei der Hand und gemeinsam mit der Polizistin brachten wir ihn zu seiner Mutter. Als sie ihren Sohn, heil und zufrieden, mit der Wasserflasche in der Hand, vor sich sah, schloss sie ihn in die Arme. Nun war wirklich alles wieder gut.
Wie sich herausstellte, hatte Jonas Mutter sich tatsächlich die Unfallstelle ansehen wollen. War nach vorne, in Richtung Autobahnbrücke gegangen. Sie muss so müde und vielleicht auch durch die Hitze so verwirrt gewesen sein, dass sie nicht auf unserer Seite der Autobahn zurückgegangen war, sondern auf der Gegenfahrbahn. Die Mittelleitplanke war ja durchbrochen und entfernt worden. Jonas Mutter suchte also ihren Wagen auf der Gegenspur, den sie verständlicherweise dort nicht finden konnte. Fast zwei Stunden irrte sie auf der falschen Autobahn herum.
Ein Autofahrer brachte die verzweifelte Frau dann zur Unfallstelle und übergab sie einem Sanitäter.

Als ich mich von Jonas verabschiedete, sahen mich seine samtbraunen Augen mit den Zimtsprenkeln an und er sagte: „Wenn Du den Seidenhasen wiedersiehst, sag ihm, dass ich auch sein Freund bin."

Zu Hause bei mir kochte ich mir einen Tee, drückte eine halbe Zitrone darin aus und stellte den Becher in den Eisschrank. Dann wollte ich mich duschen. Mir kam, wie ich dachte, eine geniale Idee. Ich legte mich in voller Montur, allerdings ohne Schuhe in das lauwarme Wasser der Badewanne.
Ich döste vor mich hin.
Und wieder gelang es mir nicht, meine Gedanken von ihm, diesem Mann, der mich so verwirrte, fernzuhalten.
Auch wenn er es nicht bewusst darauf anlegte, Aufmerksamkeit zu erregen, so hatte er doch für mich eine solche Präsenz, dass, selbst wenn ich ihn gar nicht sah, ich förmlich spürte, wenn er in der Nähe war.
Es ist schwer etwas bekommen zu wollen, von dem man weiß, dass es einem nicht gelingt. Man kann diesen Wunsch nach Erfüllung nur Gott vor die Füße legen und hoffen, dass er sich der Sache annimmt. Was mich betrift, so türmt sich da vor Gottes Füßen bereits ein ganzer Berg.
Ich lag noch immer in der Wanne, als meine Freundin, Kollegin und Mitbewohnerin kam. Als sie mich angezogen im Wasser der Badewanne vorfand, lachte sie.
„Also, ein bisschen verrückt bist Du ja schon."
Ich kam gerade aus seinen Armen und schaute sie versonnen an.
„Was hast Du?" fragte sie. Ich schwieg.
„Soll ich lieber fragen, wer ist es?" In ihren Augen stand der Schalk.

Ich schwieg. Denn von der Sehnsucht spricht man nicht.
Von der Sehnsucht sprechen die Lippen, die Hände, die Schenkel.
Ich schwieg. Es blieb mein Geheimnis.

Er und Sie

Er nannte sie: Mein Schatz, meine Göttin, meine Erfüllung, meine Geliebte, mein Weib.
Für Sie war er: Ihr Held, ihr Gebieter, ihr Beschützer, ihr Meister, ihr Bezwinger.
Als alle Worte gesagt waren, trennten sie sich.

Monate später erfuhr Sie durch die Medien, dass ein Firmen-Flugzeug von Bilfinger und Berger, für die Er als leitender Ingenieur arbeitete, im Dschungel Afrikas abgestürzt war. Sie wähnte ihn unter den Toten und trug acht Wochen lang Trauer.

Er folgte auf der Hannover-Messe einer Frau, die ihn von hinten vage an Sie erinnerte. Der Verfolgung überdrüssig, drehte die Frau sich um und sprach ihn an:
„Kann es sein, dass Sie mir nachstellen?“ fragte sie ihn.
„Entschuldigen Sie“, erwiderte er, „Sie erinnern mich an jemanden.“
„Ich würde es begrüßen, wenn Sie sich dem Original zuwenden würden“, sagte sie streng.

Bei einem Aufenthalt in einem Krankenhaus, an dessen Dach Renovierungsarbeiten vorgenommen wurden, konnte Sie vom Bett aus durch das geöffnete Fenster Bauarbeiter beim Annageln von Kupferblech beobachten. Die Handwerker hatten wegen der sommerlichen Hitze ihre Hemden und T- Shirts ausgezogen.
Sie blickte auf diese sonnengebräunten Rücken, deren Muskelbewegungen sie wehmütig an Ihn erinnerten.

Unerklärliche Schmerzen ließen es geboten erscheinen, ihren Krankenhaus-Aufenthalt um eine Woche zu verlängern.

Als Er auf der Sonnenterasse der Carmena Hütte in Arosa plötzlich Ihre Stimme vernahm und Sie tatsächlich keine drei Liegen von ihm entfernt auch erkannte, passte er den Moment ab, in dem ihr Begleiter im Restaurant der Hütte verschwand und trat zu ihr. Er stellte sich so, dass sein Schatten auf sie fiel. Sie war im Begriff sich Gesicht, Hals und Hände einzucremen. Mit den Worten:
„Du gestattest", nahm er ihr die Lotion aus der Hand. Beugte sich zu ihr herunter und begann hingebungsvoll, mit seinem eingecremten Zeigefinger dem Schwung ihrer Brauen und der ihrer Lippen zu folgen.
Als ihr Begleiter auftauchte, in jeder Hand einen Drink und indigniert den Fremden wahrnahm, der seiner Freundin das Gesicht eincremte, erklärte dieser:
„Ich bin Vertreter für Sonnenmilch und bin gerade dabei, die Dame von unserem Produkt zu überzeugen."

Eingeklemmt zwischen zwei übereinanderstehenden Koffern und den Beinen eines auf dem Boden sitzenden jungen Mannes, fuhr Sie im weihnachtlichen Reiseverkehr in einem überfüllten Zug durch die Vororte von Frankfurt, überquerte den Main und stieg am Hauptbahnhof aus. Während Sie sich nach einem Kofferkuli umsah, fühlte sie sich beobachtet. Sie erkannte Ihn zwei Gleise weiter an dem S-Bahngleis. Sie winkten nicht. Sie blickten sich nur an.
Die S-Bahn kam, fuhr wieder ab. Er stand noch immer dort.

Drei Tage später bereits traf Er Sie wieder. Als Er den Laden des Juweliers auf der Goethestraße betrat, um ein Paar Opalohrringe für seine derzeitige Geliebte zu erstehen, sah er Sie auf einem Stuhl vor der Vitrine sitzen. Neben ihr ein Herr mittleren Alters. Der Juwelier persönlich legte ihr gerade ein Saphircollier um den Hals. Sie begutachtete sich ausgiebig in einem Handspiegel. Er stellte sich hinter Sie, lächelte in den Handspiegel und sagte:
„Gnädige Frau, bei ihren grünen Augen sollten Sie Smaragde tragen. Falls das Budget dieses Herren dafür nicht ausreicht, wäre ich gerne dazu bereit, ihm auszuhelfen.“
Sagte es und verließ den Laden. Opalohrringe kaufte Er nicht.

Zwei Jahre später öffnete Er die Balkontüre seines Zimmers im Hotel Vier Jahreszeiten in Hamburg und trat nach draußen. Die Wasserfontäne in der Mitte der Binnenalster sah im leichten Sommerwind wie eine Fahne aus. Mit dem Rücken zu ihm saß eine Frau auf einer der Bänke der Alsterpromenade. Er erkannte Sie an dem knappen Kostüm mit dem Kragen aus Perlhuhnfedern, das er ihr vor Jahren gekauft hatte.
Von ihrer Bank aus warf Sie den Schwänen Brotstücke zu. Schon früher, zu seiner Zeit, hatte sie gerne Vögel gefüttert. Er erinnerte sich an gemeinsame Spaziergänge, bei denen er, steinharte Toastscheiben in den Händen, kilometerweit neben ihr hergetrabt war.
Einer der Schwäne watschelte an Land und stand nun neben ihrer Bank. In Vorahnung dessen, was kommen musste, rannte er auf den Hotelflur, die Treppen hinunter und durchquerte die Halle im Laufschritt. Ohne nach rechts oder links zu blicken, lief er über die Fahrbahn und den

schmalen Rasenstreifen und kam gerade bei der Bank an, als der Schwan in Gier nicht nur nach dem Brot, sondern auch nach ihrer Hand schnappte. Sie schrie auf.
Er griff nach ihren zwei blutenden Fingern, saugte sie sauber und schlang ein gefaltetes Taschentuch darum. Dann setzte er sich zu ihr und legte seinen Arm um sie. Er bemerkte erste, feine graue Strähnchen in ihrem Haar. Mit ihrem Schimmer glichen sie dem Federkragen ihres Kostüms. Leise wimmernd lehnte sie sich an ihn. Nicht weil ihre Finger so weh taten, schluchzte sie, sondern weil alles so verwirrend war. Weil sie ein Leben führte, das nicht in Einklang mit ihrem Herzen war. Weil sie bei ihren wechselnden Partnern mit ihrem Körper bezahlte und es nur einen gab, dem sie gar nichts zu zahlen hatte und den sie deshalb freiwillig mit ihrem Herzen bezahlte.
Nach einer Weile führte er sie zurück in das Hotel. Gemeinsam fuhren sie mit dem Lift in die zweite Etage und gingen in sein Zimmer. Er zog erst sie aus. Und dann sich selbst.
Eng umschlungen stellten sie sich unter den warmen Strahl der Dusche. Dann trug er sie aufs Bett und sie liebten sich.
Er nannte sie: Meine Sonne, meine Göttin, mein Ein und Alles.
Sie gurrte: Du, meine Sehnsucht, mein Allmächtiger, mein Meister. Als alle Worte gesagt waren, schliefen sie ein.
Nach einer Stunde fragte er sie.
„Fällt das nicht auf, wenn Du so lange verschwunden bist?“
„Er ist im Überseeclub mit irgendwelchen Reedern und denkt, ich bin in der Stadt und gebe Geld aus.“ Auf einmal setzte sie sich auf, sah ihn mit funkelnden Augen an und sagte entschlossen:

„Jetzt werde ich das tun, was ich schon vor Jahren hätte tun sollen.
Ich gehe rüber in unsere Suite und hole meine Sachen und dann verschwinden wir beide."
Er saß auf der Bettkante und wartete darauf, dass sie wiederkam. Nach zwei Stunden ging er in die Halle hinunter.
Der Concierge meinte bedauernd:
„Herr Fischer-Grünfarb und Begleitung haben vor einer halben Stunde ausgecheckt."
Er steuerte die Bar an und betrank sich mitten am Tag.

Herr Fischer-Grünfarb hatte es sich zur Aufgabe gemacht, seine Partnerin mehrmals täglich zu beglücken. Er hoffte, dadurch den Eindruck von Jugendlichkeit und Dynamik zu hinterlassen. Bald aber fühlte er, dass er dieser täglichen Belastung nicht gewachsen war und reduzierte seinen Einsatz. Als auch dies ihn an den Rand seiner Möglichkeiten brachte, kaufte er Viagra in solchen Mengen, dass er bald darauf einem Herzinfarkt erlag.
Ihr ging es schlecht. Nicht nur, dass nun ihr Partner sie auf so unelegante Weise verlassen hatte, nein, es ging ihr auch gesundheitlich schlecht. Sie erbrach sich mehrfach am Tage. Der Apotheker erklärte ihr, dass zurzeit eine Magen- und Darminfektion grassiere, und gab ihr ein Mittel gegen das Erbrechen. Bald hatte sie diese Phase überwunden.
In einem Anfall von absolutem Wahnsinn reaktivierte sie frühere Lover. Mit dem Ersten wollte sie sich im Café Hauptwache treffen.
Sie sah ihn schon von Weitem. Er hatte sein Gewicht verdoppelt und hielt eine rote Nelke in der Hand. Sie ließ ihn stehen.
Mit dem Zweiten verabredete sie sich im Innenhof des

Frankfurter Hofs. Er sah sie kommen, machte mit den Händen eine hilflose Geste und deutete auf seine Frau und die zwei Kinder. Sie stellte sich so, dass nur er sie sehen konnte. Machte mit Daumen und kleinem Finger das Zeichen für Telefonieren und verschwand.
Ein weiterer Lover versprach ihr am Telefon, etwas Köstliches für sie zu kochen. Nachdem er ihr die Garderobe abgenommen hatte, rief er in Richtung Küche:
„Mach schon mal den Champagner auf, Schatz!"
Während er ihr seine neu bezogene Wohnung zeigte, kam ein schlaksiger, blonder, junger Mann mit einem Silbertablett und drei Champagnergläsern. Er seufzte tief und stellte sich neben sie.
Trotz dieser „Umorientierung" wurde es ein witziger Abend mit wirklich köstlichem Essen.
Der vierte Kandidat aus ihrem alten Telefonbuch hatte sein Wirtschaftsstudium dazu benutzt, das kleine Fischgeschäft seines Vaters in Bonames zu einer Ladenkette für Fischspezialitäten auszuweiten. Als sie sich in einem dieser coolen Hightec-Läden für ‚Köstlichkeiten aus dem Meer' trafen, breitete er seine Arme aus und sie landete an seiner, ihr wohlbekannten, breiten Brust.
Bei Küsschen links und Küsschen rechts roch sie seinen strengen Atem. Der junge Matjes war eingetroffen.

In der nächsten Zeit wurde ihr zwar nicht mehr schlecht, dafür fühlte sie sich müde und kraftlos. Als sich ihr Bauch lieblich wölbte, musste sie sich eingestehen, dass sie ein Kind erwartete.
Von wem? Von dem dahingeschiedenen Herrn Fischer-Grünfarb oder von Ihm, dem Mann, der sie nicht losließ.
Sie konnte nur darauf hoffen, dass die Ähnlichkeit des

Kindes mit seinem Vater das Geheimnis um seine Herkunft lüften würde.

Auf einem Flug von New York nach Frankfurt machte Er die Bekanntschaft eines Tibeters, der im Auftrag seiner Exilregierung von einer Menschenrechtstagung der UNO kam.
Natürlich hatte er von der chinesischen Besetzung Tibets gehört. Er hatte sie zur Kenntnis genommen wie vieles, was auf der Welt geschieht, sein persönliches Leben aber war nicht weiter tangiert.
Unaufdringlich und in sanftem Ton, sprach sein tibetischer Sitznachbar von Repressalien, von Gräueltaten und von seinem persönlichen Familienschicksal.
Spontan fragte er den Tibeter:
„Wie kann ich helfen? Was kann ich als Einzelperson tun?“
Der Tibeter legte seine Fingerspitzen zusammen und antwortete:
„Ich bin kein Bettler. Ich bin ein Erinnerer. Wir wollen, dass die Welt Tibet nicht vergisst. Tibet war ein spirituelles Land. Seine Bürger sind es noch. Gleichgültig, ob sie im Exil leben oder in der chinesischen Provinz, die einmal das freie Tibet war.
Unsere Spiritualität lässt uns hoffen, dass Tibet wieder ein freies Tibet wird. Das wird davon abhängen, wie die chinesische Politik sich verändert. Das kann Jahre, Jahrzehnte, Jahrhunderte dauern.
Wir können warten.“ Nach einer Pause wendete der Tibeter seinen Kopf und sah ihn an. „Wenn Sie persönlich den Wunsch haben, uns beim Warten beizustehen, dann können Sie sich an der Ausbildung der Flüchtlingskinder beteili-

gen. Sie können eine Spende an die Exilregierung in Dharamsala tätigen, Sie können eine Patenschaft für einen der tibetischen Studenten übernehmen, die in Süd-Indien in einem weiteren Stützpunkt unserer Exilregierung studieren. Sie können aber auch persönlich helfen, indem Sie uns, für eine Weile natürlich nur, Ihr Wissen zur Verfügung stellen. Die Kinder werden alle dreisprachig unterrichtet. Tibetisch, Englisch und in einer der indischen Sprachen. Sie können den Kindern weltwirtschaftliche Zusammenhänge erklären, ihnen aus Ihrem Ingenieurberuf erzählen. Oder Sie helfen uns praktisch. Wir betreiben ein Netz von Helfern, die die Flüchtlinge an der tibetisch-nepalesischen Grenze abholen, sie durch Nepal und Nordindien führen, bis sie bei uns in Dharamsala ankommen."
Der Tibeter hielt inne. Dann fügte er hinzu:
„Und Sie können beten. Dies wäre die größte Hilfe."

Um sich vom langen Sitzen im Flugzeug die Beine zu vertreten, stand Er auf und ging den Gang entlang, bis in die Touristenklasse.
Sie saß in einer der mittleren Reihen und schlief. Den Kopf zur Seite geneigt. Den Mund halb offen.
Er wollte Sie nicht stören und sprach sie nicht an.
Der weiche Blick der Liebe nahm alles wahr. Ihre schweißfeuchten Haare an der Schläfe, den gläsernen Tropfen Speichel, der in ihrem Mundwinkel hing, das leichte Auf und Ab der Atmung unter ihrem Blusenkragen. Er sah so vieles, aber das Wichtigste sah er nicht.
Verdeckt durch die Rückenlehne vor ihr, sah er nicht das schlafende Kind in ihrem Schoß. Er kehrte zu seinem Sitz zurück.

Sie öffnete ihre Augen. Die Luft in der Kabine hatte eine dumpfe Wärme erreicht, die ihr zunehmend unangenehmer wurde. Ihre Tochter merkte davon nichts. Sie schlief. Beine und Windelpack auf ihrem Sitz. Der Rest im Schoß ihrer Mutter. Diese döste vor sich hin. Sie sann über die Verwandlung nach, die sich in ihr vollzogen hatte. Von der Frau, die ihre Schönheit, ihren Charme, ihren Körper als Begleiterin wohlhabender und einflussreicher Männer verkauft hatte, war nichts mehr geblieben. Fast nichts, denn sie besaß ihren Schmuck. Stück für Stück trennte sie sich davon. Sie musste jetzt selbst für sich aufkommen.
In den ersten Wochen ihrer sichtbaren Schwangerschaft hatte sie überlegt, das Kind abzutreiben. Sie sah nicht ein, dass die Umstände sie zwingen sollten, von nun an Mutter zu sein. Sie wollte Frau sein. Frau und Geliebte. Ein ihr gemäßes Leben führen, in dem sie sich ausleben konnte. Denn sie war mit jedem Atemzug, den sie tat, mit jeder Geste hingebungsvoll, zärtlich und voller Fantasie.
Und damit sollte jetzt Schluss sein?
Sie konnte und wollte sich ihr Leben als alleinerziehende Mutter nicht vorstellen. Aber war es nicht besser, ihr bisheriges Leben durch die Geburt eines Kindes zu beenden, als aus dem unvermeidlichen Grund, dass sie nicht mehr begehrenswert war. Dass sie zurückgewiesen werden würde, weil ihre Schenkel welk, ihre Haut faltig, ihre Zähne nicht mehr die Eigenen waren?
Sie hatte bisher in den Tag hinein gelebt. Sich morgens für lange Zeit ins Bad begeben, um sich dann wieder wohl duftend und begehrenswert, neben ihren Lover zu legen. Ein bisschen schmusen, ein bisschen lieben, einen Cappuccino und ein Apfel.
Dann shoppen und ein leichter Lunch mit ihrem Geliebten.

Anschließend ein Schäferstündchen und dann in ein Spa oder zum Friseur, um abends verführerisch elegant zum Dinner ausgeführt zu werden. Sie bestand darauf, spätestens um Mitternacht wieder zu Hause oder im Hotel zu sein. Sie brauchte ihren Schlaf. Zumal ihr Begleiter noch eine Weile an ihr knabberte. Nicht nur, dass sie dies genoss, sie empfand es auch als gerecht, denn wer so viel für ihren Körper, ihren Charme und ihre Präsenz bezahlte, der hatte auch das Recht sie zu besitzen.
Sollte das alles zu Ende sein? Sollte dieses wunderbare, erfüllte Leben, das ihr auf ihren entzückenden Leib geschnitten war, vorbei sein? Ein Liebhaber will kein Kind, das die Aufmerksamkeit seiner Geliebten okkupiert.
Er braucht eine flexible Frau, die mit ihm reist, ihm stets zur Verfügung steht, die immer eine `bella figura` macht.
Dann geschah ein Wunder.
Sie sah das erste Ultraschallfoto ihres Kindes. Eingeknäult und mit verschlungenen Beinchen lutschte es an seinem Daumen. In Harmonie mit sich selbst und der Welt, in der es sich zurzeit befand. Dieser erste Blick auf ihr ungeborenes Kind veränderte sie vollkommen. Sie liebte dieses Wesen vom Augenblick an, in dem sie es zum ersten Mal sah.
Eine neue Art von Liebe nahm von ihr Besitz. Eine Liebe, die sie auf eine andere Weise erfüllte, als die Liebe in den Armen eines Mannes. Diese neue Liebe war sanft, nicht besitzergreifend. Sie war leise, nicht vor Lust stöhnend. Sie war besänftigend, nicht fordernd. Sie war beschützend, nicht einverleibend. Sie war echt, nicht vorgetäuscht oder berechnend.
Diese Liebe ließ sie von der schillernd sprühenden Geliebten zur geduldigen Mutter mutieren.
Und noch etwas kam für sie hinzu. Bisher kannte sie Stolz

nur im Zusammenhang mit dem Hochgefühl, die Geliebte eines erfolgreichen Mannes zu sein. Jetzt, als zukünftige Mutter, empfand sie eine andere Art von Stolz. Stolz auf das, was sie bald zur Welt bringen würde. Zum ersten Mal in ihrem Erwachsenenleben empfand sie sich selbst als wertvoll. Was für ein Wunder!

Das Flugzeug kam aus New Delhi.
Sie sah von Osten her die Scheinwerfer näher kommen. Erst zwei kleine, helle Sterne am nachtblauen Himmel, dann größer werdend, bis ihre Strahlen die Wipfel der Bäume erfassten, über die Landebahn tasteten und hinter den Scheinwerfern der dunkle Leib des Flugzeugs zu erkennen war. Keine Reihe erleuchteter Fenster. Die Maschine glich einer dunklen, fetten Raupe mit strahlenden Augen, die die Runway vor sich erleuchteten.
Die Frachtmaschine aus Fernost war gelandet.
Sie fröstelte. Sie hatte sich das Wiedersehen mit Ihm anders vorgestellt.
Die Beamten vom Zoll stiegen aus ihrem Wagen. Der RampAgent blätterte im Loadsheet. Eine Reihe leerer Frachtcontainer rollte heran. Neben einem schwarz verhangenen Auto wartete der Crewbus. Geleitet vom Follow-me-Car, fuhr die Frachtmaschine in Position. Im Cockpit gingen die Lichter an. Die Treppe wurde vor den vorderen Eingang gezogen, die Flugzeugtüre von innen geöffnet. Der Zoll betrat als Erster die Maschine. Es dauerte lange, bis einer der Beamten in der Türöffnung erschien, den Daumen hob und damit die Maschine freigab. Die Entladung konnte beginnen.
Sie starrte nach oben auf die aufschwingende, breite Frachtklappe. Drinnen schoben Frachtarbeiter auf Rollen

hölzerne Kisten vor den Ausgang. Ein Auto mit einem Rollband fuhr unter die Frachttüre. Auf dem Rollband glitten diese Holzkisten nach unten in die Frachtcontainer.
Aus dem lang gestreckten, schwarzen Auto stiegen zwei Männer in dunklen Anzügen.
Er wurde als Letztes entladen. Zumindest das, was von Ihm übrig geblieben war. Die Männer oben im Frachtraum hoben den Zinksarg auf das Rollband. Langsam glitten seine sterblichen Überreste auf sie zu. Die Lichter des Vorfelds spiegelten sich auf dem Metallsarg. Die beiden Männer vom Bestattungsservice hoben den Sarg hoch und schoben ihn durch die Heckklappe in das schwarz verhangene Auto.
Sie blickte nach Osten, als käme von dort her die Antwort auf ihre vielen Fragen. Der Morgen dämmerte zaghaft in der Ferne. Die untere Kante einer schmalen Wolkenbank wechselte von dunkelgrau zu schüchternem Rosa. Ihr kamen seine Worte in den Sinn, die er ihr einmal auf die Frage, wie es zwischen ihnen weitergehen solle, gegeben hatte:
„Es ist unsere wichtigste Aufgabe, womöglich unsere einzige, das eigene Leben zu leben. Es anzunehmen als ein unausgepacktes Geschenk.“
Gerade, als sie in den Vorfeldwagen einsteigen wollte, um von dessen Fahrer zum Hauptgebäude gebracht zu werden, sah sie, wie der Captain von der vorderen Türe her mit einem Umschlag zu ihr hinüber winkte. Sie stieg aus. „Das ist für Sie bestimmt“, sagte er. Auf dem Umschlag stand:
– confidential –
Zu Hause legte sie den Umschlag neben den Rahmen, dessen Foto sie und ihn als Teenager zeigte. Ein Schnappschuss, den ihre Mutter im Garten gemacht hatte. Er hielt einen Wasserschlauch und spritze sie damit nass. Beide

lachten.
Jetzt, eigentlich erst jetzt, als sie auf dieses alte Foto blickte, übermannte sie die Traurigkeit. Auf dem Flughafen war sie noch gefasst gewesen. Auch bei seiner Todesnachricht hatte sie nicht geweint. Verständnislos hatte sie auf den Brief der deutschen Botschaft in New Delhi gestarrt, der ihr seinen Tod mitteilte.
Ganz still, ohne zu schluchzen, quollen ihr die Tränen aus den Augen. Liefen in kalten Rinnsalen über die Wangen, tropften in ihren Ausschnitt. Sie weinte, weil ihr beim Anblick des Fotos zum ersten Mal klar wurde, dass sie bereits damals schon bereit war, ihre eigenen, echten Gefühle zu verleugnen, um Männern zu gefallen. Auf dem Foto lachte sie zwar, aber sie konnte sich genau daran erinnern, wie eiskalt das Wasser aus dem Schlauch war und wie sie am liebsten geheult und nicht gelacht hätte.
Und sie weinte um Ihn und das, was sie verloren glaubte. Nicht wissend, dass Gefühle unsterblich sind. Wir nehmen sie mit in die Ewigkeit und wir hinterlassen sie auf Erden.
Bei seiner Beerdigung fand sie sich fast alleine am Grab wieder. Außer einer entfernten Cousine und einem Onkel nahm keiner an den Trauerfeierlichkeiten teil. Freunde und Kollegen waren wohl nicht benachrichtigt worden.
Das Ritual der Beerdigung lief reibungslos ab. Sie wunderte sich, wie einfach es war, einen Menschen aus dem Leben zu entfernen.
Obwohl sie ihn vor seinem Tod fast zwei Jahre nicht gesehen hatte und sich an das Gefühl, ohne ihn zu leben, gewöhnt haben sollte, gelang es ihr nicht, ihre Trauer über seinen Verlust in den Griff zu bekommen. Sie hatte Angst vor einem zukünftigen Leben ohne ihn. Einem glanzlosen Leben, in dem sie ohne seine beschützende Kraft, ohne sei-

ne Heiterkeit und Spontanität und ohne seinen inneren Reichtum würde weiter leben müssen. Er war der Anker ihres bisherigen Lebens gewesen.
Am Abend nach seiner Beerdigung öffnete sie den Umschlag. Er enthielt einen zusammengefalteten Brief.
„Sicher haben Sie schon erfahren, dass ihr Freund in den Bergen umgekommen ist. Nehmen Sie bitte zu diesem traurigen Umstand mein tief empfundenes Beileid entgegen.
Gleich nachdem Ihr Freund hier bei uns in Dharamsala eintraf, habe ich mich seiner angenommen. Es war mir eine Freude, dass er unser Gespräch während des Fluges von New York nach Frankfurt, zum Anlass genommen hatte, uns hier in Dharamsala zu helfen. Er wolle sich eine ‚Auszeit' gönnen, erklärte er. Hier im Swargaschram, wohin sich der Dalai-Lama nach seiner Flucht aus Tibet begeben hat und wo sich jetzt das geistliche und weltliche Zentrum der Exiltibeter befindet, hat sich ihr Freund schnell integriert und an Projekten teilgenommen. Vor allem lag ihm das Schicksal der Flüchtlingskinder am Herzen, die von ihren Eltern aus Tibet über die verschneiten Berge des Himalaja zu uns geschickt werden, um hier als freie Tibeter erzogen zu werden. Wenn diese Kinder ihre Heimat verlassen, um in einem fernen, fremden Land zu leben, wissen sie und ihre Eltern, dass sie sich wohl niemals mehr wiedersehen werden. Traumatisiert von der Reise, während der sie bis zur völligen Erschöpfung über Schnee, Eis und Felsen getrieben werden, immer in Angst vor chinesischen Grenzsoldaten, die sie erwischen und gefangen nehmen könnten, kommen sie hier an. Ihr Freund spielte mit ihnen, nahm sie in die Arme, wenn sie von Heimweh überwältigt wurden, gab ihnen das Gefühl nicht verloren zu sein. Tibetisch sprechende Mitarbeiter singen und lernen mit ihnen.

Ihr Freund äußerte den Wunsch, die ankommenden Kinder bereits an der Grenze zwischen Tibet und Nepal abholen zu dürfen. Wir entsprachen der Bitte.
Als Künsangtse, einer unserer tibetischen Begleitpersonen, ausfiel, sprang er erstmals für ihn ein und empfing die Flüchtlingskinder bereits gleich hinter der tibetischen Grenze in Nepal.
Dort befindet sich in den Bergen eine Hütte, in der ein älteres Paar lebt, die es sich zur Aufgabe gemacht haben, die Kinder und ihre Begleiter aufzunehmen. Hat die Gruppe es bis dorthin geschafft, sind sie praktisch in Sicherheit. Zum ersten Mal seit Wochen kommen sie zur Ruhe, brauchen nicht mehr unter freiem Himmel zu schlafen, zusammengedrängt sich gegenseitig Wärme und Windschutz gebend. Sie reden nicht, sie lachen nicht, sie starren vor sich hin. Obwohl sich an manchen Tagen dort in der Hütte mehr als zehn Personen befinden, ist es drinnen totenstill. Manche der Kinder stammen aus dem Nordosten Tibets und sind bereits seit Monaten unterwegs. Von einem Kloster, von einer versteckten Hütte zur anderen. Immer in Todesgefahr vor chinesischen Kontrollen.
Nach ein bis zwei Tagen der Erholung kehren die Führer zurück ins besetzte Tibet. Die Kinder warten auf neue Begleiter, die sie abholen und durch Nepal geleiten. Dann kehren auch diese Männer zurück und die Kinder werden von unseren Mitarbeitern an der indischen Grenze übernommen und hierher ins Swargaschram gebracht. Erst dann ist ihre Reise durch drei Länder, von den eisigen Höhen der Fünftausender in die subtropische Landschaft Nordindiens hier bei uns in Dharamsala zu Ende.
Dies schildere ich Ihnen so genau, damit Sie die unmenschlichen Strapazen, die diese Kinder und ihre Führer auf sich

nehmen, nachvollziehen können. Manche der Kinder sind erst vier oder fünf Jahre alt. Sie müssen über weite Strecken von den Führern getragen werden. Sie dürfen nicht jammern, nicht zurückbleiben, müssen bei Flussdurchquerungen, auf steil abfallenden Felshängen, in Schluchten und auf Gletschern genau dort gehen, wo die Führer es ihnen zeigen. So manche Gruppe startete mit neun Kindern und nur fünf kamen bei uns hier an. Ihre Eltern werden nie erfahren, was ihnen zugestoßen ist.
Die letzte Reise Ihres Freundes wurde notwendig, um aus den tibetischen Bergen eine Flüchtlingsgruppe, die ein Kleinkind mit seiner Mutter dabei hatte, abzuholen. Zu dieser Zeit herrschte im Süden Tibets und bis in den Norden Nepals hinein ein Schneesturm, der über Tage wütete. Weder Ihr Freund, noch Gyalo und Tsarong, die Führer, kamen je auf dem Rückweg aus Tibet bei der Hütte in Nepal an. Als sich das Wetter gebessert hatte, durchstreiften Suchtrupps die Gegend. Sie fanden Gyalo erfroren in einer Felsnische. Von den beiden Anderen fehlte jede Spur. Erst Wochen später gab der Schnee eine Leiche frei, in deren Daunenjacke sich die Ausweispapiere Ihres Freundes befanden.
Ich habe Ihrem Freund versprochen, Sie zu benachrichtigen, sollte ihm etwas zustoßen. Er gab mir dazu Ihre Adresse. Übrigens die einzige Adresse, die wir bei seinen Sachen fanden.
Nun ist es meine traurige Pflicht, dem Wunsch Ihres Freundes zu entsprechen. Auch wir werden Ihren Freund vermissen. In Dankbarkeit und Hochachtung vor dem, was er für das gequälte Volk der Tibeter getan hat.“ Hier endete der Brief.

Der Führer der letzten Flüchtlinge hatte angekündigt, dass er beim nächsten Mal ein zweijähriges Kind und seine Mutter in die Freiheit mitnehmen müsse. Er kenne die Mutter und wisse, dass sie nicht in der Lage sein würde, ihr Kind so lange selbst zu tragen. Er forderte deshalb Verstärkung an.
Nachdem Er schon einige Male die Flüchtlinge abgeholt hatte, erklärte er sich sofort bereit, dieses Mal die Gruppe nicht erst an der Grenze zu übernehmen, sondern soweit nach Tibet hinein zu gehen, bis er und seine Begleiter auf die entgegenkommenden Flüchtlinge trafen.
Wie auch sonst fuhren sie mit zwei Kleinbussen von Dharamsala nach Norden zur indisch-nepalesischen Grenze. Erledigten die Formalitäten und fuhren weiter über Kathmandu nach Nordosten in die Nähe einer kleinen Grenzstadt. Dort ließen sie die Busse stehen. Ein Tibeter, der sich in Nepal neu angesiedelt hatte, führte sie in einem neunstündigen Fußmarsch bis zu der in über 4000m Höhe gelegenen Hütte in Nepal nahe der Grenze zu dem von China besetzten Tibet. Die Strecke führte über steile Geröllfelder, an Felswänden entlang und über schwankende Holzbrücken.
Für ihn waren diese Märsche eine Kraftanstrengung, der er kaum gewachsen war. Jedes Mal befielen ihn, spätestens in Kathmandu, rasende Kopfschmerzen. Diese ungewohnte Höhe war für ihn eine Qual. Da halfen ihm nur Triptane, die er alle 24Stunden schluckte.
Als die drei Männer endlich die Hütte erreicht hatten, schmiss er sich auf ein Lager und schlief ein.
Im Erdgeschoss der Hütte waren zwei Yaks und eine Kuh untergebracht. Eine dicke Holzdecke trennte den Stall vom ersten Stock, in dem es einen einzigen Raum gab. Den

konnte man nur von außen über eine Leiter erreichen. Mit Heu gefüllte dicke Polstermatten lagen in der Mitte um den Ofen herum. Zwischen den hölzernen Wänden und den Heubetten waren die Habseligkeiten verstaut. Als Dämmung gegen die Kälte.
Er hatte das Gefühl, gerade erst seine Augen geschlossen zu haben, da wurde er wieder geweckt. Sie mussten los. Die alte Frau bereitete Tsampa für sie. In einer Eisenpfanne machte sie Sand glühend heiß. Dann schüttete sie Gerstenkörner dazu. In der Hitze zerplatzten die Körner mit leichtem Knall. Die Alte goss alles in ein feinmaschiges Sieb, das die Körner vom Sand trennte. In einem ausgehöhlten Stein zerrieb sie die Körner mit einem Stößel zu feinem, wohlriechendem Mehl, das sie mit Buttertee zu einem Teig rührte und daraus Kugeln formte.
Der alte Mann gab jedem ein großes weißes Tuch. In der Mitte war ein Loch für den Kopf hineingeschnitten. Diesen weißen Umhang sollten sie über ihrer Kleidung tragen. Auch eine weiße Tuchkapuze gab er ihnen. In dieser Vermummung waren sie in der Schnee- und Felslandschaft für die chinesischen Grenzsoldaten mit ihren Ferngläsern kaum zu erkennen.
Zwei Blechbecher heiße Yakmilch in Eile heruntergegossen, die fünf Tsampakugeln für jeden als Wegzehrung eingesteckt, brachen sie auf.
Wortlos ging er Stunde um Stunde zwischen seinen Führern Gyalo und Tsarong. Wenn er genau hinsah, gab es tatsächlich eine Art Pfad. Er fragte Gyalo, ob sie schon in Tibet seien, und der nickte.
Niemand kam ihnen entgegen. Sie und ihr keuchender Atem waren allein. Die Strecke war geheim, nur den Führern bekannt. Die Gefahr von chinesischen Grenzsoldaten

gesichtet und beschossen zu werden, war hier auf diesen geheimen Wegen gering aber nicht ausgeschlossen. Die Strecke selbst war viel gefahrvoller. Mal führte sie hoch über Gletscher, mal tief unten entlang der reißenden Bäche, die eingekerbt zwischen Felswänden gurgelten.
Tsarongs Atem rasselte hinter ihm. Unter dem weißen Tarntuch erschien er dürr und ausgemergelt. Seine schmächtige Gestalt kämpfte sich vorwärts.
Mitten auf einem Schneefeld duckte sich Gyalo plötzlich. Er machte ein Zeichen, sie sollten sich hinlegen. Sie horchten in die kalte Stille. Auf Knien kroch Gyalo weiter bergauf, bis hinter einen Eisbrocken. Von dort aus winkte er den beiden. Sie krochen auf allen Vieren zu ihm. Dann hörten sie einen Schuss. Er kam von vorne und brach sich vielfältig an den vereisten Felswänden.
Gyalo, der etwas Englisch sprach, flüsterte, er vermute die Chinesen hätten die Gruppe entdeckt, mit der sie sich treffen wollten. Gyalo holte ein Fernglas aus seiner Jackentasche. Er spähte um die Ecke des Eisbrockens, der ihnen Sichtschutz bot. Er richtete das Glas auf die ihnen gegenüber liegende Felswand auf der anderen Seite der Schlucht. Dort vermutete er die chinesischen Soldaten. Nach einer Weile, in der er sein Fernglas hin und her schwenkte, hob er drei seiner Handschuhfinger.
Sie warteten. Hier oben, in weit über 5000 m, war die Luft so dünn, dass er nach Sauerstoff rang und jedes Mal gezwungen war, tief und schnell einzuatmen. Seine Nasenhaare hingen ihm als gefrorene, weiße Stäbchen aus der Nase.
Tsarong kniete mit geschlossenen Augen auf dem Eis. Für alle drei war diese Zwangspause ein Geschenk. Gyalo versuchte, mit dem Fernglas die entgegenkommende Flücht-

lingsgruppe zwischen Fels, Geröll und Schnee zu finden. Nichts. Als auch die Chinesen nicht mehr durch das Glas zu finden waren, gingen sie weiter.
Es begann zu schneien. Im Schutz eines Felsens aßen sie jeder eine ihrer Tsampa-Kugeln. Tsarong hustete und spie einen zähen Strahl Schleim in den frischen Schnee.
Sie bogen in ein Quertal. Hier oben auf dem verschneiten Hochplateau waren sie mit ihren weißen Umhängen von Weitem nicht zu erkennen. Gyalo blieb stehen. Der Deutsche schloss zu ihm auf. Gyalo reichte ihm das Ende eines Seils und band es ihm um die Taille. Das andere Ende hatte er sich selbst umgeschlungen. Dann warteten sie auf Tsarong. Er kam nicht. Sie gingen in ihrer eigenen Spur zurück, um ihn zu suchen. Bis zu dem Felsen, hinter dem sie vor Stunden Schutz gesucht hatten, gingen Gyalo und er zurück. Tsarong lehnte noch immer mit geschlossenen Augen am Fels. Gyalo sprach mit ihm. Er hieß ihn, hier auf sie zu warten. Wenn sie die Flüchtlingsgruppe gefunden hätten, würden sie hier wieder vorbeikommen und ihn mit zurückzunehmen.
Verbunden mit dem Seil, überquerten Gyalo und er wieder das Hochplateau. Es schneite nicht mehr. Sie konnten ihre eigenen Spuren unter dem weißen Flaum noch erkennen. Es dämmerte. Alles um sie herum wurde in bläuliches Licht getaucht. Gyalo führte ihn bergab. War der Tibeter eine Seillänge nach unten geklettert, wartete er auf den Deutschen. Es war kein steiler Fels, es war mehr ein steiler Abhang. Trotzdem musste er sich bei jedem Schritt konzentrieren. Im Dämmerlicht verschwammen die Konturen des Untergrunds. Gyalo deutet mit der Hand auf Felsen, die schräg unter ihnen lagen. Irgendetwas musste dort sein. Er konnte nichts erkennen. Mittlerweile war es ihm auch

egal, was dort sein sollte. Er hatte keine Kraft mehr, sich Gedanken zu machen. Er dachte nur einen Schritt weit. Und dann standen sie vor einer Felshöhle. Ohne ein einziges Wort zu sagen, legte sich Gyalo in die Felsnische und schlief. Das Seil hing schlaff zwischen ihnen, als auch er sich ausstreckte.
Ob er geschlafen hatte, wusste er nicht, als Gyalo am Seil zog. Der Tibeter wollte weiter. Außerhalb der Höhle war es hell. Eine andere Helligkeit, als er sie kannte. Milliarden von Sternen erhellten den klaren Himmel und leuchteten ihnen den Weg.
Gezogen von dem Seil torkelte er hinter Gyalo her. Von seinen Hüften abwärts hatte er kein Gefühl mehr. Bei jedem Atemzug stach es ihm in der Lunge. Der Harschschnee unter seinen Füßen glitzerte. Er sah nicht die grandiose Schönheit der nächtlichen Landschaft. Er spürte nicht die Klarheit der Luft, die den Zwischenraum zwischen ihm selbst und dem leuchtendem Firmament zusammenschrumpfen ließ. Er sah nur auf die dreißig Zentimeter vor sich, die er mit einem weiteren mühevollen Schritt bezwingen musste. Manchmal blieb der Tibeter stehen und lauschte, um dann weiterzugehen auf einem Weg, den nur er sah und wiedererkannte.
Ein Geräusch, lauter als sein eigenes Keuchen, drang zu ihm.
Steine kullerten. Sie kamen von oben. Gyalo blieb stehen. Duckte sich unter seinen weißen Umhang. Wie ein großer Klumpen Schnee sah er aus. Ein einzelner, kleiner Stein fiel direkt vor ihn. Gyalo stieß ein Zischen aus. Scharf, ohne Ton. Der Laut kam zurück. War es ein Echo? Ohne auf das Seil zu achten, kraxelte er den Hang hinauf. Das Seil spannte sich und der Deutsche wurde hochgerissen. Er

stolperte hinter dem Tibeter her. Niemals hätte er gedacht, noch in der Lage zu sein, so schnell den Hang hinauf zu spurten. Einer Ohnmacht nahe brach er neben Gyalo zusammen. Der achtete gar nicht auf ihn, sondern flüsterte mit jemandem, der, wie aus dem kalten Nichts vor ihm stand. Dann sah er auch die Anderen, stumme Gestalten, die schwankend, einer hinter dem anderen auf einem unsichtbaren Pfad standen. Erst dachte er, einige von ihnen hätten sich vor Erschöpfung niedergekniet. Aber dann erkannte er, dass es Kinder waren. Kleine Geschöpfe mit grauen Gesichtern und mit Lumpen umwickelten Füßen. Ihn überkam ein solches Gefühl des Erbarmens, dass ihn ein raues Schluchzen würgte.
Die Gruppe bestand aus einem tibetischen Führer, sieben Kindern, einer Frau und einem Mann, der eine Art Rucksack trug. Ohne ein Wort mit dem Deutschen zu wechseln, kam dieser Mann auf ihn zu und bat ihn mit Gesten, den Rucksack zu übernehmen. Dieser Rucksack war ein Holzgestell, in dem ein Kleinkind, bis über den Kopf in Filzdecken eingehüllt, festgebunden saß. Mit zwei gepolsterten Krampen hing das Gestell an den Schultern des Trägers. Es war auf die Maße der kleineren Tibeter angefertigt worden, deshalb scheuerten die Bügel an seinem Hals, als er das Kind übernahm. Er stopfte seinen Wollschal darunter. Er blickte auf den Mann, der das Kind bisher getragen hatte. Ungefähr so groß wie er selbst, hatte er sich über sein dreckiges Hemd einen Filzstreifen um den Leib gebunden. Außer einer dünnen Hose hatte er sonst nichts an, die Füße mit Lumpen umwickelt. Seine Hände hatte er sich unter die Achselhöhlen gesteckt. Als der Deutsche sich die Gestalt des Mannes näher ansah, erkannte er erstaunt, dass dieser kein Tibeter, Chinese oder Nepalese war, sondern ein Eu-

ropäer. Spontan sprach er ihn auf Englisch an. Er sei Australier, murmelte dieser kraftlos.
Gyalo kam. Er schien erregt. Mit steifen Fingern versuchte er das Verbindungsseil aufzuknoten. Endlich gelang es. Ohne ein Wort der Erklärung ließ er die beiden Männer stehen und ging wieder an den zitternden Flüchtlingen vorbei nach vorne zu dem tibetischen Führer, der die Gruppe bis hierher gebracht hatte. Sie stritten miteinander. Gyalo zeigte in verschiedene Richtungen. Sie waren sich nicht einig, welchen Weg sie einschlagen sollten. Gyalo wollte unbedingt den gleichen Weg zurückgehen, um den kranken Tsarong bei dem Felsen abzuholen. Endlich gab der andere nach. Alle setzten sich wieder in Bewegung. Gyalo trug eines der weiteren Kinder auf seinem Rücken. Er führte die Gruppe an. Die anderen folgten ihm. Er und der Australier gingen als letzte.
Der Australier redete leise auf ihn ein. Er sei Ingenieur und käme aus der chinesischen Provinz Qinghai, wo er in der Stadt Zangzu ein Walzwerk betreut hätte. Aus irgendeinem Grund hatten sie ihn verhaftet und fünf Jahre lang in ein Gefängnis gesperrt. Bei dem Transport in ein Arbeitslager sei ihm die Flucht gelungen. Über ein Jahr lang wäre er durch ein Netzwerk von Helfern von einem Ort zum anderen gebracht worden. Bei Familien, die er nicht kannte und die ihn in Erdlöchern und Viehverschlägen versteckt hielten.
Mal eine Frau, mal ein schweigsamer Mann in einem Auto hätten ihn zu einem nächsten geheimen Ort gebracht. Er wollte nach Tibet, weil er gehört hatte, von dort aus würden heimlich Kinder nach Nepal gebracht werden. Der Australier hielt manchmal die Luft an, um sie dann pfeifend und rasselnd wieder auszustoßen. Wiederholt stolperte er. Es

war ein Rätsel, wie er diese Strapazen mit nichts als Hemd, Hose und dem Filzband hatte überstehen können. Er hatte keine Mütze und keine Handschuhe.
Stunden waren vergangen, in denen der Deutsche das Kind trug.
Von vorne kam der tibetische Führer. Im Gegensatz zu all den anderen Führern, die er kennengelernt hatte und die junge Männer waren, war dieser Führer alt. Tiefe Längsfalten durchzogen sein braunes Gesicht. Wortlos nahm er ihm das Gestell mit dem Kleinkind ab. Hing es sich selbst über die Schultern und suchte wieder seinen Platz zwischen den anderen Kindern auf.
Frei von der Last, zog der Deutsche seine Daunenjacke aus und reichte sie dem Australier. Der schüttelte den Kopf, zog die Jacke aber an. Sie teilten sich eine Tsampa-Kugel.
Es wurde Tag. Die Ostflanken der Berge leuchteten im aprikosenfarbenen Licht der frühen Sonne.
In seinem dicken Kaschmir-Rollkragenpullover und der Skiunterwäsche, die er noch unter der Daunenjacke getragen hatte, war ihm nur mäßig kalt. Die totale Erschöpfung, der er mit jedem seiner Schritte näher kam, ließen ihn weder Kälte noch Schmerzen empfinden. Seine Füße spürte er schon lange nicht mehr. Er ging einfach vorwärts. Ohne Gedanken, ohne Hoffnung auf ein warmes Lager, ein heißes Getränk. Ohne jegliche Wunschvorstellung, einfach nur weiter.
Irgendwann merkte er, dass der Australier weder neben ihm, noch hinter ihm ging. Der Mann war verschwunden. Wie lange schon?
Er blickte sich um. Sollte er zurückgehen, um ihn zu suchen?
Würde er dann noch die Kraft besitzen, wieder zu der

Gruppe aufzuschließen? Er entschloss sich nach vorne zu Gyalo zu gehen. Der würde entscheiden, was zu tun war. Er überholte die schweigenden Gestalten, die sich vor ihm dahinschleppten. Er zählte nur noch fünf Kinder. War eines der Kinder zurückgeblieben? War er achtlos an dem kleinen Körper vorbeigelaufen, ohne ihn zu bemerken?
Als er Gyalo erreicht hatte, wollte er mit ihm sprechen. Aber er konnte die Worte nicht formulieren, sein Gesicht war steif gefroren. Mit den Händen machte er dem Tibeter Zeichen, zeigte nach hinten. Gyalo ging schweigend an den anderen vorbei nach hinten. Er machte sich auf, den Australier zu suchen.
Jetzt war der alte Tibeter ihr Führer. Sie verließen die Höhe und stiegen einen kaum wahrnehmbaren Pfad zwischen den Felsen nach unten.
Der Himmel bezog sich. Wind kam auf. Er ließ die weißen Umhänge der Flüchtlinge flattern. Dann begann es zu schneien. Der Wind trieb die Eisflocken wie kleine, spitze Steine, prickelnd in ihre Gesichter. In Sekundenschnelle waren die Umgebung und der Pfad zwischen den Felsen nicht mehr zu erkennen. Er selbst sah nicht einmal mehr die Frau, die vor ihm ging. Von vorne kam ein Schrei. Er wusste nicht von wem.
Plötzlich rutschte er aus. Schlidderte viele Meter tief nach unten. Seine gefühllosen Hände griffen nach Halt. Nichts. Steine kullerten.
Einer traf ihn an der Schulter. Er überschlug sich. Dann hörte der Bodenkontakt auf und er fiel ins Bodenlose.
Das Erste, was er bewusst wieder wahrnahm, war die Dunkelheit. Es war Nacht. Kein Stern am Himmel. Alles still. Er war allein.
Er lag, mitten im Himalaja, zwischen den höchsten Bergen

der Welt, halb tot auf dem Rücken. Er dachte an den Tod. Seinen Tod.
Der Gedanke daran stimmte ihn weder traurig noch ängstlich.
Es war schließlich besser hier in der erhabenen Ruhe zu sterben, als in New-York vom Taxi überfahren zu werden.
Er war vollkommen ruhig und gelassen. Ihm war nicht kalt.
Nur müde. Er beschloss zu schlafen.
Kaum hatte er seine Augen geschlossen, da wurde er gerufen. Er hörte ganz deutlich seinen Namen. Wer war das, der ihn da rief?
Er hörte genau hin. Es war eine Frauenstimme. Kannte er sie ?
Ja, er kannte diese Stimme. Es war Ihre Stimme. Sie rief ihn.
Immer wieder. Was wollte Sie von ihm? War sie in Not? Wohl nicht, denn in ihrer Stimme schwang keine Angst mit. Es klang eher wie ein Lockruf. Er öffnete die Augen. Die Dunkelheit der Nacht verschwand in sepiafarbener Ferne.
Er versuchte aufzustehen. Es gelang. Ihm war schwindelig und schlecht. Er würgte, doch es kam nichts. Er trank von dem frischen Schnee. Sein Kopf dröhnte vor Schmerzen. Durch den Sturz oder durch Migräne? Er wusste es nicht. Seine Tabletten jedenfalls, steckten, für ihn unerreichbar, in der Tasche seiner Daunenjacke, die der Australier trug. Ein Blick nach oben machte ihm klar, dass es für ihn unmöglich war, dort wieder hinaufzuklettern. Er musste also weiter nach unten. Auf seinen Knien robbte er bis zu der Felskante, die seinen Sturz aufgehalten hatte. War das dort in der Tiefe ein Fluss oder eine Straße? Er würde es feststel-

len, wenn er unten war. Er begann den Abstieg.
Er war kein sonderlich mutiger Mann und doch fühlte er keinerlei Angst. Eher eine Art von sportlichem Ehrgeiz.
Es wurde Tag. Zumindest wurde es heller.
Er rutschte. Mal auf dem Bauch, mal auf dem Po.
Er fiel. Mal nur ein paar Meter, mal weiter.
Er blieb liegen. Mal nur für Minuten, mal für Stunden.
Dann wurde es wieder dunkel. Im letzten Licht der Dämmerung, erkannte er, dass das schwarze Band, das sich am Grund der Schlucht entlang schlängelte und das er von hoch oben gesehen hatte, kein Fluss, sondern eine Straße war.
Er hatte es geschafft. Er wollte schreien. Vor Stolz schreien.
Aber die Furcht durch den Schrei entdeckt zu werden, ließ ihn schweigen.
Der Rest des Abstiegs war jetzt nur noch eine Sache der Überwindung, denn es ging im freien Fall, senkrecht in die Tiefe.
Er versuchte seitwärts, auf einen weit entfernten Gletscher zu gelangen, der zwar steil, ihm aber dennoch bezwingbarer erschien. Als er näher an den Gletscher herangekrochen war, bemerkte er die tiefen Spalten, die ihn durchzogen. Die Gefahr in eine dieser Gletscherspalten zu fallen, um darin für immer zu verschwinden, schätzte er höher ein als einen Fall aus der Höhe auf ein schräges, teilweise verschneites Geröllfeld.
Er wagte es. Das Erste, an das er sich erinnern konnte, war ein Kribbeln im linken Arm. Auch sah er alles um sich herum verschwommen. Was ist los mit mir? Wo bin ich hier?
Was tue ich hier zwischen all den blutigen Steinen? Woher

kommt das Blut? Er versuchte aufzustehen. Beim Aufstützen gab sein linker Arm nach. Seine Beine lagen seltsam verdreht neben ihm.
Mit den Händen zog er sich über das steile Geröll nach unten.

Nachdem Ihr gesamter Schmuck verkauft war, war sie gezwungen, den Unterhalt für ihr Kind und sich selbst zu erarbeiten. Aber was sollte sie arbeiten? Sie konnte nichts.
Sie versuchte es als Verkäuferin. Ihr Chef entließ sie noch vor dem Ende der Probezeit, nachdem sie zu einer Kundin gesagt hatte:
„Sie sollten sich einmal von hinten sehen, dann wäre ihnen klar, dass dieses Kleid nichts für Sie ist."
Auch beim Verkauf von Staubsaugern blieb sie ohne Erfolg. Nach drei Monaten hatte sie noch immer kein einziges Gerät verkauft. Schließlich nahm sie an einer Schulung als Versicherungsvertreter teil. Das war es! Das war ihr auf den hübschen Leib geschneidert. Alleinstehende Herren hatten keine Chance, ihrem Charme zu entgehen. In kürzester Zeit verkaufte sie so viele Policen, das sie von der Provision gut zu zweit leben konnten.
Ihre Tochter war fast vier Jahre alt, da stieß sie auf einen Artikel im ‚Spiegel', der über eine Neuerung in der tibetischen Exil-Regierung berichtete. Der Dalai-Lama blieb zwar noch das Oberhaupt des tibetischen Buddhismus, das Amt des Kalon Tripa, des Ministerpräsidenten der Exil-Tibeter, übernahm der 43jährige Lobsang Sangay. Ein bereits im Exil geborener Jura-Professor aus Harvard. Eine

Aufnahme zeigte seine Heiligkeit, den Dalai-Lama, und Lobsang Sangay im Kreise hoher Würdenträger.
Aus Anlass dieser Feierlichkeiten zeichnete der Dalai-Lama drei Persönlichkeiten aus, die sich in besonderer Weise für das unterdrückte Volk der Tibeter eingesetzt hatten. Die Erste, die eine Auszeichnung erhielt, war eine amerikanische Jüdin, die ihr Vermögen nicht dem israelischen Staat sondern der tibetischen Exilregierung vermachte. Bei der Zweiten handelte es sich um eine chinesische Ärztin, die sich in Dharamsala um die Kranken kümmerte. Sie wolle, erklärte sie, einen kleinen Beitrag leisten, um das wieder gutzumachen, was ihr eigenes Volk den Tibetern angetan hatte.
Als Dritten, der die Ehrung erhielt, zeigte das abgebildete Foto ihn, den Vater ihrer Tochter. Ihre Hände zitterten. Sie holte sich eine Lupe. Es gab keinen Zweifel, das war er. Er lebte!
Wie war das möglich? Wer lag in jenem Zinksarg, den sie beerdigt hatten?
Als Fluchthelfer verschollen, hatte er sich in den Bergen des Himalaja schwer verletzt. Eine nepalesische Patrouille fand ihn neben der Straße nach Tibet. Sie brachten ihn in ein Krankenhaus. Sie nahmen ihm dort zwei Zehen und drei Finger ab. Sie waren erfroren. Sie richteten den Bruch seines Beckens und des linken Arms. Sie schienten seine mehrfach gebrochenen Beine und nähten seine Kopfwunden. Da er keinerlei Angaben zu seiner Person machen konnte, weder wer er war, noch wie er an den Fundort gelangt war, brachten sie ihn in ein Kloster.
Erst nach mehr als neun Monaten kam sein Gedächtnis wieder. Die Amnesie bildete sich langsam zurück. Immer mehr Einzelheiten aus seiner Vergangenheit wurden ihm

bewusst.
Nach mehr als einem Jahr tauchte er wieder in Dharamsala auf.
Das Flugzeug kam aus New Delhi.
Sie sah auf der Anzeigentafel, dass es gelandet war.
Ihre Tochter klammerte sich an ihre Hand. Beide warteten darauf, dass sich die automatische Türe öffnen und die Passagiere aus New Delhi die Ankunftshalle betreten würden.
Dann kam Er. Auf einen Stock gestützt humpelte er aus der Tür.
Sie rief seinen Namen. Er schaute auf, sah sie und lächelte, dieses Lächeln, das sie so an ihm liebte. Sie kamen ihm entgegen. Er nahm sie in die Arme, alle beide. Es bedurfte keiner Erklärung. Er hatte alles verstanden. Die Ähnlichkeit verriet ihm alles.

Er nannte sie: meine Sonnen, meine Geliebten, meine Familie.

Flossi

Die Stimme im Radio bat um die Mithilfe der Bevölkerung: „Vermisst wird seit den frühen Morgenstunden ein Patient aus dem St.-Jacob-Heim. Er trägt einen leichten Mantel und feste Schuhe.
Er ist Brillenträger. Hört auf den Namen - Flossi -.
Dieser Mann ist orientierungslos. Sollten Sie ihm begegnen, benachrichtigen Sie die nächste Polizeistation."

Zwei Tage später wurde Flossi von einem Spaziergänger entdeckt. Er hatte auf einem Hochsitz, am Rande des Waldes, gesessen und gesungen. Als die Polizei eintraf, kam Flossi ihnen entgegen. Er sah müde und verdreckt aus. Klagte über Durst und Hunger. Sie brachten ihn zurück in das St.-Jacob-Heim.

Jahrzehnte vorher standen auf einem Schulhof in Gelsenkirchen die Schüler nach den Sommerferien und reckten ihren rechten Arm zum Führergruß in die Höhe. Der kleine Michel machte sich noch kleiner, denn dann fiel es nicht so auf, dass er seinen Arm nur halb hochhob. Er schaute auch nicht die Lehrerin an, wie alle anderen. Zwar streckte er seinen Kopf in die Höhe, hielt den Blick aber gesenkt. Ein Junge und ein Mädchen hissten am Fahnenmast die Flagge mit dem Hakenkreuz. An der Wand des Schulgebäudes standen die Eltern. Sahen wie ihre Sprösslinge voller Stolz den Arm zum Hitlergruß hoben. Michels Vater war nicht mitgekommen. Er zeigte sich ungern in der Öffentlichkeit. Michel dachte an seinen Vater, den ordentlichen Professor für Musik, dem gekündigt worden war und der jetzt seine

Familie mit Klavierstimmen über Wasser hielt.
Plötzlich verspürte er einen schmerzhaften Stich im Rücken.
Otmar, der Nachbarsjunge, der ihm immer beim Fußballspielen den Ball abjagte, ihn bös faulte, stand in der Reihe hinter ihm. Otmar hatte von hinten mit einem Bleistift in Michels Rippen gestoßen. Michel biss die Zähne aufeinander. Jetzt bloß nicht heulen.
„Na, Judenbübchen, hast Du zu wenig Kraft, Deinen Arm richtig hochzuheben?" zischte Otmar von hinten.
Ignorieren! Das war seines Vaters Lieblingswort in diesen Zeiten. Michel dachte voll Zärtlichkeit an ihn. Die großen Zeiten, in denen sein Vater Bewunderung erfuhr, die waren schon lange vorbei. Michel war zu jung gewesen, als dass er miterlebt hätte, wie angesehen er früher war. Das Haus in dem seine Familie, und damals waren sie noch eine richtige Familie, mit Vater, Mutter und zwei Kindern und der Großmutter, gelebt hatten, kannte Michel nur von Fotos. Dort, wo sie jetzt wohnten, gab es ein Treppenhaus mit Holzstufen. Keine Steinfußböden, auf denen Teppiche die Schritte dämpften, wie in dem Haus von früher. Jetzt lebten sie in einer Wohnung, die nur aus drei Zimmern bestand. Von der man, von der Wohnküche aus, hinunter in den dunklen Hof sehen konnte. Sie brauchten jetzt nicht so viele Räume. Sie waren keine richtige Familie mehr. Es fehlten die Mutter und die Großmutter.
Michel erinnerte sich des Abends, als sein Vater ihm und seiner kleinen Schwester Ruth etwas Furchtbares und Unverständliches zu erklären versuchte.
„Mutti hat uns nicht verlassen, weil sie uns nicht mehr liebte. Sie ist mit ihrer Mutter fortgegangen gerade, weil sie uns so liebte. Jeden Einzelnen von uns. Mich, Dich, Mi-

chel, und Dich, Ruth. Wäre sie bei uns geblieben, hätte sie uns gefährdet, uns in große Gefahr gebracht“, sagte der Vater, als er merkte, dass seine Jüngste ihn verständnislos ansah. „Wir wären alle deportiert, ich meine, weggebracht worden. Eure Mutter hat uns davor retten wollen. Sie wollte die Scheidung, die Trennung. Nicht ich!“
„Wo ist sie jetzt?“ wollte Ruth wissen.
„Sie besucht ihre Schwester in der Schweiz. Wenn der Krieg vorbei ist, kommt sie wieder. Bestimmt! Dann heiraten wir ein zweites Mal und ihr dürft Blumen streuen. Wäre das nicht schön?“
Obwohl es doch so schön werden würde, fing der Vater an zu weinen. Abends im Bett weinte auch Michel, bis er sich selbst tröstete. „Ich bin nicht alleine. Meine Mutti ist in Gedanken immer bei mir, hat sie versprochen“, sagte sich Michel um dieses Loch in seinem Bauch zu stopfen. Dieses Loch, das er schon so oft versucht hatte, zu stopfen und das doch immer größer in seinem Inneren klaffte.

Nachdem die Schüler ihre neuen Stundenpläne erhalten hatten, sie in ihre neuen Klassenzimmer eingewiesen worden waren, war der erste Schultag nach den Ferien beendet. Michel sollte seine Schwester vom Kindergarten abholen, da der Vater wegen des Stimmens eines Flügels verhindert war. Ruth hüpfte an Michels Hand neben ihm her. Sie plapperte unaufhörlich. Ihr Bruder hörte nicht zu. Er sah von weitem Otmar mit einem anderen Jungen auf sie zukommen.
Aus einem ihm unerklärlichen Grund verspürte Michel Angst. Er öffnete das nächste Gartentörchen, zerrte Ruth in den Vorgarten, rannte mit ihr an seiner Hand um das Haus herum, nach hinten. „Was hast Du denn?“ stieß Ruth außer

Atem aus. „Hier wohnen wir doch gar nicht.“ Ohne auf ihr Gezeter zu achten, lief er mit ihr über den Rasen, durch ein Beet und hob sie auf einen Komposthaufen am Zaun. Von dort aus sprangen sie in den Nachbargarten. Michel rang nach Luft. Ruth heulte.
„Lass mich los“, jammerte sie. „Meine Hand ist schon ganz zerquetscht.“
„Wenn Du genau tust, was ich Dir sage, lass ich Dich los. Versprochen?“ „Versprochen“, nickte sie.
„Also lauf los und versteck Dich bei dem Treppenabgang dort. Ich bleibe hinter Dir.“ Ruth lief los, Michel hinterher. Japsend hockten sich die beiden vor die Kellertüre. Nach einer Weile wagte sich Michel nach oben. Es schien ihm, als seien sie nicht verfolgt worden.
Auf dem Heimweg schärfte Michel seiner kleinen Schwester ein, dem Vater nichts von dem ‚Versteckspiel’ zu erzählen.
Ein paar Tage darauf berichtete Ruth ihrem Bruder, sie hätte Otmar gesehen. Er habe ihr vor dem Kindergarten aufgelauert. Da sei sie einfach mit Sophie und deren Mutter mitgegangen.
„Otmar hat mir ‚Judenbalg’ hinterher gerufen. Sind wir denn Juden?“ „Nein, sind wir nicht“, beruhigte Michel sie.
„Siehst Du, das habe ich Sophies Mutter auch gesagt, als sie mich fragte.“
„Aber Mutti ist Jüdin, deswegen konnte sie nicht mehr bei uns bleiben. Vati ist kein Jude“, erklärte Michel.
„Und was sind wir?“ fragte Ruth.
„Wir sind ein bisschen jüdisch. Nur ein ganz kleines bisschen.“ Michel legte einen Arm um seine Schwester.
„Ist es auch schon gefährlich, bloß ein bisschen jüdisch zu

sein?“ fragte sie. Michel überhörte die Frage.
Tage später schmierte der Vater seinem Sohn das Schulbrot. Die kleine Ruth saß bereits erwartungsvoll am Tisch. Gleich würde der Vater auch ihr ein Brot für den Kindergarten zurechtmachen. Michel zog sich eine Jacke an und hing sich den Schulranzen auf den Rücken. Die Metalldose mit dem Schulbrot steckte er in die Jackentasche. Er lächelte seiner Schwester zu. „Vati bringt Dich hin und ich hol Dich wieder ab“, sagte er zu ihr. Sein Vater strich ihm über den Kopf. „Wie gut, dass ich Dich hab, mein Großer“, sagte er zu ihm.
Als die Etagentür hinter Michel ins Schloss fiel, hörte er von unten aus dem Treppenhaus Stimmen. Er spähte über das Geländer. Unten stand ein Mann mit Hut. Michel konnte ihm genau auf den Kopf gucken. Die anderen waren seinem Blick durch die Treppe entzogen. Eine der Stimmen erkannte Michel. Es war die von Otmar. Eine weitere kam ihm auch bekannt vor. Michel nahm an, dass sie dem Blockwart, Otmars Vater, gehörte. Die Männer schellten im Parterre.
Ohne zu überlegen, schloss Michel die eigene Etagentür wieder auf und schloss sie leise von innen. Der Vater trat erstaunt aus der Wohnküche in den kleinen Flur.
„Na, hast Du etwas verges.....?“ Michel legte den Zeigefinger auf seine Lippen. Der Vater verschluckte das Ende der Frage.
Michel flüsterte: „Es sind Männer unten im Hausflur. Sie haben bei der Witwe Mandel geschellt.“ Der Vater erbleichte. Öffnete nur einen Spaltbreit die Etagentür und hielt sein Ohr an die Öffnung. Von unten hörte er eine Stimme, die sagte:
„Nur einen kleinen Koffer, Frau Mandelstamm. Und beei-

len sie sich." „Das muss eine Verwechslung sein. Ich heiße Mandel und nicht Mandelstamm." „Das sagen sie alle", antwortete eine andere Stimme. „Der Junge hier hat uns berichtet, es hätte Sie neulich ein Herr mit ‚Frau Mandelstamm' angesprochen. Falls hier ein Irrtum vorliegt, klärt sich das bei der Behörde."
Michels Vater schloss leise die Etagentüre. Er wandte sich an seine Kinder, legte seine Arme um sie und sagte eindringlich:
„Ihr müsst jetzt genau das tun, was ich euch sage. Ihr geht sofort beide rauf zu Fräulein Sperling. Dort bleibt ihr, bis ich euch hole. Verstanden? Und leise bitte!"
Der Vater schob sie zur Etagentür, öffnete sie geräuschlos. Auf Zehenspitzen stiegen die beiden Kinder zwei Stockwerke höher, zu Fräulein Sperling. Drei Stunden waren sie bei ihr, dann kam der Vater und holte sie wieder ab.
„Ich weiß nicht, wie ich Ihnen danken soll", er lächelte Fräulein Sperling an. „Ich denke, für heute ist die Gefahr gebannt. Heute werden sie nicht noch einmal kommen." Der Vater machte eine Pause, „wir sollten fortziehen", fügte er mit resignierender Stimme hinzu.

Der Mann, der sich Flossi nannte, saß auf einem Stuhl und starrte die Wand an. Seit zwei Stunden saß er schon da. Manchmal hielt er die Augen geschlossen, als höre er in sich hinein. Manchmal wiegte er sich vor und zurück. Manchmal sang er. Lieder ohne Texte. Nur Melodien aus lang gezogenen Tönen.
Wurde er vom Pflegepersonal angesprochen, sagte er stets den einen Satz: „Ja, so isses!"
Auf seiner Patientenkarte stand: Fortschreitende Demenz.

„Darf ich meinen Teddy mitnehmen?“
„Passt er denn noch in Deinen Rucksack? Du weißt, jeder hat dies einzige Gepäckstück. Wir müssen die Hände frei haben.“
„Ich wollte ihn in den Arm nehmen.“ Ruth sah ihren Vater bittend an. Er fühlte sich außerstande es ihr zu verbieten. Michel stand am Fenster, den Rucksack auf dem Rücken.
„Weiß Tante Ester, dass wir kommen?“ fragte er.
„Wir fahren nicht zu Tante Esther. Tante Esther ist Muttis Cousine. Wie besuchen meine Cousine, Tante Irma. Du kennst sie nicht. Ich bin sicher, ihr werdet sie mögen. Sie haben Pferde und Schafe und wohnen am Meer.“
„Ich kann noch nicht schwimmen, Vati.“ Ruth sah zum Vater hoch.
„Ich bringe es Dir bei“, beschwichtigte er sie.
„Vati, da unten hält ein Auto!“ Michel trat einen Schritt vom Fenster zurück, als einer der aussteigenden Männer nach oben blickte. Vollkommen ruhig, so als hielte er die Kinder an, sich vor dem Essen die Hände zu waschen, sagte der Vater:
„Geht sofort rauf zu Fräulein Sperling. Und seid absolut leise im Treppenhaus.“ Er drängte die Zwei aus der Etagentüre und schloss sie von innen ab. Michel und Ruth schlichen nach oben. Kaum hatte Michel an der Wohnungstür von Fräulein Sperling geschellt, da hörten sie, wie Menschen die Treppe herauf stürmten. Sie rannten die Stufen hoch. Michel läutete noch einmal an Fräulein Sperlings Türe. Von Ferne konnte er den Ton der Türglocke in der Wohnung hören. Sonst nichts. Fräulein Sperling war nicht da. Michel zog Ruth an der Hand noch weiter nach oben. Bis zur angelehnten Tür des Dachbodens. Er schob seine Schwester hindurch. Dann blickte er über das Treppenge-

länder nach unten. Er sah eine Schulter. Die Männer standen im zweiten Stock vor ihrer Wohnung.
„Machen Sie sofort die Türe auf!“ schallte es zu Michel durch das Treppenhaus nach oben. Eine beklemmende Stille folgte. Die Schulter verschwand aus Michels Blickfeld. Dann ein Gemurmel, dem ein berstender Krach folgte. Sie versuchten die Türe einzutreten. Michel hörte seinen Vater sagen: „Was soll das denn? Was wollen Sie?“ Michel konnte keine Angst aus der Stimme seines Vaters heraushören.
„Sie und ihre Kinder sind verhaftet!“ sagte einer der Männer mit Nachdruck.
„Die Kinder sind nicht hier. Ich bin alleine in der Wohnung.“
„Sie müssen aber hier sein“, hörte Michel den Blockwart sagen.
„Otmar hat berichtet, dass ihr Sohn heute nicht in der Schule ist. Wo soll er sonst sein, wenn nicht hier.“
„Durchsucht die Wohnung!“ befahl ein Anderer.
Michel trat vom Geländer zurück. Er wich bis zur Dachbodentüre, blickte hindurch. Ruth war nicht zu sehen. Sie hatte sich wohl in einem der Lattenverschläge versteckt. Michel zog die Bodentüre zu und horchte ins Treppenhaus. Gedämpftes Gebrüll ließ ihn ahnen, dass die Männer noch in ihrer Wohnung waren. Dann wurden die Stimmen deutlicher. Die Etagentür war jetzt wohl geöffnet worden. Einer schrie den Vater an: „Es gibt Mittel und Methoden, wie wir den Aufenthaltsort ihrer Kinder aus Ihnen herausbekommen. Verlassen Sie sich darauf. Die haben noch jeden zum Sprechen gebracht.“
Die Männer polterten die Stufen hinunter. Michel wagte einen Blick über das Geländer. Er erkannte die Hand seines

Vaters auf dem Handlauf.
Es war das Letzte, was Michel von seinem Vater je sah.

Flossi wandelte durch den Park von St. Jacob. Seine Schritte wirkten schleppend. Er trug, trotz des Sommers einen weiten Mantel, Handschuhe und Mütze mit Ohrenklappen. Vor ihm schob eine Pflegerin einen Mann in einem Rollstuhl. Flossi beschleunigte seine Schritte, bis er die beiden eingeholt hatte. Als er auf gleicher Höhe mit ihnen war, stellte er sich vor den Rollstuhl, legte seinen Kopf in den Nacken und stieß einen hellen, summenden Laut aus. Die Pflegerin wich ihm aus. Er aber blieb stehen, ließ den Ton modulieren, gurgelte mit ihm und endete mit einem Schnalzer.

Michel und Ruth warteten auf dem Dachboden die Nacht ab. Als durch die schrägen Dachluken zaghaft das Morgenlicht drang, weckte Michel seine Schwester. Sie hatte sich neben ihm auf einem zusammengefalteten, staubigen Teppich hingelegt. Die Kinder schlichen die Stufen hinunter bis zu ihrer Wohnung. Vorsichtig drückte Michel die angelehnte Türe auf und horchte. Er hielt es für möglich, dass die Männer eine Wache zurückgelassen hatten. Die Wohnung war leer, aber verwüstet. Bücher, Papiere, Noten, Kleidung, alles lag verstreut auf dem Boden. In der Küche türmte sich zerschlagenes Geschirr. Unberührt von dem Chaos stieg Michel darüber hinweg. Raffte alles, was er an Lebensmitteln finden konnte und steckte es in eine Tasche, die er mit einem Stück Wäscheleine oben auf seinem Rucksack festband. Hinten im Küchenschrank fand er sein Sparschwein. Er schmiss es zu Boden. Die Scherben fielen auf die Trümmer des Essgeschirrs. Dann verließen sie das

Haus. Die Straßen waren noch leer. Michel hatte während der Nacht versucht, sich einen Plan auszudenken. Aber keine seiner Überlegungen erschien ihm durchführbar.
Die Gefahr lauerte überall. Eines war klar. Sie mussten die Stadt verlassen. Und dann, dann würden sie sich irgendwie bis zum Meer durchlagen, zu Vaters Cousine Irma.
Michel hielt die kleine Hand seiner Schwester in der seinen. Er spürte die Verantwortung für sie. Noch wusste er nicht, dass er diese Verantwortung für den Rest des Lebens würde spüren müssen.
Die Kinder wollten zum Bahnhof. Auf ihrem Wege dorthin wurden sie von Lastwagen überholt, die durch die noch leere Straße rumpelten. Die Planen über der Ladefläche waren über das Gestänge geschlagen. Als Michel und Ruth auf dem Bahnhofsvorplatz ankamen, sahen sie die Lastwagen wieder. Und sie sahen Gruppen von Menschen, die neben ihren kleinen Koffern standen. Männer, Frauen und Kinder. Michel zog Ruth hinter eine Litfaßsäule. Die Menschen wurden auf die Lastwagen verladen. War einer voll, wurden die Planen heruntergerollt und an der Seite festgezurrt. Michel war nicht beunruhigt über das, was er dort sah. Was ihn beunruhigte, war die Stille, in der es geschah. Niemand sprach. Die Menschen nicht und auch nicht die Männer in Zivil, die ihre Anweisungen nur mit Kopfnicken gaben. In einem der Grüppchen erkannte Michel die Witwe Mandel. Und noch jemanden erkannte er. Es war der Blockwart, Otmars Vater. Er stand beobachtend an der Seite.
Michel zögerte, den Blickschutz der Litfaßsäule aufzugeben. Ein Spurt zum Bahnhof würde nicht unentdeckt bleiben. Wenn die Lastwagen abgefahren waren, würde er es wagen. Ruth saß in der Hocke, ihren Rucksack an die Lit-

faßsäule gelehnt. Den Kopf zwischen den Knien. Sie weinte nicht. Sie saß da ganz still. Michel blickte auf ihre braunen Locken, die sich um ihren Hals kringelten.
Hinter ihnen klappten Autotüren. Dann Motorengeräusche. Die Lastwagen fuhren ab.
Obwohl es inzwischen richtig hell geworden war, sahen sie von ihrem Blickwinkel aus keine Passanten. Wo waren all die, die morgens früh zum Bahnhof eilten, um mit dem Zug zu fahren? Oder fuhren heute keine Züge? Michel hatte dafür keine Erklärung.
„Mir schlafen die Beine ein", flüsterte Ruth und versuchte aufzustehen. „Sie kribbeln so."
Vom Bahnhofsvorplatz hinter ihnen kamen keinerlei Geräusche mehr. Michel lugte um die Säule herum. Der Platz war leer. Er nahm die Hand seiner Schwester und lief mit ihr das kurze Stück bis zum Haupteingang des Bahnhofs. Vor der breiten Doppeltüre prallten sie mit jemandem zusammen, der von innen die Türe aufstieß. Es war Otmar, der da so plötzlich vor ihnen stand.
„Ach sieh mal an, wen haben wir denn da. Die Judenkinder!"
Ruth, die in den letzten Stunden kaum ein Wort von sich gegeben hatte, blickte Otmar von unten her an und sagte mit fester Stimme:
„Wir sind keine Juden. Jedenfalls nur ein ganz kleines bisschen, hat mein Vater gesagt."
„Das soll die Polizei entscheiden. Ihr kommt erstmal mit. Mein Vater" und er zeigte mit dem Daumen hinter sich in die Bahnhofshalle „wird Euch zwei dort abliefern."
Michel, der Ruth immer noch fest an der Hand hielt, fauchte Otmar an: „Lass uns in Ruhe!" Der aber packte Ruths andere Hand und versuchte sie wegzuzerren. „Warum bist

Du so böse. Wir haben Dir doch nichts getan?" stieß sie hervor.
„Mir vielleicht nichts, aber dem deutschenVolk, dem schadet ihr."
„Red keinen Unsinn, Junge." Otmars Vater war aufgetaucht. „Aber eines stimmt schon: Ihr werdet gesucht." Dann beugte sich der Blockwart zu Michel herunter und flüsterte ihm zu: "Verschwindet, schnell!" Otmar hielt Ruths Hand immer noch gepackt.
„Lass sie los, Junge. Ich liefere die beiden bei der Polizei ab und Du gehst jetzt in die Schule. Das Spektakel der Verladung, das Du unbedingt sehen wolltest, ist sowieso vorbei."
Die Bahnhofshalle füllte sich mit Reisenden. Noch vor einer halben Stunde war es hier drinnen im Bahnhof und auf dem Platz menschenleer gewesen, als mieden die Passanten diesen Ort, um nicht Zeuge zu werden, wie ihre Mitmenschen verladen und deportiert wurden. Nun, nachdem die Lastwagen mit ihrer Ladung von Ausgesonderten abgefahren waren, kehrten die Stadt und ihre Bürger zu ihrem gewohnten Leben zurück. Der Blumenhändler öffnete seinen Laden, stellte Eimer mit frischen Blumen und Pflanzen davor. Der Kioskbesitzer rollte sein Gitter nach oben und an den Fahrkartenschaltern bildeten sich rasch Schlangen.

Kaum war Otmar außer Sichtweite, drängte sein Vater Michel und Ruth dazu, schnell zu verschwinden. „Fahrt nicht mit dem Zug. Nehmt den Autobus. Die Busse fahren vom Hinterausgang ab. Und nun ab mit Euch." Er gab Michel einen Schubs. „Habt ihr denn Geld?" rief er ihnen hinterher. Michel drehte sich im Laufen zu ihm um, nickte bejahend. Als Michel wieder nach vorne sah, blieb er versteinert stehen. Otmar kam mit zwei Polizisten geradewegs auf sie zu.

Sie kamen in ein Heim. Irgendwo in Schleswig-Holstein. Sofort nach ihrer Ankunft wurden die Geschwister voneinander getrennt. Die Heimleiterin war nicht unfreundlich, aber sehr streng. Es gab ein Mädchenhaus und vier Kilometer davon entfernt ein Haus für Jungen. Michel flehte die Heimleiterin an, sie nicht auseinanderzureißen. Die Leiterin ließ sich nicht erweichen.
„Mädchen und Jungen in einem Haus, womöglich in einem Zimmer, so etwas dulde ich nicht!" Was - so etwas - bedeutete, erklärte sie nicht. Michels Einwand, seine Schwester sei doch noch so klein, außerdem hätten sie bisher ja auch zusammen in einem Zimmer geschlafen, ließ sie nicht gelten.
Ruth und Michel sahen sich nicht mehr.
Es verging fast ein Vierteljahr, da wurde Michel in das Büro der Heimleiterin beordert.
„Ist Deine Schwester stumm? Sie spricht nicht. Hat, so wurde mir berichtet, bisher noch nie gesprochen." Michel starrte die Frau an.
„Stumm?" stotterte er „Ruth ist nicht stumm. Bitte lassen Sie mich zu ihr. Ich weiß, dann wird sie sprechen. Bestimmt!"
„Wir kriegen sie auch so zum Sprechen", war die Antwort.

Mehrere Wochen vergingen. Die Heimleitung hatte gewechselt. Ein Mann hatte die Leitung übernommen. Die älteren Jungen wurden fortgebracht. Sie sollten sich an der Front beweisen, hieß es.
Gerüchte machten die Runde. Manche behaupteten, der

Krieg sei bereits zu Ende. Andere sprachen von einer Wunderwaffe. Immer mehr der Heiminsassen zogen in der Nacht durch die Umgebung, erbettelten sich Essbares von den Bauern. Sie brachten neue Nachrichten mit. Mehrfach hatte Michel versucht, zu Ruth ins Mädchenhaus zu gelangen. Versuchte er es am Tage, durfte er es nicht betreten. Schlich er sich des Nachts dorthin, waren Türen und Fenster fest verschlossen.
Schon seit geraumer Zeit gab es nur noch eine Mahlzeit am Tag. Die Heimkinder hungerten. Dann verschwand die Köchin. Auch das Büro der Heimleitung war leer und ausgeräumt. Reste verbrannter Akten steckten im Ofen.
Michel rollte seine Schlafdecke zusammen, den Rucksack hatte er irgendwann gegen Essen eingetauscht und rannte zum Mädchenhaus. Die Haustüre stand offen. Die Zimmer leer. Er traf auf ein Mädchen, das durch einen Türspalt linste. Michel riss Türen auf, rief Ruths Namen, eilte die Gänge entlang.
„Was machst Du hier?" Ein etwa gleichaltriges Mädchen stellte sich ihm in den Weg. Michel kam es vor, als hätte sie riesige Augen und viel zu große Zähne im Mund. Es war der Hunger, der sie so verändert hatte.
„Ich suche meine Schwester Ruth", antwortete er ihr.
„Die gibt's nicht mehr. Die ist schon längst tot. Viele von uns hat es erwischt. Sie bekamen Ausschlag und hohes Fieber."
Michel knickte ein. In diesem Moment kam er der absoluten Verzweiflung so nahe, wie nie zuvor.
Das Leben schaufelt die Zeit hinter sich. Ein riesiger Berg vergangener Zeit entstand hinter Michel. Manchmal versuchte er zu beten, aber ihm fiel nichts ein, was er Gott hätte sagen sollen.

Er machte nicht Gott für das Geschehene verantwortlich, sondern Otmar.
Trauer ruft dieselben Symptome hervor wie Krankheit, gegen die der Körper ankämpft, Kräfte mobilisiert. Bei der Trauer bleibt der Kampf aus. Es gibt nichts mehr, für das es sich zu kämpfen lohnt.
Das eigene Leben besitzt keinen Sinn mehr.
Die Zeit richtete Michel wieder auf. Sowie Gras, das man niedergetrampelt hatte und das doch in seinen Wurzeln so stark war, dass es nicht zerstört liegen blieb.
Es war sehr schwierig für ihn, an die Zukunft zu denken, solange das Geschehene wie ein Fabelwesen von Hieronymus Bosch im Hintergrund lauerte. Michel gestattete sich nicht, über seine Zukunft nachzudenken, solange die Vergangenheit noch nach ihm griff. Erst als er einen Plan hatte, konnte er sein Schicksal annehmen.

Flossi irrte durch das St.- Jacobs - Heim. Er sprach Pfleger an, erkundigte sich bei ihnen, ob es gerade Sommer oder Winter sei, tauchte im Bürotrakt auf und fragte dort nach seinem Zimmer, wohin er zurückkehren wolle. Außerdem beschwerte er sich darüber, dass sein Zimmergenosse so laut schnarche. Der Hinweis, er bewohne ein Einzelzimmer, beruhigte ihn. Kaum war er in seinem Zimmer angelangt, verschloss er die Türe, fischte sich den, hinter ein paar Büchern versteckten Stadtplan hervor, klappte ihn auf und studierte ihn eingehend.

Michael ten Haagen war berühmt. Sein einzigartiger Bariton erklang auf den Bühnen der Welt. Der Sänger war beliebt und gefragt. Zum einen, weil er sehr gut aussah, zum anderen, weil er sich ohne Starallüren in ein Ensemble einzufügen vermochte. Seine zurückhaltende Art, sein diskreter Charme, gepaart mit geschliffenen Manieren, ließen ihn zum Star der Opernwelt werden. Über seinen Werdegang befragt, berichtete er von seinem Vater, dem früh verstorbenen Musikprofessor und darüber, dass ihm die Musikalität bereits in die Wiege gelegt worden sei. Er erzählte Anekdoten aus seiner Studentenzeit in Kopenhagen, seinen ersten Engagements. Von seiner Kindheit erzählte er nichts.

Auf sein Verhältnis zu Frauen angesprochen und darauf, dass ein so gut aussehender, weltgewandter Mann wie er, der von den Frauen umschwärmt wurde, bisher noch nicht verheiratet sei, erklärte er scherzhaft, er sei wohl bindungsunfähig.

Nur er selbst wusste, dass dies genau der Wahrheit entsprach. Er fühlte sich unfähig zu einem Menschen, gleichgültig, ob er männlich oder weiblich war, eine tiefe, innere Bindung einzugehen. Er lebte weder für einen anderen, noch für sich selbst, sondern einzig und allein für die Musik. Sie gab seinem Leben einen Hauch von Sinn. Doch selbst durch sie blieb er innerlich allein.

Nachts vor dem Einschlafen arbeitete er gedanklich an seinem Plan. Wie er ihn am besten in die Tat umsetzen könnte.

Seine Gedanken an früher, die durch sein jetziges Leben hindurchfielen, wie durch ein Sieb, um am Boden seiner Seele zu funkeln, waren ein Strom der Liebe. Verwundert stellte er fest, dass seine Erinnerungen nicht zu verblassen schienen. Wenn er die Augen schloss, war ihm Ruth so präsent, als sähe sie eben jetzt zu ihm auf und nicht vor Jahrzehnten. Der Schmelz ihres Lächelns, der Druck ihrer Hand, der Tonfall ihrer Stimme, all dies sah er jetzt deutli-

cher vor sich, als damals, als er selbst noch ein Kind war.
Michael ten Haagen war ein Mensch, der sich selbst Höchstleistungen abverlangte. Als er feststellte, dass seine Stimme nicht mehr die Tragweite besaß, die sie bisher so ausgezeichnet hatte, und ihm klar wurde, dass seine Auftritte auf der Bühne ihm mehr Kraft und Energie abverlangten, als er es gewohnt war, entschloss er sich seine Karriere zu beenden. Die Zeit war gekommen, seinen Plan umzusetzen. Er verließ New York und zog wieder nach Deutschland. Seine vor Jahren begonnenen Recherchen ließen es geboten erscheinen, nach Essen zu ziehen.
In seiner Wohnung in Essen am Baldeneysee bereitete er sich vor. Er trainierte sich an, für Stunden einen Fleck auf der Tapete anzustarren, ohne sich zu bewegen. Er übte vor dem Spiegel den ausdruckslosen Blick und die spärliche Mimik eines Demenzkranken. Auf seinen Spaziergängen um den See gewöhnte er sich den zögerlichen Gang eines Menschen an, der weder weiß, wo er ist, noch wohin er will. Seine Stimme wurde leiser, verschwommener und er rang nach Worten.
Als er der Ansicht war, all dies zur Genüge zu beherrschen, wies er sich selbst als ein alleinstehender Mann, ohne Pflegemöglichkeit, in das St.-Jacob-Heim ein. Ein Dauerauftrag von dem Konto, das er auf den Namen Hubert Flossner eröffnet hatte, regelte die finanziellen Ausgaben.
Seine Erkundigungen hatten ergeben, dass Otmar Keil als Werksfahrer bei Krupp angestellt war. Er war verheiratet, hatte einen Sohn und zwei Enkel. Einen Jungen und ein Mädchen.
In seiner Freizeit fuhr Otmar Keil mit dem Fahrrad an die Ruhr, um dort zu angeln, wobei er sich gerne ein Bierchen gönnte.

Flossi saß im Park des St.-Jacob-Heimes auf einer Bank. Er blickte zwischen seinen Knien hindurch auf den Kies. Gleich nach dem Mittagessen, einer Linsensuppe mit Würstchen, hatte er sich dort auf diese Bank gesetzt. Es war Samstag. Die ersten Besucher trafen ein. Bald würde sich der Park mit Menschen füllen, die Rollstühle schoben oder am Arm eines Patienten die Wege entlang trotteten.
Flossi stand auf. Die blaue Wendejacke über dem Arm schlenderte er durch das offene Tor auf die Straße. Nach ein paar Schritten stülpte er die Jacke um, sodass die cremefarbene Seite außen war, und zog sie an. Aus der Jackentasche holte er eine zusammengerollte Schiebermütze und setzte sie auf. An der nächsten Haltestelle bestieg er die Straßenbahn.

Auf der steilen Uferböschung, verdeckt zwischen hohen Gräsern, saß ein Mann auf einem Klappstuhl. Neben sich einen Eimer und eine Basttasche. Vornübergebeugt hielt er eine Angel in das Wasser der Ruhr, die einen halben Meter unter ihm dahinfloss.
Flossi näherte sich dem Angler. Er blieb neben ihm stehen und sagte: „Nichts ist entspannender als das Angeln. Da baumelt sich die Seele frei vom Alltagsstress."
„So isses." Der Angler guckte weiter auf das Wasser und den tanzenden Köder.
Flossi zog eine Dose Pfefferspray aus der Tasche seiner Wendejacke. „Schau mich an, Otmar", sagte er mit ruhiger Stimme. Otmar blickte zu ihm hoch und fragte: „Kennen wir uns?"
„Ja, das tun wir. Ich bin der kleine Michel Hagen, der Judenbub, den Du verraten hast. Und nicht nur mich hast Du an die Gestapo verraten, sondern auch meinen Vater. Und

nicht nur meinen Vater hast Du verraten, sondern auch meine kleine Schwester Ruth.
Du kannst Dich doch an Ruth erinnern. An das kleine, fünfjährige Mädchen mit den braunen Locken? Ich bin sicher, Du kannst es. Vielleicht interessiert es Dich, was aus ihr geworden ist. Sie ist tot.
Tot ist auch mein Vater. Nur ich habe Deinen Verrat überlebt."
„Was willst Du?" keuchte Otmar. Die Angel war seinen Händen entglitten, wurde langsam von der Strömung durch das Gras zum Fluss gezogen.
„Ich will gar nichts von Dir. Ich will nur etwas von Dir wissen."
„Was willst Du wissen? Willst Du wissen, warum ich Euch gemeldet habe? Ist es das, was Du wissen willst? Ich kann es Dir sagen. Ich habe es für mein Vaterland getan. Das war der Grund."
Otmar war aufgesprungen. Die Farbe war aus seinem Gesicht gewichen.
„Dein Vaterland war auch mein Vaterland", antwortete Flossi und fügte hinzu: „Deine Beweggründe kann ich mir denken. Es sind bei den meisten Verrätern die gleichen. Stupide Selbstüberschätzung, Machtansprüche und Kontrollbedürfnis. Nein, ich will etwas anderes von Dir wissen. Ich will wissen, wie ich Deinen Sohn und Deine Enkel töten soll. Denn, nachdem ich Dich getötet habe, kannst Du es mir nicht mehr sagen. Also, auf welche Art soll ich sie umbringen? Soll ich sie erwürgen? Ersäufen? Erschießen? Oder gar zu Tode foltern? Wie hättest Du es gerne?" Bei dem letzten Satz bebte Flossis Stimme. Otmar drehte sich um, stolperte über den Klappstuhl. Im Fallen stieß er hervor:

„Du bist ja komplett verrückt!“
Mit zwei schnellen Schritten war Flossi über ihm. Packte ihn bei den spärlichen Haaren, riss seinen Kopf nach oben und sprühte Otmar Pfefferspray ins Gesicht. Otmar schrie, rieb sich die Augen, krümmte sich am Boden.
„Wie soll ich's machen? Sag es mir!“ Flossis Stimme überschlug sich. Sein über Jahrzehnte unterdrückter Zorn, seine nie mehr gestillte Sehnsucht, seine Trauer um das ungelebte Leben seiner Schwester, stiegen in ihm hoch und würgten ihn.
Vor sich den knienden und heulenden Otmar zog Flossi sich die Jacke aus und stülpte sie ihm über den Kopf. Presste sie fest auf sein Gesicht und drückte zu.
Dumpf drangen Otmars Schreie durch die Jacke. Sein Körper zappelte, die Beine strampelten. Als seine Gegenwehr schwächer wurde, zog Flossi ihm die Jacke vom Gesicht, den ohnmächtigen Körper ließ er im Grase liegen.
Obwohl sich Michel immer wieder ausgemalt hatte, wie er Otmar töten würde, war er letztlich dazu nicht mehr in der Lage. Er hatte den Verräter in Todesangst versetzt. Das genügte. Zum Mörder wollte er nicht werden.

Zwei Stunden, nachdem Flossi die Parkbank des St.-Jacob-Heims verlassen hatte, saß er wieder darauf. Die Jacke hatte er in der Straßenbahn gewendet, von Creme zurück zu Blau. Die Schiebermütze steckte wieder in der rechten Tasche der Wendejacke, das Pfefferspray in der linken. Er legte den Kopf in den Nacken. Betrachtete von unten die Blätter des Ahorns, dessen Blattwerk sich über ihm wölbte. Nach einer Weile stand er auf, tappte den Kiesweg entlang. Eine Pflegerin, die den Rollstuhl einer Dame vor sich herschob, fragte er:

„Entschuldigen Sie. Ich suche das St.-Jacob-Heim. Ist es noch weit bis dahin?“
Die Pflegerin lächelte ihn an. „Sie stehen davor, mein Lieber.“
Nach dem Abendbrot kehrte Flossi in sein Zimmer zurück. Wartete, bis es dunkel wurde, horchte an der Zimmertüre. Leichten Herzens verschwand er für immer durch die Hintertüre, bevor diese um 23 Uhr verschlossen wurde. Zwei Tage später war er wieder in New York.

Die Stimme im Radio bat um Mithilfe der Bevölkerung:
„Vermisst wird seit gestern ein Patient aus dem St.-Jacob-Heim.
Er ist orientierungslos. Näheres in den Abendnachrichten.“

Weihnachten auf der Autobahn

Christoph und Louise Ranke saßen vor dem Fernsehgerät. Jeder in seinem eigenen Fernsehsessel. Zwischen ihnen stand ein Tischchen, auf dem Frau Ranke den Adventskranz, einen Teller mit selbst gebackenem Stollen und Plätzchen, sowie zwei Tassen Tee gestellt hatte. Das Mittagessen war reichlich gewesen. Zwar hatte es nur Eintopf gegeben, so wie an jedem 24. 12. An diesem besonderen Tag war es bei den Rankes Sitte, am Nachmittag vor der Bescherung Stollen und Plätzchen zu essen. Auch wenn man gar keinen Appetit hatte.
Herr Ranke faltete seine Hände vor seinem Bauch und fiel fast augenblicklich in einen Mittagsschlaf. Seine Frau Louise lehnte sich zurück und legte ihre Füße hoch. Sie hatte sich aus der Innenseite ihrer Filzpantoffeln ein Stück herausgeschnitten, um für die Hühneraugen an ihren Füßen Platz zu schaffen. Auch sie schloss für einen Moment die Augen.
Sie dachte an ihren Sohn Rainer. Seitdem er eine feste Freundin hatte, kam er am Heiligen Abend nicht mehr nach Hause in sein Elternhaus. So gab es bei Rankes keinen Weihnachtsbaum mehr. Keine nächtlichen Weihnachtsmetten in kalten Kirchen, keine Weihnachtsgans und keinen Karpfen. Alles Erleichterungen, die sie als Hausfrau begrüßte. Aber die Mutter in ihr vermisste den Sohn, der ihrem Einfluss mehr und mehr entglitt.
Louise lauschte mit geschlossenen Augen dem Schnarchen ihres um Jahre älteren Mannes. Nach einer Weile öffnete sie ihre Augen und betrachtete ihn, als sei er dauerhaft erkrankt und ihr stünde seine lebenslange Pflege bevor.

Im Fernsehen sangen Kinder Weihnachtslieder. Dann kamen die Nachrichten. Louise Ranke, die sich für Politik und das Tagesgeschehen in der Welt nicht interessierte, blätterte in einer Illustrierten. Wenn ihre Gedanken nicht um sie selbst und ihren Mann kreisten, hielten sie sich bevorzugt in royalen Kreisen auf.
Die Queen war für Louise Ranke wie eine entfernte Cousine, an deren Leben sie lebhaft teilnahm. Zur Hochzeit der schwedischen Thronfolgerin Victoria mit dem gut aussehenden Mann aus dem Volke hatte Frau Ranke einen in ihren Augen wundervollen Kissenbezug gehäkelt und dem jungen Brautpaar zukommen lassen. Die schwere Krankheit, die König Olaf von Norwegen heimgesucht hatte, ging auch an Louise nicht spurlos vorüber. Tagelang stellte sie sich sein Leiden vor, was zur Folge hatte, dass auch sie selbst sich schlapp und krank fühlte.

„Da, sieh nur!" Herr Ranke hatte sich aufgerichtet und wies mit ausgestreckter Hand auf das Fernsehbild.
Es war nicht der Inhalt, es war die krächzende Stimme ihres Mannes, die Frau Ranke von ihrer Illustrierten aufblicken ließ.
„Das ist ja Rainer! Was macht der Junge denn dort auf der Autobahn?"
Jetzt blickte auch Louise zum Fernseher hin. Ein vermummter Reporter befragte Autoinsassen, die bereits seit Stunden auf der durch Schnee, Eis und querstehende Lastwagen blockierten Autobahn ausharrten. Der junge Fahrer, der aus dem Fenster zu dem Reporter sprach, war Rainer, ihr Sohn.
„Wie lange stecken Sie denn hier schon fest?" wurde er gefragt.

„Seit fünf Stunden. Offensichtlich kommen die Streufahrzeuge nicht durch. Langsam wird es hier drinnen immer kälter. Die Standheizung verschlingt zu viel Energie aus der Batterie.“
„War denn kein Rotes Kreuz bei Ihnen? Ich habe gehört, sie verteilen Decken und bieten heißen Tee an.“
„Nee, hier war keiner. Der Kumpel hinter mir, der den Autotransporter fährt, hat mir vor zwei Stunden einen Apfel gebracht.“
„Was haben Sie denn geladen?“
„Autoersatzteile für VW in Baunatal. Ich vertrete einen Kollegen, der zwei Kinder hat und Weihnachten zu Hause sein möchte. Aber wie es so aussieht, hat das Werk bestimmt schon geschlossen, wenn ich dort ankomme. Am 24. machen die doch schon um vierzehn Uhr zu. Wäre ich glatt durchgekommen, wäre ich jetzt schon auf dem Rückweg. Anrufen kann ich dort auch nicht, weil mein Handy keinen ‚Saft' mehr hat.“ Rainer Ranke hauchte sich in die steifen Hände.
Der Fernsehreporter klopfte sich auf die Taschen seiner Daunenjacke. „Tut mir leid. Zu futtern habe ich leider nichts. Aber wie wäre es mit einer Zigarette?“
Louise Ranke zog die Luft ein. „Der Junge wird doch nicht etwa.......“
„Nein danke. Ich habe es mir abgewöhnt, das Rauchen. Wird mittlerweile zum Luxushobby, das kann ich mir sowieso nicht mehr leisten. Wie sieht es denn weiter vorne aus?“
„Bei Melsungen steht ein Laster mit Anhänger quer über der gesamten Fahrbahn. Der müsste erst mal freikommen und dann rangieren. Das kann dauern. Wir wünschen gute Nerven. Trotzdem: Frohe Weihnachten.“ Er lachte und zog

mit seinem Kameramann weiter.

Herr Ranke war aus seinem Fernsehsessel aufgesprungen. „Ich fass es nicht. Ich dachte der Junge ist im Skiurlaub. Kannst Du mir das mal erklären, Louise?"
Seine Frau gab keine Antwort, sondern starrte noch immer mit offenem Mund auf den Bildschirm. Dort befragte das Fernsehteam gerade ein Pärchen in einem Honda. Die junge Fahrerin hatte sich auf den Schoss ihres Beifahrers gesetzt. Beide wärmten sich aneinander.
Christoph Ranke schaltete den Fernseher aus.
„Ich muss dahin", sagte er bestimmt.
„Wohin willst Du?" Seine Frau wendete den Kopf und sah ihren Mann an.
„Na, auf die Autobahn. Der Junge kann doch nicht am Heiligen Abend in seinem kalten Auto erfrieren oder verhungern. Ich muss zu ihm. Jetzt, sofort." Er ging zur Tür.
„Ich komme mit!" Auch ihre Stimme duldete keinen Widerspruch.
„Kommt nicht in Frage. Ich mache das alleine. Du bleibst hier."
Ohne darauf einzugehen, blies Louise die Kerzen auf dem Adventskranz aus, stand auf und ging an ihrem Mann vorbei durch die Türe in die Küche.
„Hol die Rucksäcke vom Dachboden", rief sie ihm über die Schulter zu. In der Küche setzte sie erst mal Wasser auf. Brühte Tee, goss ihn in eine Thermoskanne, in die sie vorher drei Teelöffel Honig getan hatte, und füllte den Rest heißen Wassers in zwei Wärmflaschen, die mit Filz überzogen waren. Dann schmierte sie Brote, richtige Bemmen, mit dick Butter, Käse und Jagdwurst. In die Jackentaschen ihres Wintermantels steckte sie Mandarinen.

Oben aus dem Küchenschrank, hinter den Marmeladengläsern versteckt, zog sie eine Tafel Schokolade.
„Hol mir die Mohairdecke, die selbst gestrickte, vom Fußende meines Bettes und bring den dicken Pullover von Dir gleich mit. Ich meine den, den Hilde Dir vermacht hat nach Brunos Tod."
„Und was ist mit langen Unterhosen?" rief Herr Ranke von oben.
„Ich glaube nicht, dass der Junge die sich anziehen will. Aber Deine Fäustlinge, die kannst Du beisteuern. Ich glaube, sie sind hier unten, im Garderobenschrank."
Als das Ehepaar Ranke vor ihrem Haus in Homberg (Efze) im Auto saß, die Rucksäcke auf dem Rücksitz, die Decken um den Leib gebunden, fragte Louise: „Wohin fahren wir denn jetzt?"
Ihr Mann überlegte einen Moment.
„Hatte Rainer nicht gesagt, er will zu den VW-Werken nach Baunatal, bei Kassel? Und hat er nicht den Reporter gefragt, wie es weiter vorne aussieht? Und der hat geantwortet bei Melsungen stünde ein Laster quer. Also, sein Auto muss sich vor Melsungen in Richtung Kassel befinden. Wir sollten in Melsungen anfangen und dann zurück nach Süden gehen."
„Du meinst wir gehen auf der Autobahn, zu Fuß?"
„Ja, wie willst Du ihn sonst finden. Am Besten wäre es, wir würden von einer Autobahnbrücke aus von oben nach einem Autotransporter Ausschau halten. Rainer hat doch gesagt, er hätte von dem Fahrer solch eines Transporters einen Apfel bekommen. So viele kann es davon ja nicht geben. Ich schau mal auf dem Atlas nach, wo auf der Strecke eine Brücke über die Autobahn führt. Verflixt, jetzt hab ich noch die Fernsehbrille auf. Sieh Du bitte mal nach."

Louise kramte aus der Tasche ihrer Autotüre den Atlas.
„Die beiden ersten Straßen südlich von Melsungen führen unter der Autobahn durch. Die Straße von Sipperhausen nach Hasselberg, die geht über die Autobahn hinweg."
„Ok, da fahren wir jetzt hin. Vielleicht können wir von dort aus schon einen Transporter erkennen." Herr Ranke legte den ersten Gang ein und fuhr los.
Weit kamen sie nicht. Kaum waren sie auf der Landstraße nach Mörshausen begannen die ersten Schneeverwehungen. Es wurde zu riskant stecken zu bleiben. Herr Ranke fuhr rückwärts, bis er eine Stelle fand, auf der er wenden konnte. Zurück in der Stadt nahmen sie eine andere Ausfallstraße, die B 323, auf ihr ging es problemlos bis zum Abzweig nach Welferode. Rechts und links türmten sich Schneewälle. Aber es ging wenigstens vorwärts. Hinter Welferode, dort wo die Landstraße über die Autobahn weiter nach Oberbeisheim führte, war die Fahrbahn nicht mehr geräumt. Es ging nur noch im Schritttempo über den holprigen, festen Schnee. Die Stellen, die der Wind frei geweht hatte, glänzten von purem Eis. Ihr Wagen schlingerte von rechts nach links. Mal steckten sie fest im seitlichen Schnee und konnten nur mit dem Rückwärtsgang wieder freikommen, mal drehten auf dem Eis die Räder durch.
„Das hat doch keinen Sinn. Wir müssen das Auto stehen lassen und zu Fuß weiter", sagte Herr Ranke. Louise gab keinen Kommentar zu seinem Entschluss. Sie schnallte sich ab und stieg aus. Während sie die hintere Autotür öffnete und vom Rücksitz die Rücksäcke zerrte, sagte sie: „Der Wagen steht ja mitten auf der Straße, und das noch quer. Du solltest ihn zur Seite fahren. Falls doch noch ein Räumfahrzeug hierherkommt, kann es so nicht durch."
„Du hast recht. Ich will versuchen, ihn da vorne zwischen

die Schneewehen zu setzen. Aber bring Dich in Sicherheit. Am Besten Du gehst von der Fahrbahn runter.“ Louise zog die Rucksäcke über eine Schneewehe hinweg auf das weiße Feld dahinter.
Als die beiden zu Fuß der Straße weiter folgten, versanken sie knietief im Schnee oder mussten sich über dem Glatteis aneinander festhalten. Sie sprachen nicht. Die Stille ringsum wurde nur durch das Knirschen ihrer Schritte und das Keuchen ihres Atems unterbrochen. Immer wieder mussten sie Pausen einlegen. Angelehnt an einen Schneewall, der das Gewicht des Rucksacks abstützte, rangen sie nach Luft. Kalt war ihnen nicht. Louise spürte, wie ihre verschwitzen Brüste sich unangenehm am Hemd rieben.
Die Sonne hatte ihren langsamen Abstieg in den vor ihnen liegenden Schnee begonnen. Sie schickte mit ihren letzten Strahlen warmes, orangerotes Licht, das von kupfernen Streifen und einem zarten Schleier violetter Wolken durchzogen wurde. Doch die Helligkeit des zurückstrahlenden Schnees verlangsamte die Dämmerung.
Herr Ranke blieb stehen, blickte sich um.
„Ich fürchte, wir folgen gar nicht mehr der Straße, sondern sind auf ein Feld geraten. Sind das nicht Strünke von Rosenkohl, die da aus dem Schnee gucken?“ Louise gab keine Antwort. Ihr war es im Grunde egal, ob der Schnee, den sie durchstapften, auf der Straße oder auf einem Feld lag. Hauptsache die Generalrichtung zur Autobahnbrücke stimmte. Sie keuchte vorwärts an ihrem Mann vorbei, der noch da stand und auf seine Uhr schaute, in die ein Kompass integriert war.
„Wir sind richtig. Vor uns ist Osten“, rief er Louise zu.
Nach einer guten halben Stunde, in der ihnen der Rucksack immer schwerer, die Beine immer müder und die Hände

immer kälter vorkamen, sahen sie weit vor sich eine Böschung. Vereinzelte, krüppelige Bäume standen darauf. Christoph, in dessen ausgetretenen Fußstapfen Louise sich weiter hatte zurückfallen lassen, kramte die Taschenlampe aus seinem Rucksack. Kaum hatte er sie angeknipst, wurde es rundum noch düsterer. Nur alles, was im Strahl der Lampe lag, war deutlicher zu erkennen. Er machte die Taschenlampe wieder aus und steckte sie in seine Manteltasche zurück. Die Beiden kämpften sich weiter in Richtung Böschung. Den keuchenden Atem seiner Frau hinter sich sagte Herr Ranke:
„Nur noch ein kleines Stück, dann rasten wir. Du wirst sehen, von der Böschung aus kann man sicher schon die Autobahn sehen."
Es kam keine Antwort. Aus irgendeinem Grund schienen die Bäume der Böschung nicht näher zu kommen.
Louise versuchte an etwas anderes zu denken als an die Kälte, ihre Hühneraugen, das Stechen in der Lunge. Sie dachte daran, wie sie Rainer geboren hatte. Wie sie sich zwischen den Wehen vorgestellt hatte, sie würde später, wenn er groß war, mit ihrem Sohn tanzen. Stolz würde sie aufsehen zu ihm und er würde lächeln.
Aber wie das Leben ihr bisher gezeigt hatte, ging ihr Sohn sehr sparsam mit seinem Lächeln um. Er hatte sich zu einem stillen, ernsthaften und unauffälligen Menschen entwickelt.
Warum eigentlich? War sie zu streng, zu unbeugsam mit ihm umgegangen? Sie war doch selber ein fröhliches Mädchen gewesen. Gerade ihr Lachen war es, das Christoph so an ihr mochte. Damals, als sie beide noch nicht im Trott des täglichen Ehelebens versunken waren.
Auf einmal sah Louise nicht mehr die weite Schneewüste

vor sich, sondern sie sah Christoph. Wie er als schlaksiger junger Mann neben seinem Fahrrad stand. Wie er, ohne sie anzusehen, gefragt hatte, ob er sie begleiten dürfe zur Bushaltestelle. Gelacht hatte sie und gesagt, da fände sie schon alleine hin. Und er hatte, ein paar Schritte hinter ihr, sein Fahrrad bis zur Haltestelle geschoben.
Als sie aus der Stadt zurückkam, da stand er wieder da.
Oder vielleicht noch immer?
Erst jetzt, hier in der dämmrigen Kälte merkte Louise, dass sie ihren Mann nie danach gefragt hatte. Auf einmal schien es ihr wichtig, dies zu wissen. Sie musste ihn fragen. Jetzt fragen.
Sie öffnete ihren Mund. Die Bewegung schmerzte in ihrem erstarrten Gesicht. Sie sah von dem unebenen Boden auf. Aber da war er nicht, der, den sie hätte fragen können. Sie war gänzlich allein.
War sie denn stehen geblieben, während ihre Gedanken auf die Reise in die Vergangenheit gegangen waren?
Sie rief nach ihrem Mann. Nur ein Krächzen kam aus ihren stechenden Lungen. Die Kräfte hatten sie verlassen.
Louise war nicht ängstlich. Sie fühlte sich nicht einsam. Sie war nur so entsetzlich müde. Der schwere Rucksack, die Decke, die sie um sich gewickelt trug, die nassen Schuhe, all das wurde ihr jetzt zu viel. Sie ließ sich in den Schnee sinken und schloss ihre Augen. Nur ein bisschen ausruhen, nur ein bisschen. Sie spürte, wie sie immer leichter wurde. So leicht, dass es ihr erschien, sie könnte jeden Moment abheben.
Christoph Ranke realisierte plötzlich, dass er von hinten kein schnaufendes Keuchen mehr hörte. Er drehte sich um. Louise war nicht mehr hinter ihm. Wie lange schon? Er knipste die Taschenlampe an und leuchte nach hinten, die

Spur entlang, die er getreten hatte. Nichts. Er rief. Es kam keine Antwort. Er drehte mit dem Strahl der Taschenlampe Kreise in die Luft. Nichts.
Angst packte ihn. Die Säure in seinem Magen gab zischende Laute von sich. Wieder und wieder rief er in die Stille ihren Namen. Seine Stimme klang schleppend. Eine Welle von Übelkeit stieg in ihm auf. Er riss sich den Rucksack vom Rücken und lief an seiner Spur entlang zurück. Bis er sie fand. Louise lag mit angezogenen Knien seitwärts im Schnee.
„Komm hoch, Louise. Du kannst hier nicht liegen bleiben.“ Er zerrte an ihr, versuchte ihr den Rucksack abzunehmen.
„Lass mich doch, lass mich einfach noch ein wenig ausruhen.“ Nur mit Mühe verstand er ihre gehauchten Worte.
„Das geht nicht. Du musst aufstehen.“ Und einer Eingebung folgend fügte er hinzu: „Rainer braucht Dich.“
Sie öffnete ihre Augen. Sah das vertraute Gesicht ihres Mannes, hörte den Namen ihres Sohnes und begriff, dass die Pflicht sie eingeholt hatte.
Christoph Ranke hatte seiner Frau den Rucksack abgenommen und ihn sich vor den Bauch gehängt. Als sie auf allen Vieren die Böschung hinaufkrochen, schleifte der Rucksack über den verharschten Boden. Auf der Kuppe der Böschung lagen sie keuchend nebeneinander. Unter ihnen war die Autobahn. Ein gespenstisches Bild. All die vielen eingeschneiten Autos, die teils in Reihen, teils in wirrem Durcheinander wie in Todesstarre verharrt waren. Über allem lag eine dramatische Stille.
„Kannst Du irgendwo einen Autotransporter sehen?“ fragte Christoph.
„Wo müssen wir denn suchen. Auf dieser Seite oder drü-

ben?“
„Hier, direkt unter uns, stehen die Autos, die von Norden nach Süden wollen, zum Kirchheimer Dreieck. Rainers Wagen sollte auf der anderen Seite sein. Dort wo es nach Kassel geht.“
„Wir müssen also über die Autobahnbrücke auf die andere Seite. Ich sehe sie gar nicht. Ist die Brücke rechts oder links von uns?“
„Keine Ahnung. Ich schätze mal links von uns.“ Christoph erhob sich.
Auf ihren Mänteln rutschten sie den Hang hinunter, bis zum Zaun, der die Wildtiere vom Betreten der Fahrbahn abhalten sollte. Vor dem Zaun verlief ein Weg. Dem folgten sie. Bis zu den Knien versanken sie im Schnee. Louise bemühte sich wieder, in die Fußstapfen ihres Mannes zu treten, der sich vor ihr mit der Taschenlampe einen Weg suchte. Der Schein war weithin sichtbar. Hinter den beschlagenen Scheiben der nahen Autos starrten sie dunkle Köpfe an.
Der Abstand zwischen Christoph und Louise nahm zu. Bald sah sie nur noch von Ferne den tanzenden Schein seiner Taschenlampe. Der Abstand zwischen seinen gespurten Schritten war größer, als ihre eigene Schrittlänge. Entweder sie musste riesige Schritte machen, wobei die Decke um ihren Laib sie behinderte, oder sie war gezwungen, ihre eigene Spur zu suchen. Dies hieß, ihre Beine nach jedem Schritt aus dem schweren Schnee zu ziehen. Louises Herz pumpte gegen ihren Brustkorb. Ihre Lungen schmerzten. Vor Anstrengung keuchend schleppte sie sich vorwärts. Ihr Mann rief ihr irgendetwas zu. Aber durch das Rauschen in ihren Ohren verstand sie kein einziges Wort.
Als Christoph Ranke keine Antwort erhielt und er seine

Frau nun weit hinter sich nur als schwarze Silhouette auf- und abbewegen sah, hielt er inne und wartete, bis sie näher kam. Dort wo sich ihre Mütze verschoben hatte, klebten ihr die Haare am Kopf. Die Augen tief in den Höhlen liegend sah sie ihn an. Keines Wortes mehr fähig. Wie in Zeitlupentempo kippte sie zur Seite. Im fahlen Mondlicht sah sie so blass aus, dass es den Anschein hatte, sie wäre stillschweigend innerlich verblutet.
Christoph sah seine Frau mit zärtlichem Blick an, der aus weiter Ferne zu kommen schien. Viel weiter als die geografische Distanz, die zwischen ihnen lag. In diesem Blick lag so viel mehr, als das reine Herüberblicken. Es lag die Erinnerung an ihr gemeinsames Leben darin. Diese Erkenntnis war es, die ihm innige Zärtlichkeit verlieh. Er beugte sich zu ihr und küsste sie. Es war lange her, dass er sie geküsst hatte. Er wusste gar nicht mehr, wann zuletzt.
„Du meine Schöne." Seine Stimme war kaum mehr als ein Flüstern. Er nahm sich die Rucksäcke ab und legte sich neben seine Frau. Zu erschöpft, um zu sprechen, nahm sie seine Hand. Gemeinsam sahen sie nach oben auf die einzeln vorbeiziehenden Wolken. Der Mondschein schimmerte auf seiner Glatze und den Speckfalten seines Doppelkinns.
Louise war es, die sagte: „Wir müssen weiter."
Eher in blinder Hoffnung als in Erwartung, die Brücke zu finden, schleppten sie sich weiter. Christoph, beladen mit zwei Rucksäcken, spürte plötzlich, dass er Nasenbluten bekam. Unfähig jetzt nach einem Taschentuch zu suchen, zog er das Blut hoch und spuckte es in den Schnee.
Sie fanden die Autobahnbrücke und blickten auf die Schlange stiller Autos, die verschneit unter ihnen bis zum Horizont reichte.

„Wie sollen wir Rainer hier je finden.“ Christophs Stimme klang verzagt. Die Landstraße, auf der sie sich befanden, führte hinter der Brücke bis zu der Autobahnraststätte Hasselberg. Die Fahrbahn der Straße war geräumt und mit Splitt bestreut worden. Das erleichterte ihnen das Vorankommen. Die Tankstelle war gefüllt mit Wärme suchenden Autofahrern. Sie tranken Kaffee und redeten gedämpft. Das Ehepaar Ranke taumelte durch die automatisch sich öffnende Eingangstüre und spürte plötzlich alle Augen auf sich gerichtet.
„Können wir uns wohl für einen Moment setzen?“ Herr Ranke blickte in die gaffende Runde. Der Kassierer schob den Drehstuhl, der neben ihm hinter der Theke stand, nach vorne und während Louise sich dankbar darauf niederließ, holte der Tankwart aus dem Nebenraum einen Stuhl. Jemand reichte ihnen Kaffee im Becher.
„So, wie Sie aussehen, kommen Sie nicht aus einem der Autos.“
Ein Mann mit rotkariertem Hemd und einer selbst gestrickten, beigen Weste sprach die Rankes an.
Christoph Ranke, dem plötzlich bewusst wurde, dass er hier mehr als nur zwei Augenpaare vor sich hatte, die einen Autotransporter suchen könnten, sagte: „Wir kommen aus Homberg (Efze) und suchen unseren Sohn. Zu Fuß!“ ergänzte er. „Er sitzt hier fest in einem der Autos.“
„Wir haben ihn im Fernsehen gesehen. Ein Reporter hat ihn interviewt.“ Erklärte Louise.
„Und hinter seinem Wagen stand ein Autotransporter. Zu dem ging der Reporter als Nächstes hin“, fügte ihr Mann hinzu.
Die Menge murmelte. Einer, der weiter hinten stand, rief nach vorne: „Sie suchen also nach einem Autotransporter,

verstehe ich sie da richtig?“
„Ja, und zwar nach einem Transporter, der zwischen hier und Melsungen sein muss. Hat einer von ihnen vielleicht einen Autotransporter vor oder hinter sich bemerkt?“ Herr Ranke sah fragend in die Runde.
„Diesen Fernsehreporter, den hab ich auch gesehen. Der und sein Kameramann waren zwischen den Reihen der feststeckenden Autos unterwegs. Sie kamen von vorne und gingen an meinem Laster vorbei nach hinten.“ Sagte einer der umstehenden Männer.
Eine Frau am Kaffeeautomaten, mit einer Halbwüchsigen neben sich, meldete sich zu Wort. „Weit vor uns, so zwanzig bis dreißig Autos weiter, auf der rechten Spur, da steht ein langer Laster mit Anhänger. Ich meine, er hatte ein Ober- und Unterdeck.“
Das junge Mädchen neben ihr war sichtlich erregt. „Ja, als wir noch fahren konnten, ganz langsam zwar, aber immerhin standen wir noch nicht vollkommen, da habe ich ihn deutlich gesehen. Es standen irgendwelche große, weiße Teile auf den Decks.“
„Die packen die Autos neuerdings in weiße Folie ein“, rief einer dazwischen.
„Wo steht denn ihr Wagen?“ Herr Ranke war aufgestanden.
„Ein gutes Stück weiter nach Norden. Meine Tochter und ich sind an der Leitplanke entlang bis hierher gegangen. Wir hatten ja gerade diese Tankstelle passiert, als wir endgültig zum Stehen kamen.“
„Danke, das hilft uns entscheidend weiter. Louise komm, wir müssen in nördlicher Richtung suchen.“
„Wir kommen mit.“ Die Frau trank den Rest Kaffee aus und stellte sich neben die Rankes.
Louise war aufgestanden und griff nach dem zweiten

Rucksack.
„Den überlassen Sie mal mir.“ Der Fernfahrer mit dem karierten Hemd schwang sich den Rucksack über die Schulter. „Ich komme auch mit“, sagte er.
„Wir auch!“ Drei weitere Männer traten zur Türe.
„Hier!“ rief der Tankwart über die Köpfe hinweg. „Hier nehmt den Beutel Teelichter mit.“ Er griff in ein Regal, „und auch noch diese Schokolade.“ Seine Hände rafften Schokoriegel und Tafeln zusammen. „Die könnt ihr auch noch haben. Schließlich ist heute Heiliger Abend. Viel Glück und Frohe Weihnachten.“ Rief er ihnen hinterher.
Wie die Hirten vor 2000 Jahren, machte sich die Gruppe auf, um einen Sohn zu suchen.
Am Anfang redeten sie noch miteinander, aber das Vorwärtskommen entlang der Leitplanke wurde im tiefen Schnee immer beschwerlicher. Bald schon stapften sie wortlos einer hinter dem anderen her.
Herr Ranke und die Frau quälten sich als Erste vorne. Hinter ihnen zog die Tochter Louise an der Hand hinter sich her. Als sich Christoph Ranke nach einer Weile umsah, merkte er, dass aus den anfänglichen neun Personen nur noch fünf übrig geblieben waren. Den Anderen war es wohl zu beschwerlich geworden und sie waren zu ihren Autos zurückgekehrt.
Auf ihrer Wanderung an den Autos entlang gingen manchmal Autotüren auf und sie wurden nach Tee und Decken gefragt. Man hielt die Gruppe wohl für Helfer des Roten Kreuzes.
Der Mann mit dem karierten Hemd unter seiner dicken Jacke reichte ihnen Schokolade in den Wagen.
Längst hatten sie die Autobahnbrücke, auf der Christoph und Louise noch vor kurzem gestanden hatten, hinter sich

gelassen, da entdeckte die Frau ihr verlassenes Auto.
„Sie wollen sich jetzt sicherlich etwas ausruhen.“ Christoph Ranke lächelte ihr zu.
„Nein, bestimmt nicht. Wir wollen doch Zeuge sein, wenn Sie Ihren Sohn finden.“
Der Schnee entlang der Leitplanke wurde immer höher. Hier kamen sie nicht weiter. Die Gasse zwischen den Wagen war zum Teil zwar auch zugeweht, aber trotzdem besser zu begehen. Nach einer Viertelstunde sagte die Frau: “Ich versteh das nicht. Eigentlich müsste der Autotransporter doch jetzt zu sehen sein.“
Ein Mann aus der Gruppe rief: „Da ist er ja. Er steht jetzt auf dem Seitenstreifen!“
Louise blieb stehen. Verzweifelt stieß sie hervor: „Aber dann wissen wir ja gar nicht, welches Auto vor ihm stand.“
„Kennen Sie den Wagen ihres Sohnes nicht?“ Die Frau sah Louise erstaunt an. Herr Ranke trat zu seiner Frau und nahm sie in den Arm. Aneinandergestützt tankten die beiden Kraft und Beruhigung. Ratlos umringten die anderen das Ehepaar.
„Er hat kein Auto. Wir wussten nicht einmal, dass Rainer heute unterwegs ist. Wir wähnten ihn beim Skilaufen.“ Louise kämpfte mit den Tränen.
„Es war ein Kleinlaster, in dem er saß. So eine Art Pick-up. Das konnte man im Fernsehen erkennen. So ein Auto lässt sich doch finden.“ Herr Ranke bemühte sich in seiner Stimme Zuversicht mitschwingen zu lassen.
Sie machten sich wieder auf den beschwerlichen Weg nach vorne. Plötzlich hörten sie in der Ferne das Knattern eines Hubschraubers. Weit vor ihnen flog er tief über der Autokolonne hinweg auf die Gruppe zu. Der Wind der Rotorblätter fegte den Schnee von den Autodächern. Mit Laut-

sprechern wurden die Autoinsassen aufgefordert ihre Wagen zu verlassen, sich zu bewegen, um den Kreislauf durch das stundenlange Sitzen wieder in Gang zu bringen. Vereinzelt öffneten sich Autotüren. Steifgefrorene Menschen krabbelten hervor. Schlugen mit den Armen, liefen um ihre Wagen, versuchten Kniebeugen zu machen. Die Rankes guckten in jedes der mit Mützen und Schals vermummten Gesichter in der Hoffnung, einer von ihnen könnte ihr Sohn sein. Auf einmal war die stille Autobahn voller Menschen, die herumhampelten.
„Da, schauen sie, ist das nicht ein Pick-up?“ Einer der Männer zog Christoph Ranke am Ärmel. Der hastete los und spähte in den Wagen. Am Steuer saß ein bärtiger Mann, der schlief.
Nur noch aus der Ferne hörten sie den Hubschrauber und allmählich verzogen sich die Menschen wieder in ihre ausgekühlten Autos. Die Gruppe um das Ehepaar Ranke blieb unschlüssig stehen. Louise weinte still vor sich hin, als sie und die anderen weiter stolperten. Ihre klammen Hände suchten nach einem Taschentuch in ihrer Manteltasche. Sie griff in zermanschte Mandarinen. Eine Stimme in ihr sagte: -Ich kann nicht mehr. Ich sehe mich außerstande noch einen Schritt weiter zu gehen.- Ihre Beine knickten ein. Lautlos sank sie auf die schneebedeckte Fahrbahn. Wie ein dunkler Kleiderhaufen lag sie da. Sie roch den schmutzigen Schnee, spürte seine Kälte, schmeckte die Säure, die aus ihrem Magen aufstieg. Dann sah sie ihren Sohn, sah wie er als kleiner Junge seinen grünen Ball nach oben warf. Hörte, wie er ihr zurief:
-Ich werfe ihn bis zum Himmel. Und wenn ein Engel ihn gefangen hat, dann kommt er nicht mehr runter.-
Ohne Ankündigung spürte sie auf einmal eine Kraft in sich,

die ihre kalten Glieder erwärmte, sie leicht machte und zuversichtlich. Sie rappelte sich hoch und sah sich um. Die anderen waren weiter gegangen. Louise konnte sie wie dicke, schwarze Punkte zwischen den Autos ausmachen. Und dann sah sie den Wagen. Einen hochbeinigen Pick-up. Halb verdeckt von den anderen Autos, stand er ganz rechts auf dem Seitenstreifen. Sie zweifelte keinen Augenblick. Sie wusste es. Da vorne stand Rainers Auto. Als Louise an die Wagentüre klopfte, sah er sie an. Das war ihr Junge, ihr Rainer.
Ihr Sohn drückte von innen die vereiste Türe auf. Ganz krumm stand er vor ihr. Blickte zu ihr herab und rang nach Worten.
„Vater ist auch da", sagte sie, halb vergraben in seiner Daunenjacke, gegen die sie sich gelehnt hatte.
Sie riefen und wedelten mit den Armen. Die Anderen kamen. Christoph Ranke schloss Mutter und Sohn in die Arme. Zu dritt hielten sie sich umschlungen. Lange standen sie so da, neben dem Auto. Der Mann mit dem karierten Hemd stellte Teelichter auf die Motorhaube und entzündete ihr Licht. Den Rest verteilte er auf andere Autodächer und Kühlerhauben.
„Frohe Weihnachten", sagte er zu jedem und verteilte die Schokolade.
„Frohe Weihnachten", antworteten die Menschen.

Als der Hubschrauber zurückflog, sah die Besatzung unter sich auf der verstopften Autobahn, fünfzig kleine Lichter brennen, die auf Motorhauben und Autodächern leuchteten. Und innen in den Wagen saßen Menschen, die aßen Süßigkeiten und vergaßen darüber für kurze Zeit die Kälte.

Der Abschied

„Nun steh mal still."
„Kind, nicht hier auf dem Bahnsteig."
„Aber Vater, das macht doch nichts. So kannst Du jedenfalls nicht in den Zug steigen. Dein Schlips ist ja völlig verrutscht."
„Du bist wie Deine Mutter, die muss auch ständig an mir herumfummeln."
Der alte Mann stützt sich schwer auf seinen Stock. Seine wässrigen, grauen Augen, die einst blau waren, blicken in die Richtung, aus der der Zug kommen muss. An seiner Nasenspitze hängt zitternd ein klarer Tropfen.
„Bist Du sicher, dass das hier der richtige Bahnsteig ist?"
„Ja Vater." Vorsichtshalber geht die junge Frau zu einem Glaskasten, in dem die Reihenfolge der Waggons mit kleinen Wagen anschaulich dargestellt ist.
„Warum kommst Du so selten und bleibst so kurz?"
„Ach, Du weißt doch, ich habe mir vorgenommen, die zweite Auflage meines Lehrbuches noch dieses Jahr fertigzustellen."
Sie weiß es, aber dies erscheint ihr als kein triftiger Grund. Seltsam, denkt sie, erst kann man als junges Mädchen nicht früh genug die Eltern und ihre Erfahrungen verlassen, um sein eigenes Leben zu leben, und dann, wenn man zurück will in die Geborgenheit und sichere Liebe, dann haben sich die Eltern ihrerseits distanziert, haben sich aufgemacht auf den gemeinsamen Weg zum Altwerden, auf dem wir Jungen ausgeschlossen sind.
„Ich habe bemerkt, dass Du morgens nur Katzenwäsche machst. Das reicht doch nicht."

„Dafür bade ich jeden Abend. Schon wegen meiner kalten Füße."
„Und wenn Du unterwegs bist?"
„Dann versuche ich eben, ein Zimmer mit Bad zu bekommen. Das ist oft gar nicht so einfach. Die meisten Zimmer haben heutzutage Duschen. Aber irgendwie schaffe ich es meistens."
„So." Aber er hörte schon gar nicht mehr hin. „Hast Du auch Mutter die genaue Ankunft meines Zuges geschrieben?"
„Geschrieben habe ich es ihr nicht, aber ich habe es ihr gestern am Telefon mitgeteilt. Du warst dabei."
„Ich werde ein Taxi nehmen, wenn sie nicht am Bahnhof ist. Aber ich bin mir sicher, sie wird am Bahnsteig stehen und mich in der falschen Richtung suchen. Habe ich Dir schon gesagt, dass sie neuerdings so Schmerzen in den Schultern hat. So ein Ziehen."
„Ja."
„Was, ja?"
„Ja, Du hast es mir schon gesagt."
„So." Mit seiner linken Hand fingert er in seiner Manteltasche nach der Fahrkarte. „Wo habe ich sie nur hingesteckt?"
„Ich glaube, Du hast sie in Deine Brieftasche gesteckt, Vater."
„Halte mal den Stock – ja richtig, da ist sie ja!"
Leise surrend fährt ein Elektrokarren mit einem Anhänger vorbei. Lauter Pakete und oben drauf, schwankend, ein Fahrrad. Die junge Frau zieht den alten Mann aus dem Weg.
„Komm", sagt sie, „wir stellen uns da vorne hin, da zieht es nicht so."

Die eine Hand auf seinen Stock gestützt, die andere unter dem Arm seiner Tochter, geht er schlurfend neben ihr her.
„Was würdest Du machen, wenn Du eines Morgens aufwachen würdest, und hättest dieses lahme Bein nicht mehr?“
„Das habe ich mir noch nie vorgestellt. Ich habe das nun schon so lange, seit dem Ersten Weltkrieg. Manchmal ist es sogar ganz praktisch.“ Er kichert leise in sich hinein. „Mutter gegenüber benutze ich es oft als Ausrede!“
Mein Gott, denkt sie, wie liebe ich ihn!
Plötzlich, wie immer ohne vorherige Ankündigung, kommt wieder dieser Husten. Der alte Mann wirft den Kopf in den Nacken und ringt nach Atem. Sein sonst so dünner, sehniger Hals schwillt an. Seine Hände krampfen sich um das Mantelrevers. Die junge Frau klopft ihm auf den Rücken, in der unsinnigen Hoffnung, ihm damit Erleichterung zu verschaffen.
Als der Anfall vorüber ist, lehnt er sich blass und zitternd, schwer gegen sie.
Dann kommt der Zug. Behutsam hilft sie ihm beim Einsteigen. Reicht den Stock nach und stellt die Reisetasche neben ihn auf den Sitz. Dann steigt sie schnell wieder aus. Presst ihr Gesicht von außen an das Abteilfenster, ihm Zeichen machend, er solle sich hinsetzen. Er nickt schwach.
Der Zug fährt an. Eine Weile rennt sie noch neben ihm her, während ihr Vater, für ihn typisch, mit dem Handrücken von innen leicht gegen die Scheibe schlägt. Sie meint, das Klicken des Siegelringes zu hören.
Der Zug fährt schneller und schneller. Sie gibt auf und bleibt stehen.
Warum, denkt sie, warum wird zugelassen, dass wir von Menschen, die wir lieben, Abschied nehmen müssen.

Rot ist die Farbe der Sehnsucht

Lange bevor sie aufstehen musste, war sie bereits wach. Sie genoß diesen köstlichen Moment, den sie noch im Bett verbrachte, denn sie stellte sich vor, wie wundervoll dieser Tag werden würde. Welche Auszeichnung für sie, an der alljährlichen Festparade zum Gedenken an den verstorbenen Gründervater Kim Il-sung teilnehmen zu dürfen.
Sie, Mi-Loo würde mit hunderten anderen jungen Mädchen für IHN, den Gottgleichen und seinen Sohn, seinen begnadeten Nachfolger Kim Jong-il tanzen. Das traditionelle koreanische Gewand, das man für sie ausgesucht hatte, war zwar türkis, eine Farbe, die sie noch blasser erscheinen liess, aber dies war nur ein winziger Wermutstropfen und liess sich leicht mit Schminke beheben.
Sie sollte endlich lernen, sich nicht als Einzelperson, sondern als kleinsten Teil eines großen Ganzen zu verstehen, schalt Mi-Loo sich. Wie oft hatte ihr Vater, ein hoher Parteifunktionär, sie ermahnt:
„Wir alle müssen der Partei dienen. Und Kim Jong-il verkörpert die Partei. Also müssen wir ihm dienen.“
Durch die Stellung des Vaters gehörte Mi-Loos Familie der Hauptschicht an. Nur die Zugehörigkeit zu dieser privilegierten Schicht erlaubte es, dass sie in der Hauptstadt Pjöngjang wohnten.

- Es wird streng kontrolliert, wer dorthin reisen oder gar dort leben will. Der Rest der Bevölkerung lebt auf dem Lande. Es gehört zu ihrer Aufgabe Lebensmittel und Sachgüter für

Pjöngjang und den Export zu produzieren. Es erscheint grotesk, dass frisches Obst und Gemüse exportiert werden, während das eigene Volk vor Hunger stirbt. Die Partei traut der Land- und Industriebevölkerung nicht. Sie ist ständigen Repressalien und Kontrollen ausgesetzt. Unsichere Kandidaten, die es zu überwachen gilt.-

Mi-Loo wußte nicht, dass dieser Tag auf dem Festplatz der Hauptstadt, an dem sie und die anderen buntgekleideten Mädchen singend und Fähnchen schwingend an der Tribüne vorbei defilierten, um dem geliebten Führer Kim Jong-il zu huldigen, für Jahre der letzte glückliche Tag in ihrem Leben sein sollte. Sie war jetzt fast 16 Jahre alt und stand kurz vor ihrem Abschluss in der Kim Il-sung-Schule, die nur den Kindern der Privilegierten vorbehalten war.
Auf der Suche nach ihrem Vater musterte sie die Reihen der Parteispitzen. Vorne, in der Mitte, stand der geliebte Führer Kim Jong-il in Paradeuniform. In der Reihe dahinter hätte ihr Vater stehen müssen. Aber sie sah ihn nicht.
Mi-Loo war nicht sonderlich beunruhigt. Sie vermutete ihn an einer anderen Stelle. Vielleicht hatte sie ihn auch unter der breitkrämpigen Offiziersmütze nicht erkannt. Ob er sie, seine einzige Tochter, in der Menge der vielen anderen in bunte Pastellfarben gekleideten Mädchen erspäht hatte? Sie würde ihn fragen. Heute Abend. Wenn dieser denkwürdige Tag zu Ende und sie wieder zu Hause war.

- Die Mehrheit der in Pjöngjang lebenden Menschen wohnt in grauen Hochhäusern, die alle gleich aussehen. Gleiche Fensterzahl, gleiche

Raumaufteilung, gleicher Blick auf andere gleiche Hochhäuser. Unten im Hauseingang steht in jedem Hochhaus ein Verschlag. In ihm hält sich der Hauswart auf. Er kontrolliert jeden Mieter. Verlässt jemand das Haus, muss er sich mit Datum und Uhrzeit in eine Liste eintragen. Kommt er zurück, wird auch dies mit Datum und Uhrzeit vermerkt.-

Mi-Loo klopfte gegen die beschlagene Scheibe des Verschlags, hinter der sie den Hauswart schemenhaft mit einem Wasserkocher hantieren sah. Er öffnete die schmale Türe und legte die Liste, in die sich Mi-Loo am Morgen eingetragen hatte, wortlos auf das Klappbrett unter dem Fenster. Während er zusah, wie Mi-Loo sich eintrug, flüsterte er mit tonloser Stimme:
„Hast Du Verwandte?"   Mi-Loo verstand nicht, was er damit meinte. Ohne sie anzusehen fügte er hinzu:
„Ich würde nicht nach oben gehen!"
Mi-Loo verstand noch immer nicht. Aber sie hatte gelernt, keine Fragen zu stellen. Am defekten Aufzug vorbei stieg sie die Treppe hinauf bis in den 6.Stock. Die Türe zur Wohnung stand offen. Die drei Zimmer leergeräumt. Keine Mutter, die sie erwartete. Auf dem Boden des ehemaligen Wohnraums saßen mit dem Rücken zur Wand zwei Polizisten auf dem Boden. Für einen winzigen Moment dachte Mi-Loo, sie hätte sich im Stockwerk geirrt. Während sie diese Möglichkeit noch hoffnungsvoll in Erwägung zog, wußte sie bereits am Geruch, dass diese leeren Räume ihr Zuhause gewesen waren.
Die Polizisten standen auf. Ohne auch nur nach ihrem Na-

men zu fragen oder sonst eine Erklärung abzugeben, ließen sie Mi-Loo vor sich her die vielen Stufen, die sie eben noch, in einer fernen Zeit und Welt, heraufgegangen war, wieder hinunter gehen.
Sie begegneten niemandem. Auch der Hauswart hatte sich in seinen dunstigen Verschlag zurückgezogen. Einer der Polizisten stieß mit dem Fuß die Türe auf, griff sich die Anwesentheitsliste, schrieb etwas hinein und warf sie dem zitterndem Hauswart vor die Füße. Dankbar, dass nicht auch er abgeführt wurde, verbeugte er sich mehrfach vor den Polizisten und atmete hörbar aus.
Mi-Loo wurde noch am selben Abend von einem Schnellgericht zu 10 Jahren Zwangsarbeit verurteilt. Sie wurde nach Yodok, ins Lager Nr. 15 verbannt.
Sie wusste nicht warum. Sie wusste nicht, wo ihre Eltern waren. Sie wusste nicht, wo Yodok lag und hatte auch noch nie etwas von einem Lager Nr.15 gehört. Sie stellte auch keine Fragen.

- Das Lager Yodok, von Bergen umschlossen, besteht aus mehreren verschiedenen Lagern, die untereinander keinen Kontakt haben. Yodok ist nur eines der vielen Straflager des nordkoreanischen Gulags und bei weitem nicht eines der schlimmsten. Manche vergleichen es mit dem Paradies, gemessen an dem, was sie in anderen Lagern erdulden mussten. Die Gefangenen in Yodok werden zur Zwangsarbeit im Steinbruch, auf den Maisfeldern und in den Minen sowie in den Schnapsbrennerein eingeteilt. Für viele Insassen führt die Arbeit direkt in den Tod. Es gibt für alles die Todesstrafe. Für Diebstahl, Mundraub, für sexuelle Beziehungen. Kinder werden gezwungen an den öffentlichen Hinrichtungen teilzunehmen. Zur Zeit befinden sich ca. 200 000 Nordkoreaner in Straflagern. Sie dienen dazu, kritische und unerwünschte Personen zum Schweigen zu bringen und gleichzeitig für die wirtschaftliche Produktion zu nutzen. -

Jahre später stieß Mi-Loo während ihrer illegalen Zeit in China auf Chen-zu, eine Schulkameradin, die in Pjöngjang dieselbe Schule besucht hatte. In der Klasse war Chen-zu zart und schüchtern gewesen. Als Mi-Loo sie wiedersah, war sie nach Jahren der Zwangsarbeit zu einer kräftigen jungen Frau geworden. Mit rissigen, roten Händen und Armen, die von harter Arbeit zeugten. Von ihrer einstigen Zartheit haftete ihr nichts mehr an.
Chen-zu erzählte Mi-Loo, dass es in Pjöngjang einen Prozess gegeben habe, in dem Mi-Loos Vater angeklagt worden sei. Man warf ihm vor, während eines Polit-Kongresses in Peking in seinem Hotelzimmer westliche Radiosendungen abgehört zu haben. Er beteuerte, er habe in dieser Zeit überhaupt kein Radio hören können, da das Radio kaputt gewesen sei. Den Westsender habe nicht er, sondern ein früherer Bewohner dieses Hotelzimmers eingestellt. Man schenkte ihm keinen Glauben. Mi-Loos Vater wurde noch am selben Tage hingerichtet. Was aus ihrer Mutter geworden war, wusste Chen-zu nicht.

Es muss zu der Zeit gewesen sein, als die Strahlen der gelben Sonne bis auf den Boden des Steinbruchs reichten.

Viele Monate lang waren Mi-Loo und die anderen Frauen, die die Säcke mit Steinen auf Zick-Zack-Wegen, entlang der Felswände, nach oben schleppten, nach ein paar Biegungen des Pfades in die Zone des Schattens getreten. Auf ihrem Weg nach unten fror sie. Auf dem Weg nach oben schwitzte sie unter der Last auf dem Rücken. Trat sie in den Bereich der Sonne, wurde es ihr noch heißer. Um die kantigen Steine abzupolstern, steckten sich die Frauen dreifach gefaltete Lumpen zwischen Sack und Rücken. Es gab einen Weg nach unten und einen Weg nach oben. Denn auf dem schmalen, von unzähligen Füßen gestampften Pfad, war es unmöglich, bei einer Begegnung aneinander vorbeizukommen. Wie ein Tausendfüßler wand sich die Kolonne der Trägerinnen den Berg hinauf. Blieb weiter vorne eine stehen, hielten alle ihr folgenden auch an.
Während einer dieser unfreiwilligen Pausen sah Mi-Loo auf.
Zuerst hielt sie es für einen Schmetterling.
Einen roten Schmetterling. Dann merkte sie, dass ihre ins Gesicht fallenden Haare diesem roten Etwas Bewegungen zuschrieb, die es garnicht machte. Es flatterte nicht. Es schwebte. Was war das? Sie verfolgte es mit ihren Augen. Es segelte direkt auf sie zu.
Sie versuchte es zu greifen. Aber durch ihre schnelle Bewegung entstand ein Lufthauch, der es aufhob und höher segeln ließ.
Nun war das rote Etwas außerhalb ihrer Reichweite. Schwebte vor ihr her den Hang hinauf. Die Kolonne der Trägerinnen setzte sich wieder in Bewegung. Hatte noch jemand dies rote Ding bemerkt oder war sie die einzige?
Dies zaghafte Gefühl der Sehnsucht, das Mi-Loo in sich erstorben wähnte, regte sich und sie wünschte sich, dieses

zarte, hauchdünne, rote Etwas zu berühren. Angezogen von ihrer Hoffnung segelte es vor ihr her, taumelte in der Luft, sank hinab und heftete sich schließlich an einen Stein, geradewegs vor ihren Füßen.
Mi-Loo bückte sich. Der Sack mit Steinen rutschte ihr ins Genick.
Mit einer schnellen Bewegung griff sie nach dem roten Ding und steckte es sich unter das Tuch, das sie um den Kopf gewickelt trug. Fast augenblicklich empfand sie so etwas wie Freude. Freude darüber, es erwischt zu haben. Vorfreude darauf, es anzusehen, zu befühlen.
Nach dem Signalton, der das Ende der Tagesschicht ankündigte, versammelten sich die Trägerinnen um die Lastwagen, die sie ins Lager zurückbrachten.
Mi-Loo widerstand dem Bedürfnis, unter das Tuch um ihren Kopf zu langen und das rote Ding hervorzuholen, um es zu betrachten. Sie wollte damit warten, bis sie auf ihrer Pritsche lag.
Sie wollte es ganz für sich alleine ansehen. Wollte den Anblick mit niemandem teilen. Wollte es zwischen ihren Fingern spüren. Seine Beschaffenheit ertasten, seine rote Farbe in Ruhe betrachten.
Dieses intensive Rot, das ihr im Sonnenlicht durchscheinend vorgekommen war.
Mi-Loo mußte gegen die Müdigkeit in ihren Gliedern ankämpfen. Ihr Körper war erschöpft. Aber ihre Neugierde, ihre Sehnsucht nach etwas Schönheit, war wieder erwacht.
Als sie sicher sein konnte, dass alle Frauen schliefen, griff sie unter das Tuch, das ihr auch als Kopfstütze diente, und zog das rote Stückchen Stoff hervor. Dass es kein Papier war, wusste sie, seit sie es in der Hand gehalten hatte.
Minutenlang sah sich Mi-Loo den 2 mal 3cm kleinen, roten

Fetzen an. Sie war enttäuscht. Im spärlichen Abendlicht, das durch die Fenster in den Schlafsaal drang, hatte sich die Farbe verändert. Die Intensität der roten Farbe war verschwunden. Langweiliges, trübes Rosa war an seiner Stelle zu sehen. Dafür bestaunte Mi-Loo die Konsistenz des Stoffes. Ein zartes Stück organzahafte Gaze. Geschaffen, um in der warmen, sonnigen Luft zu segeln.
Wo kam es her? Zu was benutzte man es einst?
Die Ränder waren fein ausgefranst, wie zerrissen. Die Farbe nicht nur auf eine Seite gedruckt. Es gab kein Hinten und Vorne.
Mi-Loo stellte sich vor, Meter um Meter davon zu besitzen. Sah sich in einer Wolke aus rotem Organza.
Sehnsuchtsträume.
Von nun an holte sich Mi-Loo jedesmal, wenn sie sich unbeobachtet fühlte, das Stückchen leuchtend rote Gaze hervor. Trank von seiner Farbe und versteckte es wieder.
Noch Jahrzehnte später verband sie die Farbe Rot mit der Sehnsucht in ihr.
Woher der rote Stoff kam, wozu er als Ganzes einmal gedient hatte, blieb für sie ungeklärt. Letzlich war es Mi-Loo auch gleichgültig. Die Hauptsache war, er hatte sie gefunden.

Irgendwann im vierten Jahr ihrer Gefangenschaft sprach ein Wächter Mi-Loo an. Sie hatte ihn noch nie gesehen. Oder doch?
Sie konnte sich keine Gesichter mehr merken. Die Tage nicht mehr abschätzen und die Monate schon gar nicht. Sie erinnerte sich nur noch schemenhaft an ihre Eltern. Die Zeit in Pjöngjang war vergessen. Sie nahm keine Schmerzen mehr war. Weder die am Körper, noch die in ihrer See-

le. Wenn sie die Augen schloss, sah Mi-Loo nur ihre Füße in den Gummisandalen. Wie sie vor ihrem Gesichtsfeld auftauchten, den ausgetretenen Pfad bergauf gingen. Plattgedrückt von der Last auf ihrem Rücken und grau, so grau wie der Fels des Steinbruchs. Abgesehen vom Klopfen der Steinhauer, das sich als Echo an den Felswänden brach und ins Unendliche wiederholte, hörte man keine anderen Geräusche. Niemand sprach. Die Häftlinge nicht und die Wärter auch nicht. Die Gefangenen hatten keine Kraft übrig, um zu reden. Ihr Körper konnte sich nicht die kleinste, zusätzliche Aktivität leisten. Hinter dem Tuch, das sie sich vor Mund und Nase gebunden hatte, ächzten ihre Staublungen.
Die Wärter schwiegen, weil alles gesagt war. Keiner dieser Häftlinge war mehr im Stande, auch nur an Flucht zu denken, geschweige sie durchzuführen. Brach einer von ihnen zusammen, wurde er erschossen und in ein Massengrab gekippt. Im Auge behalten mussten die Wärter nur die Neuankömmlinge, die noch Kraft und Träume hatten. Aber meist bedurfte es nur einer kurzen Zeit, dann gehörten auch sie zu den Verlorenen.
Als der Wärter Mi-Loo ansprach, musste sie sich konzentrieren, um seine Worte zu verstehen. Vornübergebeugt durch den Sack mit Steinen in ihrem Rücken, sah sie von unten her zu ihm auf.
„Wie alt bist Du?“ fragte er Mi-Loo.
„Ich weiß nicht.“
„Wie alt warst Du, als Du hierher kamst?“ präzisierte er seine Frage.
„Ich glaube, ich war 16 Jahre.“
Der Mann rechnete mit seinen Fingern und sagte:
„Dann bist Du jetzt 20 Jahre.“

Er hätte genau so gut 80 Jahre sagen können. Für Mi-Loo hatte die Zahl keinerlei Bedeutung mehr.
„Willst Du hier raus?"
Mi-Loo schwieg.
„Ich kenne jemanden, der will Dich heiraten. Ein Chinese. Du musst nur ‚Ja' sagen, dann bringe ich Dich zu ihm. Er gibt mir Geld dafür", setzte er hinzu.
Mi-Loo sah auf ihre grauen Füße. Dabei bemühte sie sich, den Sinn seiner Worte zu verstehen.
„Wenn Du nicht willst, frage ich eine Andere. Mir ist das egal."
Irgendetwas, tief drinnen in ihr, eine vage Erinnerung an ein anderes, früheres Leben, ließ sie den Mund öffnen und mit krächtzender Stimme „Ja" sagen.
Zweimal noch trug Mi-Loo den Sack mit Steinen vom Fuße des Steinbruchs nach oben, wo sie die Steine auf eine flache Lore kippte, dann hatte sie den Vorfall bereits vergessen. Ihr Gehirn konnte nichts mehr speichern. Alles, was vor oder nach dem Jetzt kam, entglitt ihren Gedanken. Im Zustand vollkommener Erschöpfung enthielt ihr Bewußtsein nur noch einen einzigen Funken. Dieser Funke war der Wille, die Kraft aufzubringen, noch einen weiteren Schritt vorwärts zu gehen.
Nach dem ersten Jahr im Steinbruch hatte Mi-Loo 10 Kilo an Gewicht verloren. Sie, die größer als die meisten der Frauen war, glich jetzt einem Stock, um den man Lumpen gewickelt hatte. Nach diesem ersten Jahr im Arbeitslager hatte sie nicht mehr wesentlich abgenommen. Ihr Körper hatte selbständig entschieden, weiterzuleben. Ihre Arme und Beine wurden muskulöser, ihr Schritt fester. Sie entwickelte ein Gespür für Balance, kam selten noch ins Straucheln.

- Dass Mi-Loo größer als viele der Häftlinge war, hing damit zusammen, dass sie durch die gehobene Stellung ihres Vaters seit ihrer Geburt genügend zu essen bekommen hatte. Die andauernden Hungerjahre haben bei der Bevölkerung derart zu Verzögerungen in der körperlichen und vor allem in der mentalen Entwicklung geführt, dass, laut eines Berichtes der Vereinten Nationen, einer von vier Rekruten wieder ausgemustert werden muss.-

Mi-Loo erwachte, weil sie spürte, dass jemand an ihre Pritsche getreten war. Es war der Wärter. Er machte ihr ein Zeichen mitzukommen. Vor der Baracke standen in der Finsternis noch zwei weitere Frauen. Die Gruppe ging am Lagerzaun, hinter der noch eine Mauer war, entlang. Der Wärter blieb stehen. Blinkte zweimal mit der Taschenlampe. Er hob eine mit Sand bestreute Holzplatte am Fuß des Zaunes hoch. Ein Erdtunnel wurde sichtbar. Er führte unter dem Zaun und der Mauer hindurch. Auf Geheiß des Wärters robbten die Frauen durch den Erdgang. Der Wärter blieb im Lager. Mi-Loo war die erste, die aus der Erde ins Freie kroch. Ihr Blick fiel auf die Schuhe eines Mannes, der sie am Arm packte und nach oben zerrte. Dann half er der nächsten Frau aus dem Erdloch. Schweigend folgten sie alle dem Mann. Eine hinter der anderen, bis er vor einer Karre stehen blieb, die an ein Fahrrad gekoppelt war. Die Flüchtlinge kletterten in die Karre, der Mann legte dreckige Säcke über sie. Dann fuhr er los.
Mi-Loo dachte an garnichts. Es war ihr egal, wohin sie fuhren und wie lange es dauerte. Sie war nur müde. Das rote

Stückchen Sehnsucht trug sie noch immer versteckt unter ihrem Tuch um den Kopf. Sie kamen an eine Scheune, in der sich mehrere Männer versammelt hatten. Koreaner, aber auch zwei Chinesen. Sie aßen. Eine Art Brotfladen aus Grassamen gebacken, das sie in eine undeffinierbare, stinkende Soße tunkten. Einer der Chinesen stand auf und besah sich die Frauen. Der Wächter mit dem Fahrrad begann zu verhandeln. Der Chinese ließ Mi-Loo den Mund aufmachen. Kontrollierte mit seinem dicken, nach Soße schmeckendem Finger, ob sie noch alle Zähne hatte. Nachdem er auch die beiden anderen Frauen befühlt hatte, entschied er sich für Mi-Loo. Er befahl ihr, sich auf eine Decke zu legen, die ein paar Schritte weiter hinten auf dem festgestampften Scheunenboden lag. Er schob seine Hose nach unten und legte sich auf sie. Als der Chinese merkte, dass sie noch unberührt war, ließ er von ihr ab. Als Jungfrau stieg ihr Wert um ein Vielfaches. Es war für ihn lukrativer, sie weiterzuverkaufen, als sie selbst zu benutzen. Um seine erwachte Erregung zu befriedigen, nahm er sich erst die eine, dann die andere der gefangenen Frauen aus dem Straflager. Anschließend überließ er sie den anderen Männern.
Mi-Loo hatte sich mit dem Rücken an die Scheunenwand gelehnt und war eingeschlafen.

Nachdem Mi-Loo mehrfach den Besitzer gewechselt hatte, gelang ihr die Flucht nach China. In einer Sommernacht ging sie los. Immer nach Norden. Dort, wo der Fluss Tumen ein Drittel der 1450 Kilometer langen Grenze zwischen Nordkorea und China bildet. Tagsüber legte sie sich in Gräben oder Mulden, deckte sich mit Gebüsch, Gras und Sand zu und marschierte nur nachts. Sie aß rohes Gras, das

sie in Wasser einweichte oder kleine harte Früchte, die bitter schmeckten. Davon bekam sie Bauchschmerzen und schließlich Durchfall. Als Mi-Loo den Fluss Tumen endlich erreichte, stieß sie auf Grenzposten, die in Sichtweite zu einander den Fluß entlangpatrouillierten. Sie wartete bis es Nacht war. Doch jedesmal, wenn sie den Versuch startete, an den Fluß zu kommen, tauchte ein Grenzer auf. Erst im frühen Licht des Morgens gelang es ihr, das Ufer zu erreichen. Schon Tage vorher hatte sich Mi-Loo an einem Graben Binsenrohr abgebrochen, den weichen Kern herausgezogen und gegessen. Das hohle Röhrchen steckte sie sich zwischen ihre kleinen Brüste. Als Mi-Loo Rufe der Grenzsoldaten hörte, die möglicherweise ihr galten, zögerte sie nicht und glitt ins Wasser. Tauchte neben dem Ufer unter. Atmete durch das Binsenrohr in ihrem Mund. Um nicht abzudriften, hielt sie sich mit einer Hand an den bis ins Wasser hängenden Gräsern fest. Zwischendurch konnte sie im Schutz der natürlichen Böschung ihren Mund oder die Nase aus dem Wasser halten, um besser als durch das Rohr zu atmen. Nahe am Ufer gab es kaum Strömung. Als der Tumen im Dunst des warmen Abends lag, wagte sie es, den Kopf ganz aus dem Wasser zu heben. Sie kniete im seichten Wasser. Als erstes holte sie ihre einzige Habe, das rote Stückchen Gaze aus dem nassen Versteck des Tuches, das sie während ihrer Flucht unter dem Kinn verknotet hatte. Sie scheitelte ihr Kopfhaar, legte den Sehnsuchtsstoff darauf und die Haare wieder darüber. Dann band sie den Tuchstreifen wieder fest um Kopf und Hals.
Mi-Loo konnte schwimmen. Ihr Vater hatte es ihr im parteieigenen Schwimmbad beigebracht. Da der Großteil der nordkoreanischen Landbevölkerung weder zur Schule ging, noch die Möglichkeit hatte, Sport zu treiben, war dies für

Mi-Loo ein unschätzbarer Vorteil.
Sie brauchte fast eine Stunde, bis sie das chinesische Ufer erreicht hatte. Die vermeintliche Freiheit.

- Entgegen den UNO-Konventionen schickt China viele der Flüchtlinge nach Nordkorea zurück. Dort erwarten sie Folter und Hinrichtung. Bis zu 100 000 Nordkoreaner leben wie gejagte Tiere in China. Sie befinden sich in ständiger Gefahr, abgeschoben zu werden. Vor allem sind es Frauen, die gefährdet sind. Chinesen erhalten Geld, wenn sie die Frauen anzeigen. Sie zu verstecken, steht unter Strafe.-

Völlig erschöpft blieb Mi-Loo am gegenüberliegenden, chinesischen Ufer liegen. Es kam ihr erstaunlich vor, dass sie zu dieser Kraftanstrengung überhaupt noch in der Lage gewesen war. Die Luft war heiß, schwer und zäh. Sie rang nach Atem. Dann rappelte sie sich auf. Hier war es zu gefährlich, denn das Ufer war auf seiner ganzen Länge zu überblicken. Sie hatte noch keine zehn Schritte getan, da sah sie einen Mann mit Strohhut, den er wohl als Schutz gegen die Sonne bei der Feldarbeit trug. Er radelte auf einem schmalen Sandweg geradewegs auf sie zu. Mi-Loo duckte sich, streckte die Beine aus und legte sich flach auf die Erde. Erst als sie sicher sein konnte, dass er vorbeigeradelt war, hob sie den Kopf und sah sich um. Der Mann war vom Rad gestiegen. Mit einem Stock bog er Büsche und hohes Gras zur Seite. Er suchte etwas. Etwa sie?
Mi-Loo machte sich so flach, wie sie konnte. Ihre dreckige,

nasse Kleidung glich der Umgebung. Ihr Gesicht fest an die Erde gedrückt spürte sie die Erschütterungen seines Schrittes. Der Mann stand vor ihr. Mi-Loo erhob sich. Es war ein alter Mann. Ein sehr alter Mann. Die Furchen seiner braunen Haut durchgruben sein Gesicht. Auf seinen Handoberflächen lagen die Adern in bläulichem Schimmer. Als er den eingefallenen Mund öffnete, sah sie nur einen einzigen, gelben Zahn. Er sprach sie an, wobei seine Worte an diesem letzten Zahn vorbeizischten und sie kaum etwas von dem, was er sagte, verstand. Er wartete nicht auf ihre Antwort. Er hatte genug gesehen. Ihre ausgemergelte Gestalt, ihre nasse Kleidung sagten ihm alles. Mit dem Kopf machte er Mi-Loo ein Zeichen ihm zu folgen. Sie überlegte kurz, ob sie an ihm vorbei fortlaufen sollte, aber es blieb bei diesem Gedanken. Sie wäre nicht schneller gewesen als dieser alte Mann. Erschöpfung und Verlorenheit schnürten ihr gemeinsam den Brustkorb zu und sie keuchte. Also folgte sie dem alten Mann wie ein eingefangenes Tier.
Er hob sein Rad auf. Mit einer fast schüchternen Geste bot er es ihr an. Mi-Loo spürte, tief unten in ihr verschüttet, so etwas wie dankbares Erstaunen. Er bot ihr eine Möglichkeit zur Flucht.
Sie radelte auf dem Sandweg. Der leichte Wind blähte ihre Kleidung und trocknete sie. Der Horizont drückte gegen den Himmel, als sei er auf dessen Grenzenlosigkeit eifersüchtig.
War das Glück, was sie empfand?
Nach einer Weile hielt sie an, wendete den Kopf und sah den alten Mann nur noch als dunklen Punkt in der Ferne. Sie hatte sein Fahrrad. Wahrscheinlich das Wertvollste, was er besaß. Die einzige Möglichkeit auf sein Feld zu kommen und Dinge zu transportieren.

Mi-Loo legte das Fahrrad auf den Sandweg, setzte sich ins Gras und wartete auf den unbekannten, alten Mann, der als Einziger in den letzten Jahren freundlich zu ihr gewesen war.
Mi-Loo blieb über zwei Monate bei dem alten Mann und seiner Frau. Das Wenige, das die beiden zu essen hatten, teilten sie sich mit Mi-Loo. Sie mußte nicht dafür auf dem Acker arbeiten, nicht putzen, nicht irgendeinem zu Willen sein. Meist saß sie auf einer Kiste, angelehnt an die Mauer des Innenhofs und genoss die Ruhe. Manchmal pulte sie Körner aus Erbsenschoten und Reis. Oder sie hörte den Alten zu, wie sie sich in knappen, kurzen Sätzen unterhielten. Mi-Loo erholte sich.

Eines Morgens spürte Mi-Loo eine Unruhe, ja eine Art Alarmzustand, der die Alten ergriffen hatte. Sie flüsterten miteinander. Der Alte nahm sein Fahrrad und versteckte es in einer Grube, die im Hof, zugedeckt mit Holzplanken und Stroh, zum Vorschein kam. Nach dem er sich mit seiner Frau besprochen hatte, schickte er sie und Mi-Loo ebenfalls in die Grube. In der stickigen Dunkelheit wisperte die Alte erklärend Mi-Loo zu:
„Sohn kommt."
Viele Stunden hockten die beiden Frauen dort unten, bis der alte Mann Planken und Stroh zur Seite schob und sie steif und halb blind durch die plötzliche Helligkeit draußen wieder aus der Grube kletterten. Dabei hatte die Dämmerung bereits eingesetzt. Nach der dumpfen, stickigen Wärme der Grube fror Mi-Loo. Die alte Frau fing an zu jammern, als sie die blauen Flecken, das tränende Auge und die Blutspur auf dem Haar ihres Mannes entdeckte. Der Sohn war nicht allein gekommen. Er hatte drei Männer

mitgebracht. Kameraden von der Grenzpolizei.
Noch in der selben Nacht verließ Mi-Loo die beiden. Die Alte steckte ihr ein gekochtes Ei zu. Woher sie es hatte, wußte Mi-Loo nicht. Sie hatte nie auch nur ein einziges Huhn gesehen. Der alte Mann gab ihr einen zerfransten Strohhut. Wies in nördliche Richtung und nickte.
Mi-Loo hatte gelernt, sich unscheinbar zu verhalten. Sie ging an Wegrainen entlang, als käme sie von der Feldarbeit. Sie schlief im Freien. Kam sie durch Ortschaften, legte sie sich an eine Mauer oder in Torgänge, um dort zu schlafen. Sie arbeitete illegal in Gasthäusern und Garküchen. Verdächtigte man sie, Nordkoreanerin zu sein, ergriff sie die Flucht und verdingte sich an einem anderen Ort. Sie nahm jede Arbeit an, die sich ihr bot.

- In China halten sich zur Zeit bis zu 100 000 Nordkoreaner versteckt. Die chinesische Polizei verfolgt sie als unerwünschte Wirtschaftsflüchtlinge. Chinesen, die Menschen aus Nordkorea verstecken, müssen hohe Geldstrafen zahlen. Wer Flüchtlinge verrät, erhält Prämien. Wenn ein Flüchtling gefasst wird, schickt man ihn zurück nach Nordkorea. Dort drohen Arbeitslager, Folter und Tod.
Doch es gibt in China eine nordkoreanische Minderheit. Sie bieten den Flüchtlingen Unterschlupf, vermitteln sie weiter an Missionare oder auch an Schlepper, die ihnen helfen weiterzukommen. Über Laos nach Thailand oder in die Mongolei, denn Thailand und die Mongolei liefern nicht aus. Es sind wahrscheinlich die

Schlepper, die dafür sorgen, dass die Grenze von Nordkorea durchlässiger geworden ist. Sie bringen die Flüchtlinge aus dem Norden in den Süden Koreas. Das Geld für ihre Dienste kommt von denen, die schon in Südkorea sind. Sie bezahlen für die Verwandten, die kommen sollen. Häufig ist es die Ansiedlungsprämie der südkoreanischen Regierung, mit der die nächste Flucht bezahlt wird. Der Weg in die Freiheit kostet etwa 4000 Euro. Wie so häufig sind es die weiblichen Flüchtlinge, die am gefährdetsten sind. Viele der Nordkoreanerinnen werden zur Prostitution gezwungen oder an chinesische Bauern als Ehefrauen verkauft. Einige schuften in Fabriken. Manche der chinesischen Arbeitgeber kündigen den Flüchtlingen kurz vor dem Zahltag. Wenn sie protestieren, wird mit der Polizei gedroht.-

Der Reif des Morgens wandelte sich unter den ersten Sonnenstrahlen zuerst in Tau, um dann als durchsichtiger Dunst auf der Landschaft zu liegen. Es wurde Herbst. Die Nächte empfindlich kalt. Mi-Loo, die auf ihrer Wanderung meist im Freien hinter Holzstapeln, in Senken oder unter Bäumen übernachtete, spürte die Kälte in ihren Knochen. Ihre Kleidung war viel zu dünn. Obwohl sie geringfügig zugenommen hatte, war ihr Gewicht immer noch weit unter dem, was eine junge Frau normalerweise wiegen sollte. Aber was heißt hier normal. Mi-Loos Ziel war nur aufs Überleben, nicht aufs Leben ausgerichtet. Sie musste vor dem Winter eine Stellung finden, die ihr die Möglichkeit

bot, in einem Hause zu übernachten.
In den Städten fiel sie weniger als Nordkoreanerin auf als in einer Dorfgemeinschaft, wo jeder jeden kennt. In einer Stadt tauchte sie ein in die Anonymität der vielen Menschen. Konnte sich einen Job suchen, der ihr Kost und Unterkunft bot.
Mi-Loo betrat eine kleine Herberge. Eine junge Frau trat aus der dunklen Tiefe des großen Gastraumes. Ein hübsches Gesicht, eine schlanke, weibliche Figur, aber Augen, die Mi-Loo so traurig ansahen, als gäbe es nichts mehr, an dem es sich zu freuen lohnte.
„Gibt es hier für mich eine Stellung?“ fragte Mi-Loo. Schnell fügte sie hinzu: “Ich mache alles.“ Die junge Frau blickte zuerst auf ihre Füße, dann knetete sie ihre Hände. Ohne Mi-Loo dabei anzusehen, antwortete sie:
„Ich würde hier nicht arbeiten. Suchen Sie sich lieber woanders etwas.“ Mi-Loo zögerte, wandte sich aber dann doch der Türe zu, als von draußen ein großer und kräftiger Mann eintrat. Mi-Loo drängte sich an ihm vorbei auf die Straße. Er hielt sie am Arm fest und schob sie in den Raum zurück. Die junge Frau war nirgends mehr zu sehen. Der Mann rief nach hinten und eine dicke, ungepflegte Frau kam aus einem hinteren Raum. Sie wischte sich ihre Hände an ihrer dreckigen Schürze ab. Ohne weitere Anweisungen ihres Mannes band sie Mi-Loo die Hände auf den Rücken. Ein Nicken mit dem Kopf auf den unteren Teil einer Holzstiege zeigte Mi-Loo den Weg nach oben. Dort gab es zwei Türen. Die dicke Frau des Wirts öffnete eine von ihnen, schubste Mi-Loo hinein und stieß sie auf das Bett. Dem einzigen Möbelstück in diesem Zimmer. Mit einem weiteren Strick fesselte die Frau Mi-Loos Füße. Dann verschloss sie die Türe von außen mit einem Riegel. Das Fenster,

mehr eine Luke, war mit Papier zugeklebt. Mi-Loo hopste vom Bett zum Fenster und versuchte mit ihren Zähnen eine Ecke des Papiers zu heben. Ihr Blick reichte nur das Dach hinunter, bis in die Regenrinne. Sie überlegte. Offensichtlich war sie hier an einen der berüchtigten Menschenhändler geraten, vor denen sie von anderen Nordkoreanerinnen bereits gewarnt worden war.
Es war der Durst, der Mi-Loo erwachen ließ. Ihre Zunge lag wie ein dicker Wurm in ihrem Mund. Im Zimmer war es genauso dämmrig wie vorher. Wie lange hatte sie hier schon gelegen?
Plötzlich hörte sie, wie von außen der Riegel der Türe zur Seite geschoben wurde. Der Wirt trat ein. Ihm folgten zwei weitere Männer. Der Wirt löste Mi-Loos Fesseln. Für einen kurzen Augenblick glaubte Mi-Loo, er würde sie freilassen, aber dann wurde sie von den Männern gepackt. Sie banden ihr Hände und Füße an die Bettpfosten und machten sich über sie her.
Irgendwann ging ihre Qual in Bewußtlosigkeit über und sie spürte nichts mehr.
Sie kehrte in die Wirklichkeit zurück, wie aus weiter Ferne. Sie nahm eine leichte Berührung an der Schläfe wahr. Über sich erkannte sie die junge Frau, der sie als erstes in der Herberge begegnet war. Mi-Loo spürte, wie sanfte Hände ihr die Fesseln lösten und ihr das Blut abwuschen.
„Ich heiße Yumi-choi“ wisperte die junge Frau Mi-Loo ins Ohr. Dann verließ sie auf leisen Sohlen das Zimmer. Mi-Loo konnte hören, wie sie die Tür auf der anderen Seite des Ganges öffnete und wieder schloss. Mi-Loo legte sich auf die Seite und wimmerte.

Yumi-choi war von ihrer eigenen Mutter, als Jüngste von neun Geschwistern, an einen Händler verkauft worden. Der ließ die kleine Yumi-choi bei seiner Frau, während er über Land zog und Waren verkaufte. Yumi-choi schuftete im Haushalt. Schlief auf einer Matte im Hof, neben der überdachten Kochstelle. Als sie in die Pubertät kam, nahm der Händler sie mit und vermietete sie an seine männlichen Kunden. Einer dieser Kunden war der chinesische Wirt. Er kaufte Yumi-choi dem Händler ab, um selbst mit ihr Geld zu verdienen. Seitdem lebte sie hier in der Herberge und war mittlerweile wohl über 22 Jahre alt. So genau wusste sie das nicht. Sie kannte nichts als dieses Leben als Sexsklavin. Wenn sie aufbegehrte, weil sie sich den körperlichen Anforderungen so vieler Männer nicht mehr gewachsen sah, wurde sie von der dicken Wirtin gezüchtigt, indem sie sie mit Essensentzug bestrafte oder es zuließ, dass ihre Vergewaltigungen vor den interessierten Gästen stattfand. Wurde sie schwanger, nahm die Wirtin die Abtreibung selbst vor.

- Dies alles klingt nach Mittelalter. Es geschieht aber hundertfach heute, Anfang des 21. Jahrhunderts. Allein 2005 wurden ca. 4000 Kinder unter zehn Jahren, laut einem Bericht der UNO-Menschenrechtskonvention über China, entweder gekidnappt oder von ihren Eltern verkauft. Selten werden diese kostenlosen Arbeitskräfte von der Polizei wieder aufgespürt. Nur den hartnäckigen Eltern von verschwundenen Kindern gelingt es, eine polizeiliche Untersuchung überhaupt in Gang zu setzen. Wie Sklaven werden die Kinder von den Kidnappern in weit entfernte Gegenden des riesigen Landes zur Arbeit weiterverkauft.-

Mi-Loo blieb Tag und Nacht in ihrer Kammer eingeschlossen.
Yumi-choi brachte ihr das Essen und entsorgte den Eimer, der als Toilette diente. Bei diesen Gelegenheiten hatten die beiden jungen Frauen Zeit, sich zu unterhalten. Yumi-choi berichtete von ihrem eigenen Schicksal und Mi-Loo erzählte, wie ihr bieheriges Leben verlaufen war. Weil sie niemanden anderes hatten, verband die Beiden bald so etwas wie Freundschaft.
Sie beschlossen, gemeinsam zu fliehen. Die Gelegenheit bot sich anderthalb Jahre später. Der Wirt rannte, um einen Arzt zu holen, während seine Frau schreiend auf einem Hocker vor der Kochstelle saß und mit ihren verbrannten Füßen zappelte. Sie hatte sich einen Topf kochendes Frittieröl auf Unterschenkel und Füße geschüttet.
In der allgemeinen Verwirrung, dem Lärm der gaffenden Gäste und dem Geschrei der Wirtin, gelang es Yumi-choi und Mi-Loo durch das Fenster auf das schräge kurze Dach zu klettern und von dort aus über die angrenzenden Dächer zu flüchten. In einem Hinterhof der Nachbarschaft stand ein Lastwagen, der Gummireifen auf der Ladefläche geladen hatte. Vom Dach aus sprangen die beiden Frauen nach unten, zwischen die Reifen. Verkrochen sich in der runden Höhle, die entsteht, wenn Reifen nebeneinander stehen. Dort warteten sie den Rest des Tages und die darauf folgende Nacht. Am frühen Morgen spürten sie, dass der Lastwagen angelassen wurde und mit ihnen davonfuhr. Das

Auto war noch nicht lange unterwegs, da hielt es auch schon. Die beiden blieben in ihrem Versteck. Sie waren nocht nicht weit genug von der Herberge entfernt. Als der Fahrer wiederkam, hatte er einen weiteren Mann mitgebracht. Sie unterhielten sich. Dann fuhr der Lastwagen wieder los. Er bog mal scharf nach rechts ab, polterte über eine Holzbohlenbrücke. Die Außengeräusche nahmen zu. Die Frauen hörten andere Autos hupen. Lautsprecher lockten Käufer zu Garküchen, deren verschiedene süß und sauren Düfte den Frauen bewußt machten, wie lange sie selbst schon nichts mehr gegessen hatten. Der Laster fuhr und fuhr und als er schließlich anhielt, sah Mi-Loo, dass er vor einer großen Halle stand, in der sie andere Wagen, Anhänger und flache Pritschen erkennen konnte. Nachdem die beiden Männer aus dem Fahrerhaus ausgestiegen waren und in der Halle verschwanden, krochen Mi-Loo und Yumi-choi aus den Gummirädern, glitten über die Seitenplanken von der Ladefläche. Sie rutschten erst einmal unter das Fahrzeug. Nach einer Verschnaufpause hasteten sie geduckt zu den auch hier draußen abgestellten Autos. Lauter ausgeschlachtete Schrottwagen.
Bald wurde es dunkel. Sie hatten Hunger. Eine Schale Reis mit scharfer Soße kostete wenig und Yumi-choi bezahlte bereitwillig. Sie hatte von zufriedenen Freiern Geld zugesteckt bekommen und es in einem Stoffbeutel, den sie sich um die Taille gebunden hatte, stets bei sich.
Die beiden befanden sich in einer Stadt, deren Namen sie nicht kannten und von der sie auch nicht wussten, wo sie lag. Nach ihren Erfahrungen mit dem Wirt mieden sie Herbergen, Gasthöfe und Hotels. Sie wollten lieber Bauern ihre Arbeitskraft anbieten. Auf ihrem Weg in die Außenbezirke der Stadt merkten sie, dass ihnen ein junger Mann

folgte. Das Beste wäre gewesen, sie hätten sich getrennt, um sich später an einem bestimmten Ort wieder zutreffen. Aber sie hatten Angst, sich zu verlieren. Mi-Loo blieb stehen und sah den jungen Mann kämpferisch an.
„Was willst Du von uns?“ herrschte sie ihn an. In ihrer Aufgeregtheit hatte sie koreanisch gesprochen. Der junge Mann lächelte scheu. „Ich will Euch helfen.“ Auch er sprach koreanisch. Aber Mi-Loo hörte heraus, dass es nicht seine Muttersprache war. Er machte ein Zeichen und ging vorran. Keine 50 Meter weiter bog er in eine Seitenstraße und öffnete das Rolldach einer Garage, die hinten ins Freie führte. Beruhigt über die koreanischen Kenntnisse des jungen Mannes folgte Mi-Loo ihm. Yumi-choi flüsterte ihr zu:
„Sollen wir nicht fortrennen?“ Mi-Loo schüttelte den Kopf. Der junge Mann bat sie, hier in der Garage zu warten. Jetzt befürchtete auch Mi-Loo das Schlimmste. Bevor die beiden Frauen ihrer berechtigten Angst nachgeben konnten, kam er schon wieder. Mit ihm eine dürre Frau. Mi-Loo und Yumi-choi wurden in einen Raum geführt, dessen Fenster verhangen waren und nur spärliches Licht auf einen Mann und seine Tochter warfen. In einer Ecke stand noch ein weiterer Mann, er war etwa 20 Jahre alt. Sie alle starrten auf die beiden Neuankömmlinge. Die dürre Frau stellte die beiden den bereits im Raum Wartenden vor. Sie sprach fließend koreanisch. Die Frau erklärte, man wolle noch auf eine weitere Frau warten, die telefonisch angekündigt sei. Dann könne mit Hilfe eines Fluchthelfernetzes, zu der sie und ihr Sohn auch gehörten, der Weitertransport der hier versammelten Flüchtlinge durch Südostasien nach Thailand beginnen.
Mi-Loo und Yumi-choi fielen sich um den Hals.

Fünf Tage mussten sie in diesem abgedunkelten Raum warten, bis die angekündigte Nordkoreanerin ankam.
Es war Chen-zu. Mi-Loos Schulkameradin.
Um sich die Wartezeit bis zu deren Ankunft zu vertreiben, berichteten die Flüchtlinge von dem, was sie bisher erlebt hatten.
Vater und Tochter hatten den Fluß Tumen auf einem Floß aus zusammengebundenen Reifenschläuchen paddelnd überquert. Eine Nordkoreanerin, die als Braut an einen chinesischen Bauern verkauft worden war, nahm Vater und Tochter auf. Der ehemalige Lehrer arbeitete zwei Jahre lang auf dem Hof der Koreanerin und ihres chinesischen Ehemannes. Dann endlich hatten sich er und seine Tochter von den Auszehrungen des Hungers in Nordkorea erholt. Die Bauersfrau vermittelte die beiden an einen Pfarrer, der die „Asiatische Untergrundbahn" organisierte.

> - Dieser Pfarrer Chun Kiwon ist der Gründer der Missionsgruppe „Durihana". Er plant die Fluchtwege hunderter Nordkoreaner, die in China festsitzen. Er gehört zu einer Gruppe von Missionaren, Menschenrechtlern, Aktivisten und Schmugglern. Manche von ihnen hoffen, den Zusammenbruch Nordkoreas zu beschleunigen. Andere haben einfach das Bedürfnis, Menschen in höchster Not zu helfen. Dieser südkoreanische Pfarrer Chun kam als Missionar in die Region Yanji und traf dort auf flüchtige Nordkoreaner. Ihr Elend war unvorstellbar, sie hatten alle ihre Rechte verloren. Chun bemühte sich, ihnen das Gefühl ihrer Menschlichkeit wiederzugeben.

Über 700 Nordkoreaner hat er betreut und ihre Flucht durch China organisiert. Er kennt die Risiken. 2002 verhaftete ihn die chinesische Polizei an der Grenze zur Mongolei. Die Nordkoreaner, die er bis hierher gebracht hatte, wurden nach Nordkorea zurückgeschickt. Von ihnen fehlt jede Spur. Er selbst verbrachte 8 Monate in einem chinesischen Gefängnis. Danach schickte man ihn zurück nach Südkorea. Nach China darf er nicht mehr einreisen. Zu seinen Mitstreitern in China hält Pfarrer Chun regen Kontakt. Sie benachrichtigen ihn, wenn ein Konvoi von Flüchtlingen bereit ist, die Reise nach Peking anzutreten. Von wo aus sie die 3000 km Zugreise nach Kunming, der Hauptstadt der Provinz Yunnan, hinter sich bringen müssen. Nach 40 stündiger Zugfahrt treffen die Flüchtlinge im riesigen Wartesaal des Bahnhofs Kunming auf weitere Flüchtlinge. Ihnen allen steht jetzt ein Fluchtweg bevor, der sie zu Fuß, auf Fuhrwerken oder Rädern, einzeln oder in Gruppen über Berge und Dschungel nach Laos bringt. Die laotischen Polizisten sind ebenso wie ihre chinesischen Kollegen verpflichtet, flüchtende Nordkoreaner zu ergreifen und zurückzuschicken.-

Der 20-jährige Mann, der in der Ecke stand, Sohn von nordkoreanischen Feldarbeitern einer Kolchose, hatte im Winter den Grenzfluss Tumen überwunden. Der Fluss war komplett zugefroren und mit Schnee bedeckt. Der junge

Mann hatte sich zwei bretthart gefrorene Filzmatten mitgebracht. Die erste Matte legte er auf den lockeren, tiefen Schnee. Er stellte sich darauf, zog die zweite Matte mit einem Stock seitlich an sich vorbei und legte sie vor die erste Matte. Als die beiden Matten genau aneinanderstießen trat er mit einem großen Schritt auf die zweite Matte. Mit diesem wechselden Voranziehen der Matten glitt er über den Schnee, in den er sonst hüfttief eingesunken wäre. Auf der chinesischen Seite traf er auf einen Mann, der ein Loch in die Eisdecke des Flusses gebohrt hatte.
Ein als Eisfischer getarnter Fluchthelfer. Als sein angeblicher Bruder nahm er ihn bis zum Frühjahr bei sich auf. Dann wurde der junge Mann aus Nordkorea im Netzwerk der Helfer weitergereicht, bis er hier in diesem Raum landete.
Am späten Abend brachen Mi-Loo und alle anderen Flüchtlinge auf. Auf der offenen Ladefläche, notdürftig in Decken gehüllt, brachte der Sohn der dürren Frau sie in die 240 km entfernte größere Stadt.
Mi-Loo sah von der Ladefläche aus in den Himmel. Der Mond war so riesengroß, als wolle er gleich zerplatzen und viele, kleine Monde zur Welt bringen. Mi-Loo spürte den harten Schlag ihres Herzens im Kopf widerhallen. Sie holte das Stückchen rotes Organza hervor und ließ das Licht des Mondes hindurchscheinen. Jetzt sah es aus wie die Flügel eines lila Schmetterlings.
Am Bahnhof angekommen, von dem der Zug nach Peking und weiter nach Kumming abfuhr, gab der junge Mann den Flüchtlingen präzise Anweisungen.
„Redet nicht. Stellt Euch schlafend oder versteckt Euch in der Toilette oder hinter Gepäckstücken im Gepäcknetz, wenn die Polizei zur Ausweiskontrolle kommt. Nennt nie-

mals Namen, wenn ihr geschnappt werdet."
Von Kunming aus brauchten die Flüchtlinge einen Monat, um zum „Goldenen Dreieck" dem Grenzgebiet von China, Myanmar, Laos und Thailand zu gelangen. Die letzten zwanzig Stunden lang hatten sie sich im Halbdunkel durch dichtes Unterholz, durch Bäche und Flüsse voller Blutegel gekämpft. Nach drei weiteren Tagen erreichten sie endlich den Grenzfluss zwischen Laos und Thailand. Sie wurden dort von anderen Fluchthelfern empfangen und überquerten nachts den Hwangho, der weiter südlich Mekong heißt. Erst auf der thailändischen Seite waren Mi-Loo, Yumi-choi, Chen-zu, der Vater mit seiner Tochter, der Feldarbeiter und die noch auf der Reise Hinzugekommenen frei.
Was das Wort Freiheit bedeutet, wie es sich anfühlt, das wissen sie nicht. Denn niemals in ihrem Leben waren sie je wirklich frei gewesen. Sie alle kannten nur Unterdrückung, Hunger und Folter. Keine Redefreiheit, keine Möglichkeit frei zu entscheiden, wo und wie man wohnen und welchen Beruf man ergreifen wollte. Keine freien Wahlen, keine Reisefreiheit, keine echten Freundschaften, denn wem kann man trauen? Ihnen allen wurde vorgeschrieben, was sie zu denken, zu tun und zu sprechen hatten.
Freiheit ist für Nordkoreaner ein neues, ein unbekanntes Wort.